本书获得北京大学上山出版基金资助,特此致谢!

托马斯·品钦四部小说的空间问题研究

Space in Thomas Pynchon's Four Novels

李荣睿 著

青年学者文库

北京大学出版社
PEKING UNIVERSITY PRESS

图书在版编目 (CIP) 数据

托马斯·品钦四部小说的空间问题研究 / 李荣睿著 .—北京：北京大学出版社 ,2021.4
ISBN 978-7-301-32051-8

Ⅰ . ①托… Ⅱ . ①李… Ⅲ . ①托马斯·品钦 – 小说研究 Ⅳ . ① I712.074

中国版本图书馆 CIP 数据核字 (2021) 第 044594 号

书　　　名	托马斯·品钦四部小说的空间问题研究 TUOMASI·PINQIN SIBU XIAOSHUO DE KONGJIAN WENTI YANJIU
著作责任者	李荣睿　著
责 任 编 辑	李　娜
标 准 书 号	ISBN 978-7-301-32051-8
出 版 发 行	北京大学出版社
地　　　址	北京市海淀区成府路 205 号　100871
网　　　址	http://www.pup.cn　　新浪微博：@北京大学出版社
电 子 信 箱	345014015@qq.com
电　　　话	邮购部 010-62752015　发行部 010-62750672 编辑部 010-62754382
印 刷 者	大厂回族自治县彩虹印刷有限公司
经 销 者	新华书店 650 毫米 ×980 毫米　16 开本　16.25 印张　345 千字 2021 年 4 月第 1 版　2021 年 4 月第 1 次印刷
定　　　价	72.00 元

未经许可，不得以任何方式复制或抄袭本书之部分或全部内容。
版权所有，侵权必究
举报电话：010-62752024　电子信箱：fd@pup.pku.edu.cn
图书如有印装质量问题，请与出版部联系，电话：010-62756370

序　言

　　李荣睿在北京大学获得英语语言文学的博士学位，本书在她的博士论文的基础上写成。读完博士后，她又花了将近一年的时间对书稿进行打磨。李荣睿博士有扎实的文学研究基础和较为深厚的积累。她的博士论文曾得到评审专家的一致好评。该文分析了托马斯·品钦的四部小说，其对《葡萄园》《性本恶》和《拍卖第49批》这三部小说的分析先后被《当代外国文学》《国外文学》和《外国文学》接受发表，这能从一个侧面说明荣睿博士论文的质量。2017年荣睿应邀参加了在法国举办的国际品钦研讨周，她宣读的论文获得了该领域学者们的认可。现在她对品钦四部小说的研究即将以专著的形式面世，作为她的导师，我为此感到高兴。

　　托马斯·品钦是世界公认的著名后现代作家，其笔下的小说也被认为是最晦涩难懂的文学作品之一。品钦的小说创造了一系列想象力丰富、内涵深刻的广博的故事世界，不仅情节复杂还包含多种学科的知识，单是在忠实读者为他的作品创建的维基百科网站上，背景知识就构成一个浩瀚的信息库。荣睿选取了以第二次世界大战后三十年间的美国社会为背景的四部小说，在梳理自20世纪70年代以来国内外品钦研究成果的基础上,从空间的角度切入,对它们进行了细致深入的考察。荣睿注重与国内外学者的对话,揭示出被先前研究误读或忽视的主题意义,修正了在学界占主导地位的对后现代文学的一些看法,挖掘出了作品更为丰富的内涵。同时,她在理论上尝试将叙事学的空间研究和空间批评理论相结合,以此为框架进行作品分析,得出了许多有启发性的独到结论,为文学的空间研究做出了贡献。

目前,空间角度的文学批评已经成为一个热门领域,但荣睿在做博士论文时,这一方面的研究在国内外学界刚刚兴起,还没有形成成熟的体系,在文学作品分析方面可供参照的成果很少,因此起步维艰,需要靠自己潜心摸索和钻研。她系统地阅读了叙事学有关叙事空间的理论,以及空间批评领域重要学者们的著作,并对每部作品做了大量详细的笔记。她在理论和文本之间不断地来回分析验证,渐渐地从最初的生涩笨拙转变为灵活自如,产出了这部在国内率先从空间角度对品钦小说进行系统研究的专著。书中对作品的分析没有生搬硬套理论,而是借助理论提供的视角,紧扣研究对象本身的特点,揭示以往被忽略的意义,呈现作者的独到之处。她在研究中既能聚焦于一个特定论题,层层递进,深入剖析,又能将多方面的知识储备调动起来,展示出背景广阔、层次丰富的视野。

对于青年学者来说,选择一个难度较大的研究课题,尽管困难重重,但是研究能力在攻克难题的过程中会得到很好的锻炼,这是十分宝贵的经历。希望荣睿能够继续刻苦钻研,勇于探索,做出更多新的有价值的研究成果。

申 丹
2021 年 1 月于燕园

目　录

绪　论/1
　　第一节　品钦小说研究现状综述/1
　　第二节　叙事空间、空间批评与品钦小说中的空间问题/18
　　第三节　本书的研究目的和基本结构/48
第一章　《V.》：空间与秩序/50
　　第一节　斯坦西尔的追寻：空间与帝国秩序/52
　　第二节　普洛费恩的流浪：城市空间的资本秩序与空间异化/71
　　第三节　马耳他：冷战秩序的形成/95
第二章　《拍卖第49批》：内心秩序的空间幻象/99
　　第一节　内心秩序与空间的双重幻象/106
　　第二节　特里斯特罗：不同空间的不同现实/130
　　第三节　反抗的空间/147
第三章　《葡萄园》的空间化时间、幻想空间与政治主题/154
　　第一节　空间化的时间：大众媒体的记忆政治/158

第二节　批评距离的消失:大众媒体幻象空间里的超级英雄与
　　　　大众媒介景观/178

第四章　《性本恶》:城市空间认知图绘的困境/194

第一节　空间形式与城市的认知图绘/197

第二节　城市的不可知:认知图绘与个体的局限性/217

结　语/226

参考书目/234

后　记/252

绪　　论

第一节　品钦小说研究现状综述

托马斯·品钦（Thomas Pynchon，1937—　）是世界公认的后现代文学代表作家。他于1959年开始发表作品，至今已出版8部中篇或长篇小说和一本短篇小说集，它们包括《V.》（V.，1963）、《拍卖第49批》（The Crying of Lot 49，1966）、《万有引力之虹》（Gravity's Rainbow，1973）、《慢慢学》（Slow Learner，1984）、《葡萄园》（Vineland，1990）、《梅森和迪森》（Mason & Dixon，1997）、《为了那天的到来》（Against the Day，2006）、《性本恶》（Inherent Vice，2009）和《血刃》（Bleeding Edge，2013）。其中，《万有引力之虹》《梅森和迪森》和《为了那天的到来》更是百科全书式的巨著，这些小说都已被视为后现代文学的经典之作。品钦小说风格多变、情节复杂、人物众多、充满想象力，不仅包含多学科知识、多种文学体裁的混用和大量的文学用典，而且对18世纪直至第二次世界大战以来的西方社会历史进行了深刻的反思。因此，这些作品一直以来备受学界的关注，1979年起美国迈阿密大学和威斯康星大学开始资助出版专门研究品钦小说的学术期刊《品钦注解》(*Pynchon Notes*)①；从2003年开始，每两年都会在欧洲的一座城市举办国际品钦研讨周(International Pynchon Week)②。除了受到学术界的关注之外，品钦的小说在普通读者中也具有非凡的影响力。虽然品钦本人一直保持着神秘的生活方式，远离媒体和公众视线，但这些都不妨碍忠实读者们在互联网上为他的作品建立专门的网站，为每本小说的每一页细节提供自己的理解、用典来源和背景知识注释，以及图片说明。③此外，他的侦探小说《性本恶》还在2014年被搬上荧幕。

  本书聚焦于品钦创作的四部小说——《V.》《拍卖第49批》《葡萄园》和《性本恶》，尽管后两部小说与前两部小说的创作时间跨度很大，但是它们所描绘的故事发生的年代具有连贯性。《V.》的现代部分以20世纪50年代的纽约为背景，其余三部则分别以20世纪60年代、70年代和80年代的加利福尼亚为背景。在第二次世界大战后的三十年间，美国经历了以民权运动和反正统文化为代表的社会动荡；而从尼克松政府到里根政府执政时期，政治激进运动逐渐衰落，保守主义重新回归。在经济上，得益于凯恩斯主义和罗斯福新政，20世纪50年代的美国社会享受了经济的繁荣；60年代国家垄断资本主义遭遇了滞胀危机；进入70年代，凯恩斯主义逐

---

① 2009年之后停刊，转由期刊 *Orbit* 继续刊出相关论文。
② 已先后在英国、比利时、德国、马耳他、西班牙、波兰、希腊、法国和意大利举办过。
③ 专门网站包括3个：pynchonwiki.com、www.thomaspynchon.com、www.vheissu.org，另外还有一个非专门的网站：www.themodernword.com/pynchon，它们都已被《剑桥托马斯·品钦指南》列入参考文献中。

渐让位于弗里德曼的新自由主义经济学,尤其在里根执政期间,美国政府进行了一系列包括削减社会福利、削弱政府职能等的保守主义改革。品钦的四部小说正是植根于这样一个时代背景中,并分别审视了这个时期美国社会的各种问题。此外,四部小说都是以人物的追寻组织情节结构,以展现对战后美国社会秩序与反抗主题的思考。

从总体上看,有关品钦小说的研究经历了三个阶段:20世纪70年代至80年代的早期批评、80年代后期至90年代的后现代解构游戏角度的批评,以及90年代后期至今的社会历史政治角度的批评。[①]70年代至80年代,早期的品钦研究认为,品钦的作品展现了一个混乱堕落的世界。弗兰克·D. 麦康奈尔认为,品钦的小说表达了"末世的绝望"。[②]伊莱恩·B. 赛弗把品钦的小说视为黑色幽默小说,他也认为这些作品表达了面对一个混乱无序世界的绝望情绪。[③]安妮·曼格尔认为,《拍卖第49批》的主人公俄狄帕获取的有关特里斯特罗的信息越多,她对它们的整理就越来越混乱。[④]钱伯斯的研究将女性主义批评和神话批评相结合。她认为,品钦引用了罗伯特·格雷夫斯(Robert Graves)的白女神(the White Goddess)形象,V和俄狄帕是白女神的化身,她们的经历代表了原

---

① 国内对品钦的研究虽然始于90年代,但大致也同国外的研究一样经历了这三个阶段。
② Frank D. McConnell, *Four Postwar American Novelists: Bellow, Mailer, Barth, and Pynchon*, Chicago: University of Chicago Press, 1977, p.159.
③ Elaine B. Safer, "The Allusive Mode and Black Humor in Pynchon's *Gravity's Rainbow*", *Critical Essays on Thomas Pynchon*, Richard Pearce, ed. Boston: G. K. Hall, 1981.
④ Anne Mangel, "Maxwell's Demon, Entropy, Information: *The Crying of Lot 49*", *Mindful Pleasure: Essays on Thomas Pynchon*, George Levine and David Leverenz, eds. Boston: Little Brown, 1976.

始母系文化如何衰退为父权文化。①这其实也说明了品钦借用过去的传统来批判现代世界的堕落。

同时,这些研究指出,品钦的独特之处就在于,他使用了两个新的概念去诠释这个末世主题,即"熵(entropy)"和"妄想症paranoia)"②。首先,品钦对世界衰败的展现体现在熵这个概念上。埃丁斯把熵的主题与宗教问题相联系。他认为,品钦小说传达的是诺斯替主义的宗教思想,无论是品钦早期的短篇小说还是《万有引力之虹》,贯穿它们的宗教主题便是世界从一个冷漠的宇宙逐渐走向诺斯替的阴谋(gnostic conspiracy)。而且,品钦受到亨利·亚当斯的《亨利·亚当斯的教育》一书的影响,使用了这本书中的圣处女(the Virgin Mary)③形象,表达了对早期人性化世界的怀念。④

在这些研究者看来,小说中主人公的妄想症以及他们的追寻活动(quest),是在这个混乱世界中对意义和秩序的求索。斯科

---

① 作者认为衰落是品钦小说的主题。不过作者对小说的不确定性采取了积极的看法,认为品钦表达了拒绝安慰,直面衰败世界的勇气。Judith Chambers, *Thomas Pynchon*, New York: Twayne, 1992, pp. 1—9, 42—47.

② 品钦在《万有引力之虹》里对妄想症的定义是:"发现万物皆有联系"(703)。它同时也表示人物对被控制和阴谋的怀疑。

③ 这本书(*The Education of Henry Adams*, 1918)中的一章题目为"发电机与圣处女"("The Dynamo and the Virgin")。亨利·亚当斯(Henry Adams)在这章中比较了代表欧洲中世纪文明的整合性力量的圣母玛利亚,和代表 20 世纪科技和工业文明的发电机,以此来说明人文价值将被现代文明的贪婪摧毁,人类命运前途暗淡。但是,品钦对现代科技的态度并不是单纯的批判,有时科学技术也是小说人物用来反抗权威的有效手段,比如《性本恶》中的弗瑞兹通过阿帕网(ARPAnet,美国国防部建立的计算机网,是互联网的前身)来帮助多克获取重要信息。

④ Dwight Eddins, *The Gnostic Pynchon*, Bloomington and Indianapolis: Indiana University Press, 1990, pp. 4—6. 作者关于诺斯替主义的思想来自 Hans Jonas 的 *The Gnostic Religion: The Message of the Alien God and the Beginnings of Christianity* (1963) 一书。诺斯替主义认为世界是由非人的邪恶力量所控制,人与神被这个世界分开,这是一个令人感到极端陌生的世界,它的秩序并不体现创造者的意志。本书将在后面的章节中分析这种神话批评视角的局限性。

特·桑德斯认为,妄想症与美国清教思想有关,人物的追寻活动表达的是现代社会失去以上帝为中心的宗教秩序的迷惘和空虚。[①]同样,莫莉·海特在其书中也认为,妄想症是失去上帝之后的替代品。然而,人物追寻意义的结果是幻灭。[②]相对于海特的悲观看法,威廉·M. 普莱特较为积极地看待小说主人公的追寻活动。他引入隐喻(metaphor)这个概念,认为斯坦西尔追寻的V与俄狄帕追寻的特里斯特罗都代表了一种隐喻式的思维方式,体现的是想象力面对衰败时的活力。[③]普莱特引入隐喻的概念,其实也是在说明主人公就像艺术家一样,他们的追寻是在赋予这个混乱世界以秩序。这种看法在后来的品钦研究中依然能够看到,如朱迪斯·钱伯斯、德怀特·埃丁斯、阿奴帕玛·考沙尔[④]和戴维·科沃特[⑤]等人的论著,都仍然把品钦小说看作是对世界衰亡的展现。

尽管如此,这些研究又无法否认品钦小说里存在另一个不同的声音,作者对世界秩序的崩溃仿佛又有另一种看法。也正是因此,研究者们用含混(ambiguity)、不确定性(uncertainty/indeterminacy)等词语来形容品钦的小说。例如,托马斯·H. 肖布的论著题目就叫《品钦:含混的声音》。他认为,这种含混性是因为作品里存在未能解决的对立("unresolved oppositions"),即"小说里存在实现超越和获得整体性的可能,但这些可能性并没有

[①] Scott Sanders, "Pynchon's Paranoia History", George Levine and David Leverenz, eds. *Mindful Pleasure: Essays on Thomas Pynchon*, Boston: Little Brown, 1976.

[②] Molly Hite, *Ideas of Order in the Novels of Thomas Pynchon*, Columbus: Ohio State University Press, 1983.

[③] William M. Plater, *The Grim Phoenix: Reconstructing Thomas Pynchon*, Bloomington: Indiana University Press, 1978.

[④] Anupama Kaushal, *Postmodern Dilemmas*, Jaipur: Yking Books, 2010.

[⑤] David Cowart, *Thomas Pynchon and the Dark Passages of History*, London: University of Georgia Press, 2011.

被确立为绝对真理"①。马克·理查德·西格尔的论著认为,不确定性是理解品钦小说的关键词,它体现了真理的相对性。②普莱特的专著则认为,这种不确定性源自品钦小说既描述了"对事件、人物乃至物质世界进行规划和控制的企图",同时又"不断地发现不确定的因素和其他可能"③。托尼·坦纳称,品钦小说表达了这样一个矛盾:"我们所处的世界是否是充满了阴谋——社会的、自然的、宇宙的?还是说世界中的事物之间没有任何联系,没有目的,只是偶然的随机的存在?"④在这些评论中,也时常会出现二元对立式的表述,如联系—无联系(connected—unconnected)、中心—无中心(center—centerless)、秩序—混乱(order—chaos),等等。国内属于此阶段研究的代表性学者有刘雪岚⑤、陈世丹⑥和戴从容⑦,他们都认为品钦的小说描述了一个熵化的世界。

其实,研究者们做出这样的阐释,与品钦前期小说本身的特点有很大关系,尤其是《V.》和《拍卖第49批》这两部小说,它们实质上是现代主义向后现代主义过渡的作品。一方面,这些故事里经

---

① Thomas H. Schaub, *Pynchon: The Voice of Ambiguity*, Urbana: Illinois University Press, 1981, p. 4.

② Mark Richard Siegel, *Pynchon: Creative Paranoia in Gravity's Rainbow*, Port Washington: Kennikat Press, 1978, pp. 6—7.

③ William M. Plater, *The Grim Phoenix: Reconstructing Thomas Pynchon*, Bloomington: Indiana University Press, 1978, p. xvi.

④ Tony Tanner, *Thomas Pynchon*, London and New York: Methuen, 1982, p. 44.

⑤ 刘雪岚:《"丧钟为谁而鸣"——论托马斯·品钦对熵定律的运用》,《外国文学研究》1998年第2期,第95—98页。作者认为小说开放的结局为读者提供了无限想象的空间,使得阅读本身成为抵抗世界熵化的行为。

⑥ 陈世丹:《论〈拍卖第49批〉中熵、多义性和不确定性的迷宫》,《外国文学研究》2007年第1期,第125—132页。作者一方面认为作品中的熵喻社会的混乱,另一方面又认为品钦用多义性和不确定性来揭示后现代社会的复杂性和迷宫般的世界。

⑦ 戴从容:《这是一个怎样的世界——读托马斯·品钦的〈V.〉》,《当代外国文学》2004年第1期,第167—170页。作者认为品钦将热寂说应用于《V.》里,使得小说充满了虚无主义的色彩。

常出现城市中的垃圾和废弃物、身体器官被机器零件替换的人、人物在城市中漫无目的的游荡、意义缺失、空虚无聊的谈话,等等。斯坦西尔和俄狄帕的追寻活动明显地是对意义和秩序的渴望。另一方面,追寻的结果又令人失望,而且小说中的叙述者对主人公的追寻常有嘲讽,自我指涉式的叙述使得人物的思维方式显得滑稽和突兀,已经失去了现代主义作家作品以艺术建构秩序的确定感。另外,如果仔细观察会发现,品钦的小说其实是质疑艺术对社会变革的作用的。这些作品中的艺术家角色往往是如《V.》里的全病帮这样的形象,他们生活靡费,丧失创造力,并且脱离现实生活,处在封闭的小圈子里。而到了《葡萄园》和《性本恶》里,所谓的高雅艺术早已被摇滚乐、好莱坞电影和电视肥皂剧取代。[①]在《葡萄园》里,成为 FBI 的告密者,陷害同伴并致使其被杀害的人,恰恰是一直信奉艺术的神圣和普遍性的弗瑞尼茜。《性本恶》里的艺术家形象残留在电影演员伯克·斯托奇身上,而他在麦卡锡主义肆虐的黑名单时期,选择加入提供名单的告密者队伍中。由此可以看出,品钦并不像现代主义作家那样,对艺术重整这个礼崩乐坏的世界抱有信心,反而还对这种思想有所质疑。但是,早期的品钦研究往往认同人物的视角和思维,而没有注意到小说对人物思维方式的批判。此外,这些评论之所以认为品钦使用熵的概念来比喻走向混乱衰亡的世界,其实是受到他发表于 1960 年的短篇小说《熵》("Entropy")的影响。而品钦在这个短篇小说中对熵这个概念的使用,需要与封闭空间相联系才能得到正确的解读,它实则是品钦对现代主义秩序与混乱思维的讽喻。由于本章篇幅所限,在此对这

---

① 品钦对流行文化的态度也并不是单纯的贬低。有时,流行文化也能成为人物行动的精神动力。本书将在后面章节的分析中具体谈到。

个短篇小说暂不做讨论。①

直到20世纪80年代后期和进入90年代之后,品钦作为后现代主义的代表作家才得到公认,而学界也展开了对其作品从后现代主义角度的解读。于是,先前的熵、混乱和末世论这些概念在后现代理论的框架下,成为对元叙事、总体性、逻格斯中心主义等的解构与颠覆,对社会秩序的反叛,对多元化和多样性的狂欢式颂扬。小说主人公的追寻被看作是关于阐释的问题,小说围绕真理的相对性和现实的多重性,展开了关于认知问题的探索。而作品的不确定性则被理解为作者对建立又一个权威秩序的拒绝,因此不对人物的追寻给出一个确定的答案,这属于开放式的结局。总之,这些作品揭示了历史和真理的建构性和相对性、知识与权力的关联,以及现实的多重性。它们通过呈现历史的不连续性、断裂和碎片化,来挑战历史的客观性、决定论、目的论和因果律的传统观

---

① 品钦在1984年结集出版的短篇小说集《慢慢学》(*Slow Learner*)的序言中,对这个短篇做了评价。他向读者承认自己实际上对"熵"这个概念并不了解,只是因为碰巧读过诺伯特·维纳的书《人有人的用处》(*The Human Use of Human Beings*)和亨利·亚当斯的《亨利·亚当斯的教育》,便从中借用了有关"大规模毁灭或衰落"的主题(*Slow Learner*, 13),因为这是一个"我认为在那个年代很适宜的态度,我想在年轻人里也很普遍"(*Slow Learner*, 13)。再加上当时的政治恐怖题材作品对这一主题的大肆渲染,"我当大学本科生时的情绪、亚当斯对权力失控的看法,以及对宇宙热寂死和数学计算出的停止,熵的概念正好适用。"(*Slow Learner*, 13)品钦对这样的创作方式非常后悔,并劝告初学者"在创作时从一个抽象统一的概念,如象征或主题出发,然后迫使人物和事件去迎合那个抽象概念,其实是错误的"(*Slow Learner*, 12)。后来随着对熵理论的了解,品钦发现这一领域的知识其实非常庞杂,并没有一个统一的说法。参见 Thomas Pynchon, *Slow Learner*, Boston: Little, Brown and Company, 1984. 其实,仔细阅读《熵》这篇短篇小说,我们会发现,品钦的确对熵这个概念的理解并不深入。主人公卡里斯托对熵的表述,其实强调的是20世纪50年代美国社会的整齐划一、缺乏活力、保守沉闷的气氛,而不是一些评论所理解的混乱无序。另外,按照热力学第二定律的描述,能量的转化只有一个方向,即由有序走向无序,当一个封闭系统的熵达到最大值时,里面的能量完全均匀分布,分子之间停止能量的传递。这种无序其实是指同一。但是,根据这个短篇小说的设计,楼上卡里斯托与楼下的肉丸代表的又是一般意义上的秩序与混乱的对比。

念。同时,它们还解构了自由人文主义的稳定、连贯、统一的主体观,展现的是主体的去中心化和统一主体的解体。可以看出,以上这些对品钦小说的看法其实也是人们对后现代小说及后现代主义的一致认识,类似的表述都可在相关研究中找到,如琳达·哈琴的力作《后现代主义诗学:历史·理论·小说》①对包括建筑、摄影、文学等后现代文化艺术形式的概括,史蒂文·康纳②在《剑桥后现代主义指南》一书中对后现代文学的讨论,布朗·尼科尔③在《剑桥后现代小说研究入门》一书中对后现代小说主要特征的总结,等等。它们呈现了占主导性地位的对后现代文学的看法,以及后现代文学研究的成果。

凯瑟琳·休姆在其论著中论述道:"品钦的神话艺术最独特的地方在于,他拒绝普世英雄的一元神话,而选择针对个体的模式,这与他的非线性的宇宙观相一致。"④约翰·M. 麦克卢尔把包括品钦、唐·德里罗(Don DeLillo)和托妮·莫里森(Toni Morrison)等在内的后现代作家,置于后现代美国社会宗教回归的文化背景下,指出他们的作品都显示出后世俗(post-secular)式的宗教关怀。这种后世俗宗教信仰重视世界的多样性,认为知识是多系统的对世界的不同侧面的认识,要避免教条和不宽容以及权威式的信仰。⑤

---

① Linda Hutchon, *A Poetics of Postmodernism*: *History*, *Theory*, *Fiction*, New York and London: Routledge, 1988.

② Steven Connor, "Postmodernism and Literature", *The Cambridge Companion to Postmodernism*, Steven Connor, ed. New York: Cambridge University Press, 2004, pp. 62—81.

③ Bran Nicol, *The Cambridge Introduction to Postmodern Fiction*, New York: Cambridge University Press, 2009.

④ Kathryn Hume, *Pynchon's Mythology*: *An Approach to Gravity's Rainbow*, Carbondale: Southern Illinois University Press, 1987, p. 136.

⑤ John M. McClure, *Partial Faiths*: *Postsecular Fiction in the Age of Pynchon and Morrison*, Athens: University of Geogia Press, 2007, pp. 3—19.

德博拉·L. 马德森认为,品钦的小说就属于后现代寓言,小说聚焦于追寻人物如何"发现知识即是社会的和自我意识的建构,进而揭示意识形态的运行方式"。寓言(allegory)作为一种文类是阐释性的实践活动,而后现代寓言旨在揭示文化与知识的建构性,任何一种对现实的阐释或解读本身都带有特定时代特定社会的意识形态。① 西奥多·D. 卡哈珀提安则认为,品钦的《V.》《拍卖第 49 批》和《万有引力之虹》属于梅尼普讽刺(Menippean satire)②,这种讽刺体强调形式的多样化。而且,"品钦的后现代追寻者试图获得对历史的统一认识,其结果是以自我分裂为代价,这是对现代主义的主体性策略的讽刺"③。

阿兰·W. 布朗利从知识与权力的关系这一角度来分析品钦的前三部小说并认为,它们体现的是真理的主观性及权力对知识的作用。品钦用妄想症一词来探索占主导地位的文化如何贬低和压抑边缘文化。其小说也探索了权力重新分配的可能性。④ 肖恩·史密斯从历史编纂的角度出发,认为品钦的小说探讨了关于历史的知识的问题。小说思考了两种历史观:一种是宏大叙事的历史观;另一种是相对主义的历史观。品钦致力于展现"历史的书写如何隐含着权力的运作,及那些属于某个利益群体的价值观如何被

---

① Deborah L. Madsen, *The Postmodernist Allegories of Thomas Pynchon*, Leicester: Leicester University Press, 1991, p. 5.
② 有关梅尼普讽刺的概念,可参见巴赫金:《陀思妥耶夫斯基的诗学问题》,《巴赫金全集》第五卷,白春仁、顾亚铃译,石家庄:河北教育出版社,2009 年,第 145—157 页。
③ Theodore D. Kharpertian, *A Hand to Turn the Time: The Menippean Satires of Thomas Pynchon*, Rutherford: Fairleigh Dickinson University Press, 1990, p. 18.
④ Alan W. Brownlie, *Thomas Pynchon's Narratives: Subjectivity and Problems of Knowing*, New York: Peter Lang, 2000.

人们接受为客观真理"①。

这一时期国内具有代表性的研究成果是孙万军的《品钦小说中的混沌与秩序》。作者认为品钦小说中的混沌是一种反对社会秩序的狂欢。作者运用德里达和巴赫金的理论,论证了品钦如何通过"解构大写的秩序来建立小写的多数的秩序"②。孙万军把品钦的小说称作可写的文本(writerly text),它鼓励读者参与到对文本的意义建构中。此外还有但汉松的文章《〈拍卖第四十九批〉中的咒语和谜语》③及《作为文类的百科全书式叙事——解读品钦新著〈反抗时间〉》④,它们关注的是品钦作品不确定性的美学意义。

总之,与早期的品钦研究相比,这一时期的研究对品钦的后现代主义风格和艺术成就进行了更为细致充分的探讨,如迷宫般的情节、支离破碎的叙事手法、戏仿、拼贴,等等。而且也是在这一阶段,小说里被先前研究所忽视的边缘群体,得到了重视和肯定性的评价。总之,这些研究揭示出,人物对统一连贯意义的追寻是对逻格斯中心主义传统的讽刺,而看似混乱的境地却存在着自由开放的可能。

但是,它们存在一些共同的问题。在这些论述中,总体性和宏大叙事代表了压迫性的统一秩序,如极权主义、纳粹主义、殖民主义和跨国资本主义,代表了品钦小说里反复出现的"他们(They)"或"被拣选者(the Elect)"的霸权性视角。而小说中对多样性、多元

---

① Shawn Smith, *Pynchon and History: Metahistorical Rhetoric and Postmodern Narrative Form in the Novels of Thomas Pynchon*, New York: Routledge, 2005, pp. 3—4.
② 孙万军:《品钦小说中的混沌与秩序》,保定:河北大学出版社,2008年,第28页。
③ 但汉松:《〈拍卖第四十九批〉中的咒语和谜语》,《外国文学评论》2007年第3期,第38—47页。
④ 但汉松:《作为文类的百科全书式叙事——解读品钦新著〈反抗时间〉》,《外国文学评论》2008年第3期,第74—84页。

化的拥抱体现了"弃民(the Preterite)"对此统一秩序的反叛,体现在对历史和真理问题的重新认识上。同时作品在形式和叙事策略上也与此多样性对总体性的颠覆相对应。毋庸置疑,《V.》里的西方殖民主义体系、《拍卖第49批》里皮尔斯的企业帝国、《葡萄园》和《性本恶》中里根政府代表的保守主义政治等都体现了学者们所说的小说对极权式统一秩序的批判。然而,由于对总体性视角的绝对否定,研究者们忽视了品钦小说对妄想症建立联系倾向的积极意义的肯定,如史蒂文·魏森贝格认为妄想症是一种决定论式的认知方式,它类似于加尔文主义式的对神圣权力的思考方式。① 乔恩·西蒙斯的文章通过分析品钦小说,对弗雷德里克·詹姆逊(Fredric Jameson)(又译詹明信)的认识图绘和妄想症概念进行了批判。他指出,品钦通过呈现人物追寻固定解释和总体意义的失败,揭示了所有总体化的意义系统的不完整性。② 但是正相反,品钦的小说对统一叙事的警惕并非是对总体性视角的否定,作者也从没有放弃审视整个社会制度系统的努力。

与此种对总体性视角的否定相关联,研究者们对于不确定性、含混性的过度强调和对寻求基础和根基的完全排斥,还导致了一些研究陷入虚无主义的结论。乔恩·西蒙斯分析的问题在品钦研究中十分典型,这些论述的局限在于:一方面从知识真理的建构性和历史的虚构性的角度出发,反对总体性宏大叙事,反对基础主义;另一方面完全否定现实的真实性,进而否定了品钦小说中的边

---

① Steven Weisenburger, "Gravity's Rainbow", *The Cambridge Companion to Thomas Pynchon*, Inger H. Dalsgaard, Luc Herman and Brian McHale, eds. Cambridge: Cambridge University Press, 2012, pp. 44—58.

② Jon Simons, "Postmodern Paranoia? Pynchon and Jameson", *Paragraph*, 23.2 (2000): 207—222.

缘群体和社会底层人群的真实存在。

由于受到品钦小说的元小说叙事手法的影响,这些研究往往侧重于对真理、元叙事、历史等议题进行抽象的理论分析,过于强调小说的语言符号游戏,作品的含混和不确定性更多地被理解为仅是形式风格的问题,而忽视了对这些作品的社会政治主题的挖掘,也因此将多样性做了过于简单化的阐释,只单纯地强调其狂欢性[①],而没有注意到作者对这个问题的反思。

作为后现代主义作品,品钦小说的确有许多游戏的元素,而且品钦是一个十分幽默风趣的作家,他的作品里经常有诸如双关语、滑稽的名字之类的词语游戏。他还喜欢在情节中插入流行歌曲的片段,喜欢对各种风格和文类进行戏仿和混用,等等,但它们并不是品钦小说的主要方面。而且这些小说也并不是纯粹的元小说,作品里的元叙事手法也从来不是目的而是手段。其实,琳达·哈琴早在其1988年出版的《后现代主义诗学:历史·理论·小说》一书中就提出,纯粹的元小说如美国的超小说和法国的新小说,不应该被归到后现代主义小说中,因为纯粹元小说实质上是现代主义小说的极端形式。[②]她把诸如约翰·马克斯维尔·库切(John Maxwell Coetzee)、克里斯塔·伍尔夫(Christa Wolf)、品钦等作家的作品称为历史元小说(historiographic metafiction),认为这类小说才属于真正的后现代主义小说。她指出,它们并不沉迷于封闭的自我指涉游戏,在与现实的关联上,它们反思现代主义脱离现实

[①] 巴赫金提出的"狂欢"概念源自他对中世纪民间诙谐文化传统的考察。人们在用这个概念来阐释作品尤其是现当代作品时,往往会忽略掉这一历史背景,不注意现代消费社会的大众文化和中世纪社会民间文化的差别。详见巴赫金:《拉伯雷的创作与中世纪》,《巴赫金全集》第六卷,李兆林、夏忠宪等译,石家庄:河北教育出版社,2009年。

[②] Linda Hutchon, *A Poetics of Postmodernism: History, Theory, Fiction*, New York and London: Routledge, 1988, p. 52.

的倾向。同时，它们对元叙事、主体性和历史等概念的解构与质疑，并不是对真理和历史的虚无主义式的否定或无深度的拼贴，而是语境化的（contextualizing）。①她认为真正的后现代艺术作品是具有历史与政治关切的。

正如琳达·哈琴所分析的，品钦小说的不确定性与当时的社会历史背景有着密切的联系，而并不是对认识论问题的抽象讨论或单纯的语言问题。俄狄帕的妄想症就明显地带有战后50年代冷战思维和麦卡锡主义影响下的时代气质。《V.》和《拍卖第49批》不仅在风格上是过渡性质的作品，在内容上也是过渡性的，这种过渡性反映了战后美国社会的特点，即在保守主义的气氛中一种新的情感和活力的出现。如果在《V.》和《拍卖第49批》里，这种联系还是以较为隐蔽的方式呈现，那么到了《葡萄园》和《性本恶》里就已十分明显，追寻和妄想症变得有了明确的指称。因此，汉悠·贝雷塞姆在他对品钦研究的回顾文章中就指出，解构主义批评方法正日渐失去其吸引力："这种批评游戏变得越来越无趣。就像品钦作为灾难的预言家失去吸引力一样，品钦作为游戏的代言人和脱离现实的讽刺大师也失去了吸引力。"②

因此，品钦研究在接下来的阶段里便是要突破先前研究对形式和技巧的关注，在美学意义的基础上去挖掘品钦小说的社会政治含义。2012年《剑桥品钦指南》一书出版，书中专辟两章分别讨

---

① 琳达·哈琴在这本书中反驳了特里·伊格尔顿（Terry Eagleton）、弗雷德里克·詹姆逊等人对后现代主义的批评，认为他们的看法并不是基于对后现代艺术作品的具体考察上。即便是有，也是把元小说和后现代主义小说混为一谈。详见 Linda Hutchon, *A Poetics of Postmodernism: History, Theory, Fiction*, New York and London: Routledge, 1988, pp. 18—19, 23—24, 49, 207—217。

② Hanjo Berressem, "Coda: How to Read Pynchon", *The Cambridge Companion to Thomas Pynchon*, Inger H. Dalsgaard, Luc Herman and Brian McHale, eds. Cambridge: Cambridge University Press, 2012, p. 170.

论了品钦小说中的历史与政治①,这说明学界已经注意到这方面研究的重要性。在20世纪90年代也有一些学者开始从这个角度做了尝试。约翰·达格代尔通过分析品钦小说中的文学用典,来说明故事里涉及的艺术问题与政治问题的关联,如现代主义作家的创作思想同法西斯主义的联系。②分别由尼拉姆·阿巴斯和杰弗里·格林编辑的两部论文集,则是从女性主义和后殖民主义批评角度分析品钦小说的具有代表性的成果。其中,莫莉·海特的文章对《葡萄园》中弗瑞尼茜成为间谍以及她对布洛克·冯德的迷恋从女性主义角度进行了解读。③凯瑟琳·菲茨帕特里克的文章从女性主义角度分析品钦的小说关于人在科技社会中的物化问题,认为《V.》里的一个主要女性人物 V 的物化过程反映了品钦将科学技术的罪恶归咎于女性。④迈克尔·哈里斯的文章则讨论了品钦小说从三个方面对殖民主义的展现:一、对某一被殖民种族人民的具

---

① Jeffer Baker,"Politics", *The Cambridge Companion to Thomas Pynchon*, Inger H. Dalsgaard, Luc Herman and Brian McHale, eds. Cambridge: Cambridge University Press, 2012, pp. 136—145. 作者从爱默生对个人主义的两种看法——自主(self-reliance)和民主社群(democratic communitarianism)——入手,来分析品钦小说对个人主义的审视,认为这是品钦小说的中心政治议题。Amy J. Elias 则认为,品钦的历史小说目的不在于呈现现实主义的描绘,而是思考历史的本质。品钦主要通过三个方面来展现这个议题:一、用杂语的方法来表现妄想症;二、把历史作为事件(event)来建构;三、把历史看作是隐喻,引入神话创作(mythopoesis)。详见 Amy J. Elias,"History", *The Cambridge Companion to Thomas Pynchon*, Inger H. Dalsgaard, Luc Herman and Brian McHale, eds. Cambridge: Cambridge University Press, 2012, pp. 123—135。

② John Dugdale, *Thomas Pynchon: Allusive Parables of Power*, New York: St. Martin's Press, 1990.

③ Molly Hite, "Feminist Theory and the Politics of *Vineland*", *The Vineland Papers: Critical Takes on Pynchon's Novel*, Geoffrey Green, Donald J. Greiner and Larry McCaffery, ed. Illinois: Dalkey Archive Press, 1994, pp. 135—153.

④ Kathleen Fitzpatrick, "The Clock Eye: Technology, Woman, and the Decay of the Modern in Thomas Pynchon's *V.*" *Thomas Pynchon: Reading from the Margins*, Niram Abbas, ed. London: Associated University Presses, 2003, pp. 91—107.

体描述；二、叙述者直接对欧洲的殖民统治进行评价；三、展现殖民主义的思维方式。①

还有学者对品钦小说中涉及的具体历史事件进行了探索，如科沃特。科沃特把品钦看作是历史小说家，针对约翰·加德尔（John Garder）和查尔斯·纽曼（Charles Newman）将后现代主义小说看成是虚无主义和自我沉迷的文本游戏，他指出美国的后现代小说家实际上十分关注社会现实和伦理。例如《拍卖第 49 批》《葡萄园》和《性本恶》这三部小说就是对 20 世纪 60 年代社会政治问题的关注。②而国内对品钦小说的历史政治主题进行研究的学者是王建平，他的文章《历史话语的裂隙——〈拍卖第四十九批〉与品钦的"政治美学"》探讨了出现于小说中的邮票所隐含的历史及寓意，说明品钦如何通过邮政史来讽喻美国社会。③

就品钦小说里的政治问题而言，研究比较深入的是塞缪尔·托马斯的论著。他认为，以往的解构主义批评有局限性，仅仅解构、颠覆或是去魅是不够的。针对弗雷德里克·詹姆逊和阿多诺（Theodor Ardono）对政治的终结的担忧——后现代社会资本渗透到社会生活的各个领域，人们已经丧失了批判社会的能力，托马斯试图分析品钦小说如何为个体挣脱既定制度的束缚和规训，寻找新的途径。他以法兰克福学派的理论为框架，讨论了品钦小说采取的显微（micrological）策略。托马斯从每部小说里选取一个片

---

① Michael Harris, "Pynchon's Postcoloniality", *Thomas Pynchon: Reading from the Margins*, Niram Abbas, ed. London: Associated University Presses, 2003, pp. 199-214. 然而作者花了过多篇幅在理论阐释上，文本分析很少。而且把殖民主义问题过于泛化，将它看作是涵盖品钦小说所有方面的总体思想。

② David Cowart, *Thomas Pynchon and the Dark Passages of History*, London: University of Georgia Press, 2001.

③ 王建平：《历史话语的裂隙——〈拍卖第四十九批〉与品钦的"政治美学"》，《外国文学评论》2010 年第 1 期，第 153—164 页。

段,来展示作者在这些毫不起眼的小事件中隐藏的对社会问题的揭露,如《V.》里的戈多尔芬接受的面部整形术所使用的材料,其中隐含着殖民历史。①

以上这些学者的研究使得我们对品钦的作品有了更深入的了解,为我们进一步发掘品钦的后现代主义小说同社会、历史和政治问题的关联提供了启发。不过,这些研究还存在一些问题和盲点。女性主义视角的批评往往简单地把小说的女性人物仅仅看作是受害者,忽视作品含义的复杂性,小说对人物思维方式的审视其实并不表明品钦是男权主义者或是有厌女症,小说的复杂性不能用性别的二元对立思维来框定。当然,女性主义视角也是不可忽视的,这将在后面章节的文本阐释中得到体现。就塞缪尔·托马斯的显微阐释法而言,这种方法难以让我们对作品中的历史政治寓意有一个整体的把握。尤其是当我们把《V.》《拍卖第 49 批》《葡萄园》和《性本恶》四部小说放在一起观察时,便可看到一条贯穿的线索:从 20 世纪 50 年代保守主义思想和气氛下新情感的萌发,到 60 年代的激进反叛,再到 70 年代和 80 年代保守主义的回归和对激进主义的回顾与反思。小说的后现代叙事策略都与作者对战后美国社会的种种问题的思考紧密相关。更重要的是,品钦的小说其实很看重总体性的视角。

品钦小说中的空间问题在表达社会政治主题时所起到的作用已经引起了一些学者的关注,如托马斯·海斯《都市的地下世界:20 世纪美国文学与文化的地理》的第四章分析了《拍卖第 49 批》的地下世界。作者认为俄狄帕的追寻经历了从中产阶级郊区到城市底层人群空间的过程,由此说明人的生活空间也体现了意识形态

---

① Samuel Thomas, *Pynchon and the Political*, New York and London: Routledge, 2007.

的运作。①埃里克·布尔森的专著讨论了小说家如何利用地图绘制技术——包括地图、航海图、航空照片等——建构小说空间,并探讨了现实主义作家的导航法和后现代作家的方向迷失的手法。作者在第四章分析了品钦在《V.》里对旅游指南中的地图的应用。②理查德·利汉的《文学中的城市:知识与文化的历史》一书,主要从城市历史的角度追述城市发展的历史,以及城市在不同历史时期文学作品中的表现方式。书中第十四章探讨了品钦小说中的后现代城市景象,认为这些小说呈现了一个属于熵的城市,物质世界和文化系统都不可避免地走向衰落。③但是这些论述比较零散,且往往是夹杂在对多个作家的研究中,有关品钦对空间问题的思考与其小说的社会政治主题之间的紧密联系,以及与之相应的空间化叙事,学界目前还没有系统的研究。

第二节 叙事空间、空间批评与品钦小说中的空间问题 ④

一、叙事空间

学界对叙事空间的系统研究始于 20 世纪后半叶。传统的观点通常把小说中的空间归到故事环境/背景(setting)这一类中。环境

---

① Thomas Heise, *Urban Underworlds*: *A Geography of 20th American Literature and Culture*, New Brunswick, N.J.: Rutgers University Press, 2011.
② Eric Bulson, *Novels*, *Maps*, *Modernity*: *The Spatial Imagination*, *1850—2000*, New York & London: Routledge, 2007.
③ Richard Lehan, *The City in Literature*: *An Intellectual and Cultural History*, Berkeley: University of California Press, 1998.
④ 本节部分内容曾以《文学空间研究》为题,发表在《叙事》中国版 2013 年,第 182—192 页。本书对之前的一些论述做了改动。

包括历史环境(historical setting),地理环境(geographical setting)和物质环境(physical setting)。它们的功能是提供故事的时间和地点信息。其中地理环境及物质环境中的户内户外(inside or out-of-doors)、建筑场所等都是空间的构成成分。① 此外,传统的环境观其实并没有简单地只把它们看作是提供人物活动的场所,而是认为它们对推动情节的发展,展现人物的情感和行为都起到了作用。比如,地理环境决定了故事中的语言和风俗;而故事发生在室内还是室外也能暗示人物是受到束缚或是感到自由,例如短篇小说《黄色墙纸》("The Yellow Wallpaper");而建筑和房子也会反映人物的心理状况,如短篇小说《厄舍古屋的倒塌》("The Fall of the House of Usher")。②虽然如此,由于关于环境的看法主要是基于对传统现实主义小说的认识,所以尽管环境所包含的空间类型在小说中有不可忽视的作用,它还是被置于背景处来加以处理,处于突出位置的仍然是以人物行动为中心的情节。也就是说,小说归根到底是时间性的艺术。而且在这一传统的认识中也没有明确的叙事空间概念。

1945年,约瑟夫·弗兰克将其《现代文学的空间形式》一文分作三部分陆续发表,引发了人们对文学作品的空间的关注。弗兰克首先回顾了莱辛(Gotthold Ephraim Lessing)的著作《拉奥孔》③

---

① 此故事环境的定义和划分,参照的是 Laurie G. Kirszner and Stephen R. Mandell, eds. *Literature*:*Reading*,*Reacting*,*Writing*, Beijing:Peking University Press,2006, pp. 171—175。

② See Laurie G. Kirszner and Stephen R. Mandell, eds. *Literature*:*Reading*, *Reacting*,*Writing*, Beijing:Peking University Press,2006, pp. 171—175.

③ 在《拉奥孔》这本书中,莱辛比较了文学与绘画的差别。他认为文学属于时间性的艺术,因为其使用的是按时间顺序排列的声音,所以文学适合描写动作。绘画则是空间性的艺术,因为它使用的是按空间关系组成的图形和色彩,因此绘画适合表现身体。详细参见莱辛:《拉奥孔》,朱光潜译,北京:人民文学出版社,1979年。

对于文学作为时间性的艺术与绘画作为空间性艺术的论述。他认为,莱辛的看法已不适用于现代主义文学。他通过分析现代主义文学的艺术形式,试图证明现代主义作家如艾略特、庞德、普鲁斯特等人的作品发展了一种空间化的艺术形式。这种空间的形式指现代主义作家作品中的并置技巧(techniques of juxtaposition)。按照弗兰克的理解,庞德对意象(image)的定义,其中暗含的意思是,不同的观念和情感被糅合为一个统一的整体,这是在一瞬间内形成的复合体。① 艾略特的客观对应物(objective correlative)也是把看似互不相关的体验融为一个整体。这样的效果便是,读者必须将作品里所有纷繁芜杂的意向组合到一起才能理解作品的意思,必须共时地理解他们的作品,而不是按照时间顺序去理解,所以是空间性的艺术。乔伊斯的小说同样也具有共时的(simultaneous)特点,当读者阅读《尤利西斯》这样的小说时,必须把所有的用典、引文和人物的活动联系起来,把它们看作是一个有机整体(organism)。因此这种"共时性"和"并置"就是空间性的艺术形式。②

可以看出,"空间"一词在这里其实是一个比喻,而不是指实在的地理空间或场所。彼得·查尔兹在劳特里奇出版社的"新批评术语丛书"(The New Critical Idiom)《现代主义》卷中讨论现代主义

---

① Joseph Frank, "Spatial Form in Modern Literature", *The Sewanee Review*, 53.2 (1945): 226.

② Joseph Frank, "Spatial Form in Modern Literature", *The Sewanee Review*, 53.2 (1945): 221—240. Joseph Frank, "Spatial Form in Modern Literature", *The Sewanee Review*, 53.3 (1945): 433—456. Joseph Frank, "Spatial Form in Modern Literature", *The Sewanee Review*, 53.4 (1945): 643—653.

文学作品的特点时,也引用了弗兰克的空间形式概念。[①]查尔兹还进一步论述说,现代主义文学的这种空间形式以及它所要求的读者的空间式阅读方式,其实源自立体主义画派创作理念,即对事物的多维度观察。[②]总之,空间一词在其中并非是指作品的叙事空间。弗兰克还把现代主义作家的过去与现在并置的手法,以及普鲁斯特的小说人物在某一瞬间感悟到的意义也看作是空间形式。然而我们知道,现代主义作家如 T. S. 艾略特诉诸传统和历史,目的是反衬现代社会的衰败和混乱,这实际上暗含的是一种时间性的思维方式。形式上过去与现在是并列的,但实质上它们处于不平等的地位,传达的是一个由盛到衰的过程。[③]而现代主义作品中人物的顿悟或存在的瞬间,强调的是在时间流逝中的意义的永恒性,也是属于用时间衡量的范畴。更重要的是,弗兰克认为的现代主义作品这种时间上的并置,其实并没有以真正的空间化的方式体现[④],这与现代主义作品关注时间而非空间的特点是一致的。此外,即便是用空间形式强调共时性的空间式理解方式,对于小说这类语言文字类的叙事作品而言,在实际情况中读者仍然需要从头至尾读完作品,我们无法抹杀这个阅读的过程。

---

① 他还指出,这个概念是受到已故批评家威利·赛弗(Wylie Sypher,1905—1987)对现代主义文学的看法的启发。赛弗认为,现代主义复杂的文本构建对阅读提出了更高的要求,读者需要更加积极和高度自觉,直到作品的结尾读者才能完全理解作品各部分的含义。

② Peter Childs, *Modernism* (The New Critical Idiom), London: Routledge, 2000, pp. 155—156.

③ Michael Bell 在为《剑桥现代主义研究指南》一书撰写的论文中,论述到了现代主义文学的神话叙事,他认为,这一神话叙事策略和思维模式使得现代主义作家发展出了一种空间化的而非依照时间顺序的结构,事件在时间中发生,但其意义却是空间地产生出来的,即神话包含的超越历史时间和个人时间的永恒意义。但这里面"空间"一词也仍是一个比喻。参见 Michael Bell, "The Metaphysics of Modernism", *The Cambridge Companion to Modernism*, Michael Levenson, ed. Cambridge: Cambridge University Press, 2000, pp. 14—15.

④ 关于空间化的时间,本书将在第三章展开详细论述。

当然,弗兰克提出空间形式的概念只是说明现代主义文学的特点,而并非是作为一个普遍性的理论。可是,后来的一些学者发表的文章,如威廉·霍尔兹的文章①、W. J. T. 米切尔的文章、论文集《叙事中的空间形式》②,在继承弗兰克的思路的基础上做理论延伸时,就出现了普遍化的问题。米切尔认为,空间形式(spatial form)不仅是在现代主义作家的作品里才有,其实在任何一个时期的作品里都有体现。于是,米切尔将空间形式拓展为一种普遍理论(general theory)。为了说明文学作品具有的空间形式的一面,作者一一列举了一系列常见的文学术语,如结构、情节、节奏、格律等,指出这些词都暗含空间的意思,并进一步探讨了如何分析文学中的空间形式等问题。③从本质上看,这说的其实就是文学作品的情节结构问题,而在这些学者的文章里也经常出现"整体(organism/ unity/ whole)"这样的字眼,只不过在米切尔的文章里,情节结构是用图形来表示的。另外,这些著作对空间性与时间性的区别也存在认识错误。米切尔常把比喻意义的空间和实在的空间混为一谈,他认为有四种空间形式:作为物质实体的文本(the physical existence of the text itself);文本中被展现的实际空间(the way in which the world of real space is represented by literary texts);叙事结构(narrative structures);对作为意义生产系统的文本的空间性理解(the spatial apprehension of the work as a system

---

① William Holtz, "Spatial Form in Modern Literature: A Reconsideration", *Critical Inquiry*, 4.2 (1977): 271—283.

② Jefferey R. Smitten and Ann Daghistany, eds, *Spatial Form in Narrative*, Ithaca and London: Cornell University Press, 1981. 弗兰克还在其中写了回顾性文章,重申了自己的观点,详见第 202—243 页。

③ W. J. T. Mitchell, "Spatial Form in Literature: Toward a General Theory", *Critical Inquiry*, 6.3 (1980): 539—567.

for generation of meanings)。显然,其中第三种和第四种空间都是比喻。论文集《叙事中的空间形式》中的学者对空间形式思想的延伸甚至走向一种极端,他们把空间与时间截然对立,认为空间就是时间停止或历史的不存在。例如,戴维·麦克尔森认为,具有空间形式的作品应该使其时间维度最小化。[①]至于米切尔的普遍理论,其实并没有必要为了提醒人们注意文学并不仅仅是时间的艺术,就用空间形式的概念来代替原本惯常通用的术语,如情节等,这样会使得问题复杂化。比如,情节所涉及的时间方面的顺序(order)、时距(duration)、频率(frequency)等问题,空间形式这一概念就无法概括。刻意突出空间的一面,在揭示读者的认知方式上有一定帮助,但在实际操作中对作品的理解作用并不大。

以弗兰克的观点为代表的理论路径,已经带有从认知和读者反应的角度出发理解文学作品的特点。而法国哲学家巴什拉的《空间诗学》[②]则是从现象学和心理学的角度来探讨文学作品里的空间意象对读者产生的影响。巴什拉选择那些使人愉悦的空间意象作为研究对象,如房屋、巢穴、房间角落等,试图解释它们感染读者的原因。与其说巴什拉是在分析文学作品的空间问题,倒不如说他是在借助文学作品来思考空间在人生活中产生的影响,尤其是这些日常生活的空间如何塑造了人的情感和心理。这本著作更像是作者对这些空间在人心里所激起的感受和想象的散文式的记录。

[①] David Mickelsen, "Types of Spatial Structure in Narrative", *Spatial Form in Narrative*, Jefferey R. Smitten and Ann Daghistany eds. Ithaca and London: Cornell University Press, 1981, pp. 63—78.

[②] Gaston Bacheland, *The Poetics of Space*, Maria Jolas, trans. Boston: Beacom Press, 1994.

真正从读者对叙事作品虚构世界的理解和建构角度去对叙事空间进行系统研究的应该是认知叙事学派的学者。由于经典叙事学对故事(story)和话语(discourse)的区分,人们更多关注的是叙事作品的时间性,诸如倒叙、插叙、预叙,这些概念都具有时间的性质。经典叙事学理论对空间的看法是从时间的角度把故事背景当作停顿(pause),因为它占用话语的时间而不占用故事的时间。[①]戴维·赫尔曼和苏珊·弗雷德曼[②]都认为,这样的处理不妥。赫尔曼认为,如果从认知角度看待叙事,那么"叙事也可被看作是一系列文字的和视觉的提示,以帮助读者构建故事里的参与者、物体和场所的空间布局"[③]。他进而分析了六种叙事作品构建故事世界的方式:指示转换(deictic shift);图形和场地(figure & ground,以确定物体之间的位置关系);区域、路标和路线(regions, landmarks & paths);地质学位置和观察者位置(topological locations & projective locations);表明行动者方向的动词(motion verbs);物体形状、名称、类别及地点的信息组合(what & where systems)。以上这些都是帮助读者描绘故事世界的认知地图的空间参照。[④]与赫尔曼的看法类似,特里萨·布里奇曼的《时间与空间》一文也是从认知角度来看叙事的:"阅读叙事作品就是进入另外一个有其自身

[①] 查特曼(Seymour Chatman)在其著作中,其实提出过故事空间(Story Space)与话语空间(Discourse Space)的概念,故事空间指事件发生的场所或地点,话语空间指叙述行为发生的场所或环境。不过,他做这样的区分主要是为了分析像电影这样的视觉叙事艺术。详见 Seymour Chatman, *Narrative Structure in Fiction and Film*, Ithaca and London: Cornell University Press, 1978, pp. 96—107。

[②] Susan Stanford Friedman, "Spatial poetics and Arundhati Roy's *The God of Small Things*", *A Companion to Narrative Theory*, James Phelan and Peter J. Rabinowitz, eds. MA: Blackwell Publishing Ltd., 2005, pp. 192—205.

[③] David Herman, "Spatialization", *Story Logic: Problems and Possibilities of Narrative*, Lincoln and London: University of Nebraska Press, 2004, p. 263.

[④] Ibid., pp. 263—299.

时空结构的世界。"①她分析了时间和空间如何决定了我们对叙事作品的理解,从这方面重新审视了如顺序、频率、方向、路径等基本概念。②

H. 波特·阿博特的叙事学专著也有一章专门探讨了叙事空间(narrative space)。作者认为,叙事既是在时间中对事件的再现也是空间中的再现。他列举了一些例子来证明空间对于理解作品的重要性,如在广播剧中通过隐瞒视觉信息来制造恐怖的效果。在他看来,空间不仅仅是地理学上的概念,它也指叙事作品的虚构世界。因此,他用"世界(world)"一词来涵盖"空间(space)"一词。这也反映了认知叙事学对非文字叙事尤其是当下由大众文化和数字化技术衍生出的各种虚拟世界的关注。总之,叙事就是建立和理解一个虚构世界的艺术。阿博特的分析要比赫尔曼的更加清晰和系统化,他将叙事世界(narrative world)分为四个层次:人物角色活动以及事件发生的故事世界(the story world in which the character resides and the events take place);叙述行为发生的世界(the world in which the narration takes place);人物的内心世界(the inner worlds of the character);包含故事世界和叙事世界的意义生成世界(the world of production that contains both the story world and the world of narration)。③

不难看出,认知叙事学对叙事空间的理解,实际上是把原来的

---

① Teresa Bridgeman, "Time and Space", *The Cambridge Companion to Narrative*, David Herman ed. New York: Cambridge University Press, 2007, p. 52.
② David Herman, "Spatialization", *Story Logic: Problems and Possibilities of Narrative*, Lincoln and London: University of Nebraska Press, 2004, pp. 52–65.
③ H. Porter Abbott, *The Cambridge Introduction to Narrative*, Cambridge: Cambridge University Press, 2008, pp. 167–170.

叙事交流情境(narrative communication situation)①作了空间化的阐发,它主要探究的是读者的接受,读者对叙事作品创造的故事世界的体验、认知和建构。例如,玛丽-劳雷·瑞安在其《认知地图与叙事空间的建构》一文中讲述了这样一个实验,该实验要求接受实验的中学生根据记忆绘制出故事的地图,然后把这些实际地图与模范地图做比较,以判断出现了哪些错误。②但这样一来,空间在作品本身中所起到的作用就容易被忽视。

在2016年,认知叙事学家玛丽-劳雷·瑞安与两位地理学学者肯尼斯·富特和毛兹·阿扎雅胡合作出版了专著《叙事空间/空间化叙事》③,这是认知叙事学叙事空间研究的新成果。首先,他们的研究对象并不局限于文学文本和文字叙事,还涵盖了影像及其他非文字的意义建构方式。例如,该书的第五章分析了数字地图和网络游戏的虚拟世界,第六章分析了街道名字的叙事功能,第八章讨论了博物馆展览空间的叙事。其次,三位学者在这本书中探索了一条将经典叙事学、认知叙事学和地理学相结合的研究路径。他们认为,空间与叙事的关系(即叙事文本里空间的两个主要功能)主要有两个方面:一方面,空间是再现的对象;另一方面,空间起到了为叙事的实际实施提供环境的功能,或者说空间是叙事得以实现的媒介。他们对叙事文本中的空间类型的划分,既包括经

---

① 即真实作者——隐含作者→叙述者(受述者)→隐含读者———真实读者(Real author—Implied author → Narrator⟨Narratee⟩ → Implied reader———Real reader)。参见 Seymour Chatman, *Narrative Structure in Fiction and Film*, Ithaca and London: Cornell University Press, 1978, p. 151。

② Marie-Laure Ryan, "Cognitive Maps and the Construction of Narrative Space", *Narrative Theory and the Cognitive Sciences*, David Herman, ed. Stanford: CSLI, 2003, pp. 214—242.

③ Marie-Laure Ryan, Kenneth Foote and Maoz Azaryahu, *Narrative Space/Spatializing Narrative*, Ohio, Ohio State University Press, 2016.

典叙事学区分的故事空间和话语空间[①],也包括受述者空间(即读者或听众所处的空间)和叙事文本的载体的空间,如录音磁带和介绍历史名胜的牌子。在对叙事空间即作为再现的对象的空间的探讨中,三位学者认为可以从两个层面对之进行分析:一、从读者认知的角度;二、叙事空间在作品本身中的意义、在情节中承担的象征功能。显然,前者属于认知叙事学的分析角度,后者则来自经典叙事学关于故事空间的分析。而在第二层面的分析中,除了经典叙事学认为的故事空间在展示人物内心和揭示作品主题方面的重要意义,他们还引入了地理学有关空间、地方和地方感的讨论。这一角度强调的是人物与地方(如所生活的乡村或城市)之间的互相塑造,突出的是人与地方的关系折射出的文化意义和社会价值观,故事空间不再仅仅是人物心理活动的折射,这其实继承了传统环境观的阐释思路。

这本专著的理论建构主要集中在第二章。在这一章中,三位学者划分出了叙事空间的五个基本层面:一、空间框架(spatial frames),即人物所处的物理环境,如物体和建筑等[②];二、背景(setting),即相对稳定的社会历史地理环境[③];三、故事空间,指情节所涉及的所有空间,包括人物实际活动和事件发生的场所,以及文本中出现但并非是事件发生的地方,例如人物提及的想去旅行的地方;四、故事世界(storyworld),指的是读者通过想象建构起来的故事空间。尽管叙事文本对某个地方或场所的描述只可能有所

---

① 详见 Seymour Chatman, *Narrative Structure in Fiction and Film*, Ithaca and London: Cornell University Press, 1978, pp. 96—107。还可参见申丹、王丽亚:《西方叙事学:经典与后经典》,北京:北京大学出版社,2010年,第128—137页。
② 这其实相当于物理空间。
③ 这其实相当于社会空间。

选择并因此留有空白，比如只重点描述一座城市的某几个地方或街道，但是读者会根据自己的想象来建构起一个完整的空间图；五、叙事世界（narrative universe），指文本里的真实世界和非真实世界，如人物的想象和梦境中的世界。在此我们看到，这五个层面的划分不同于先前将叙事交流情境进行空间化的理论模式，它们并不是指叙事作品的空间包含的五个部分。实际上，它们对应的是三位学者提出的两个不同的叙事空间的研究角度：前两个层面属于考察叙事空间在作品本身中的意义功能时的划分；后三个层面则属于分析读者认知时的思考角度和对象，它们在很大程度上吸收了瑞安之前关于虚拟叙述的论述，以及她和一些学者①对哲学中的可能世界（possible worlds）的概念在探讨叙事作品虚构世界中的应用。②

总之，在以上梳理的《叙事空间/空间化叙事》这部论著中，三位学者试图突破传统的小说环境观和经典叙事学对故事空间的分析角度和方法，来建构一种空间化的分析模式，这也就是瑞安、富特和阿扎雅胡的论著题目中的"空间化叙事"的含义。无论是探讨读者在大脑中对故事世界的重构和空间在文本中的主题意义，还是讨论空间再现的文本策略，它们都是在致力于把从前由于对叙事作品时间问题的关注所遮蔽的空间因素凸显出来。

从1995年开始至今，劳特里奇出版社推出"新批评术语丛书"，旨在介绍文学批评理论和方法的新变化。其中，由罗伯特·T. 塔

---

① 如 David Lewis, Thomas Pavel, Lubomír Doležel 等，这方面研究的详细介绍，可参看瑞安为 *The Living Handbook of Narratology* 网站撰写的"possible worlds"词条，见 http://www.lhn.uni-hamburg.de/node/54.html。

② 瑞安的认知叙事学研究反映了她对电子游戏、网络游戏这类以电脑为媒介的叙事类型的关注。

利为该丛书撰写的《空间性》①一书于2013年出版,该书介绍了过去几十年来文学和文化研究领域的空间转向。塔利在这本书里主要聚焦"文学和文学理论对社会空间的绘图"②问题。他把文学看作是具有绘图功能的一种形式,这其中包含两层意思:一、从读者的角度看,文学作品如何通过对某个地方的描述,如提供指示性的说明,来引导读者理解作品中的世界,帮助他们认识陌生的世界;二、从作者的角度看,作家在作品中描绘了自己所去过或想象中的空间。塔利把有关空间研究的理论纳入文学绘图(literary cartography)这一概念框架中进行梳理,按照文学绘图、文学地理(literary geography)和地理批评(geocriticism)将这些研究分类。文学绘图和文学地理的区分是根据写作者的角度和读者的角度做出的,前者指写作者对现实的再现,后者指读者对作品里的世界的理解。③这两类都是关于文学作品的空间研究,而地理批评是指社会文化政治领域的空间批评。

罗伯特·T.塔利认为文学也是制图(cartography/ mapping),作家就是制图者,这个观点包含两个方面的含义。一、文学作品对现实的再现细分到空间方面,就是叙事作品里的想象空间与真实空间之间的关系,叙事作品在呈现某个地方时不会把它的所有细节全盘描述,而是有所取舍和侧重,这跟地图绘制是一样的道理。

---

① Robert T. Tally Jr. *Spatiality*, London: Routledge, 2013.
② Ibid, p. 4.
③ 从读者的角度看,文学地理指的是读者对文本世界的理解,例如狄更斯小说的读者会根据小说对伦敦的描述来探索这个城市,或读者会去寻找福尔摩斯探案集里所呈现的伦敦。其实塔利在这部分所介绍的理论并不能被文学地理这个标签所框定。比如,他提到的雷蒙德·威廉斯(Raymond Williams)的《现代小说中的乡村与城市》(*The Country and the City in the Modern Novel*)和萨义德(Edward Said)的《文化与帝国主义》(*Culture and Imperialism*),这两位学者讨论的空间问题既是指作为叙述对象的空间,又指特定时代社会的空间观,以及与此相联系的价值观在文学作品里的体现。

二、文学对现实世界的再现起到了为读者提供认知图绘（cognitive mapping）①的作用，即为人们认识现实世界提供参照。人们通过创造一个想象的世界来赋予杂乱无章的现实以意义和秩序，叙事作品是人类理解其所处世界的一个重要途径，这也与地图绘制相似。因此，我们可以看出塔利所使用的地图绘制的概念，有时是指实在的空间，但更多时候只是一种隐喻，主要指文学作品对现实的再现②，这说明文学绘图其实只是对一个旧的议题换了一个新的说法，无法提供关于叙事空间研究实践上的指导。③

当然，在瑞安等人提出的读者认知和叙事空间在作品本身中的意义功能这两种阐释思路之外，塔利也为我们提供了另一种思路，即文学与现实的关系。只是，塔利在这个阐释方向上有些僵化，仅局限在文学作品如何描绘、再现现实空间这个问题上。如何从这个角度做出真正的突破？这需要我们重新回到巴赫金提出的时空体概念，尤其是这一概念所蕴含的分析思考模式。巴赫金的《长篇小说的时间形式和时空体形式》④一文写于20世纪30年代至40年代初，他在文中并没有直接给时空体下一个明确的定义，而是在文章的开头部分给出了一些初步的描述，接着主要是在分析具体的研究对象中不断拓展、延伸和完善时空体的思想。巴赫金的研究者们也因此阐释出了时空体概念不同层面的含义。内莱·

---

① 塔利在其书中所说的"认知图绘"，与弗雷德里克·詹姆逊的"认知图绘"概念含义不同。
② 为此，塔利还引入了奥尔巴赫、卢卡奇、海德格尔和萨特的理论来支持自己的观点。
③ 塔利甚至还把文学体裁刻意解读为制图，组成某种文类的元素为读者提供了认知上的引导，就如一本导游书。但是，这样的阐释除了隐喻的功能外并无实际的理论功效，反而容易造成定义上的混乱。
④ M. M. Bakhtin, "Forms of Time and of the Chronotope in the Novel", *The Dialogic Imagination*, Caryl Emerson and Michael Holquist, trans. Austin: University of Texas Press, 1981, pp. 84－258. 此后文内引文采用文内做注的形式。

贝蒙和彼得·博格哈特在2010年出版的巴赫金时空体的研究文集中总结了时空体的五个层面，它们包括：一、乔伊·拉丁探讨过的微观层面时空体（micro-chronotope），即语言；二、局部/次要时空体（local/minor chronotopes），即时空体主题（chronotopic motifs）；三、主导时空体（major or dominant chronotopes），即一部作品中占主导地位的时空体；四、文类时空体（generic chronotopes），即决定某一文类的时空体；五、比文类时空体涵盖更广的情节时空体，由巴特·库恩提出，它包括两大类——目的论或独白时空体（teleological/monological chronotopes）与对话时空体（dialogical chronotopes）。①

实际上，巴赫金在他的文章中重点讨论的是文类时空体，同时也用了一定的篇幅分析了时空体主题，他对上述第一和第三层面的时空体只是做了一些交代或者概述，并未对之展开，而第五层面的时空体是库恩根据巴赫金的研究做出的理论延伸。根据巴赫金开篇对时空体的描述，以及他随后在文中对不同类型的欧洲前现代小说和在文学作品中反复出现的一些时空体主题的精彩剖析，我们可以判断，时空体概念指的是文学作品的故事世界、文本世界的构建②，或者说是故事世界的时空结构。为了说明这一点，我们先来看文章中四处对时空体进行直接描述的段落：

> 文学把握现实的、历史的时间与空间，把握展现在时空中的现实的、历史的人——这一过程是十分复杂、若断若续的。

---

① Nele Bemong, Peiter Borghart, Michel De Dobbeleer, Kristoffel Demoen, Koen De Temmerman and Bart Keunen, eds., *Bakhtin's Theory of The Literary Chronotope: Reflections, Applications, Perspectives*, Gent: Academia, 2010, pp. 6—8.
② 这里并非是指从认知角度而言的读者对故事世界的建构。

在人类发展的某一历史阶段，人们往往只是学会把握当时所能认识到的时间和空间的一些方面；为了反映和从艺术上加工已经把握了的现实的某些方面，各种体裁形成了相应的方法。文学中已经艺术地把握了的时间关系和空间关系相互间的重要联系，我们将称之为时空体。(Bakhtin，84)①

在文学中的艺术时空体里，空间和时间标志融合在一个被认识了的具体的整体中。时间在这里浓缩、凝聚，变成艺术上可见的东西；空间则趋向紧张，被卷入时间、情节、历史的运动之中。时间的标志要展现在空间里，而空间则要通过时间来理解和衡量。(Bakhtin，84)

文学对现实的和历史的时空体的把握，经历了复杂和断续的过程；人们学着掌握了在当时历史条件下力所能及的时空体的某些特定方面，为艺术地反映现实的时空体仅仅创造了某些特定的形式。这些开初颇为积极的体裁形式为传统肯定下来，在后来的发展中尽管已经完全丧失了自己的现实的积极意义，丧失了原来的意义，却仍然顽强地存在。(Bakhtin，85)

与此同时，时空体的描绘意义也引人注目。在这些时空体中，时间获得了感性直观的性质。情节事件在时空体中得到具体化，变得有血有肉。一个事件，可以告知，可以介绍；这时也可以确切地指出事件发生的地点和时间。但是事件却不会变成形象。而时空体则可以提供重要的基础来展现和描绘事件。(Bakhtin，250)

---

① 该文的中文翻译均来自巴赫金：《巴赫金全集》第三卷，白春仁、晓河译，石家庄：河北教育出版社，2009年。

第一和第三个段落是从文学与现实的关系的角度解释时空体。可以看出,巴赫金把时间和空间看作是构成世界的基本要素,无论是现实世界还是文学的故事世界,时空体可以说就是指世界。而艺术的时空体具有认识图绘的功能——它反映[①]了产生某一文类的社会历史时期人们认识世界和把握时间与空间的方式。正是因此,巴赫金才会把文类研究作为分析的重点,其目的就是为了建构一种"历史诗学"(Bakhtin,85),通过考察上自希腊小说下至拉伯雷的小说这一历史过程中产生的几种小说类型,来揭示文学作为人类社会认识世界的一种途径,如何从较为简单的模式演变成更加成熟复杂的模式。

引文的第二和第四个段落强调的是时空体的具体性、现实性,时间和空间并不是抽象的物理的时间和空间,巴赫金在此文中的一个脚注里还特别强调了他与康德对时空看法的区别:"康德在其《先验美学》(《纯粹理性批判》的一个基本部分)里,把空间和时间界定为任何认识(从起码的知觉和表象开始)所必不可少的形式。我们采纳康德对这些形式在认识过程中的意义的评价;但与康德不同的是,我们不把这些形式看成是'先验的',而看作是真正现实本身的形式。我们试图解释这些形式在小说体条件下的具体艺术认知(艺术观察)过程中所起的作用。"(Bakhtin,85)

那么,时空体的具体性、现实性是如何体现的呢?以巴赫金对古希腊传奇的分析为例,他认为,这类小说的时间属于传奇时间,传奇时间是一种超时间的空白。因为,全部情节在男女主人公的两个传记时间点(即相遇相恋和成婚)之间展开,在这两个点之间的事件和奇遇都不改变主人公生活里的任何东西,不给主人公生

---

① 这里所说的反映并非是简单的机械的反映。

活增添任何东西,它们不进入日常生活的时间。而且,它们也不进入历史时间,整个小说世界完全没有任何历史时间的标记,没有任何时代的印记。①经典叙事学对时间和空间的研究是一种静态的分析模式,时间和空间都有被抽象化的倾向。俄国形式主义批评关于故事/情节(fabula/sjuzet)的划分,其实关注的是情节的时间顺序。结构主义叙事学对叙述时间和故事时间的划分也是采取同样的关注点。如果按照其对时间的理解,就只能看到两点之间发生的事情之间的时间顺序、故事发生的时间长度、叙述这些事情所使用的时间长度以及叙述这些事情的频率或顺序,而不能注意到巴赫金所洞察到的这些事件本身所具有的时间性质。

同样地,对于巴赫金来说,空间既不是单纯的叙述对象也不是简单的故事发生的场所。例如,地点在古希腊传奇中还仅仅是一个抽象而粗略的空洞场所。传奇故事要能展开,就需要很多的空间,但是传奇事件同小说所写各个国家的特点,同其社会政治制度,同文化和历史,没有任何重要的联系,地点的性质如何并不作为构成因素而进入事件。②而到了古希腊罗马传奇世俗小说里,空间开始失去了抽象的纯技术的性质,而是变得具体,并且充塞了更为重要的时间,变得对主人公及其命运至关重要。只不过这个空间只是日常的个人生活世界,还不具备深刻的时代、政治、经济和文化意义。③巴赫金在这篇文章中还分析了反复出现在欧洲小说中

---

① M. M. Bakhtin, "Forms of Time and of the Chronotope in the Novel", *The Dialogic Imagination*. Caryl Emerson and Michael Holquist, trans. Austin: University of Texas Press, 1981, pp. 89—91.

② M. M. Bakhtin, "Forms of Time and of the Chronotope in the Novel", *The Dialogic Imagination*. Caryl Emerson and Michael Holquist, trans. Austin: University of Texas Press, 1981, pp. 99—100.

③ Ibid., pp. 120—121.

的空间意象,如哥特小说的城堡、巴尔扎克小说中的沙龙客厅、福楼拜小说里的小省城等。这些空间意象属于时空体主题,有着主旨性的意义或象征隐喻性,它们并非仅是物理空间或故事展开的背景,而是具有深刻的文化、社会、政治意义。[①]

总之,时空体强调了时间和空间的社会历史性,巴赫金选择文类研究作为重点分析的对象,也正是因为体裁所具有的社会历史意义,反映其产生时代的社会历史文化因素。因此,巴赫金对不同类型的欧洲前现代小说的考察,它们从简单到成熟复杂的演变,确切到故事世界的时空构建而言,便是它们如何从抽象的时空发展为具体的社会历史的时空,进而反映了不同历史时期特定社会文化里人们的时间观和空间观的发展变化。前面所引的第四段引文里所说的时空体的描绘意义,就是指构建一个具体的故事世界。这也是为何巴赫金说他的时空体思想,依据的是爱因斯坦相对论的时空思想,时间、空间的社会历史性决定了时空的不可分,这对应于相对论中时空的不可分思想,它不同于牛顿经典物理学的绝对时空观。

当然,巴赫金认同莱辛在《拉奥孔》中的看法,即文学属于时间性的艺术,因此他认为,在文学中时空体的主导因素是时间。[②]不过,这并不是本书重申时空体概念重要性的重点,重要的是时空体思想所包含的故事世界与现实世界的关系以及故事世界的时空结构的意义。尽管认知叙事学关注叙事作品的故事世界的建构问题,但是其讨论的重点对象是读者、观众、听众或游戏玩家对故事

---

① M. M. Bakhtin, "Forms of Time and of the Chronotope in the Novel", *The Dialogic Imagination*. Caryl Emerson and Michael Holquist, trans. Austin: University of Texas Press, 1981, pp. 243—250.

② Ibid., p. 85.

世界的认知体验。①所以,瑞安、富特和阿扎雅胡论著里虽然也提出了作为情节的普适特征的空间,但他们并未对之展开讨论。②探查叙事空间在作品本身中的意义,除了分析象征功能,揭示人物心理的作用、地方感之外,巴赫金的时空体发掘了叙事空间本身的性质特征问题,并将之与现实世界的时空观相联系,这样的角度和思考模式有助于文类研究或某个时期文学作品的研究。因此,它有助于考察品钦的后现代小说的时空结构和产生这样的时空形式的深层社会历史原因。

《劳特里奇叙事学理论百科全书》中叙事空间(narrative space)③的词条编写者,总结了空间在叙事学中被忽视的原因:一是由于莱辛把文学定义为时间性的艺术;二是在19世纪之前的叙事作品里,空间通常只起到提供背景的作用。随着小说艺术的发展,19世纪的现实主义小说开始注重挖掘空间描写的更多功能。此后,亨利·詹姆斯和福楼拜开创的心理现实主义小说用空间的展现来揭示人物的心理。接着,20世纪的现代主义小说更是把空间与人物眼光和叙述视角联系在了一起。尽管该词条编写者萨比娜·巴克霍尔兹(Sabine Buchholz)和曼弗雷德·雅恩(Manfred

---

① 就瑞安的故事世界和叙事世界的概念来说,它们的提出受到瑞安对网络游戏研究的很大影响,分析的是相当于文学文本读者的游戏玩家对游戏世界的体验。
② 他们介绍了尤里·洛特曼(Jurij Lotman)的情节的空间模型。洛特曼提出地形学的边界概念,把故事世界建构成遵循不同规则的地带。意大利的文学批评家弗朗哥·莫雷蒂(Franco Moretti)也提出用图表和地图的形式呈现情节的观点,这一地理学分析模式在三个层面上展开:一、单个文学文本;二、文学史;三、研究话语的建构。在单个文本层面,莫雷蒂认为我们可以把文本中的一些信息抽取出来,用地图的形式把它们重新呈现出来,让我们看到故事世界是如何构成的。比如他用这种方法考察了19世纪早期的乡村故事,发现这些故事里的乡村散步路线图都表现为一种同心圆的样式,它正对应于当时以教堂为中心的乡村生活地理。这其实与巴赫金的时空体研究模式相似。详见 Franco Moretti, *Graphs, Maps, Trees: Abstract Models for a Literary History*, London: Verso, 2005。
③ David Herman, ed., *Routledge Encyclopedia of Narrative Theory*, London: Routledge, 2005, pp. 551—555.

Jahn)提到了后现代小说不像现代主义小说那样重视视角的实验,而喜欢采用无聚焦(aperspective),但是他们对叙事空间的定义仍然是基于现实主义小说和现代主义小说的研究。

其实,早在1987年出版的布赖恩·麦克黑尔的《后现代小说》①一书,就已对后现代小说的叙事空间进行了研究。在这本论著中,麦克黑尔指出了后现代小说与现代主义小说的本质差别:后现代主义是本体论诗学(poetics of ontology),而现代主义是认识论诗学(poetics of epistemology)。前者对世界从本体上加以颠覆、质疑和探索,它关注的主要问题是:这是哪个世界?我的哪一部分与它相连?有多少个世界?它们的构成如何?它们有什么区别?等等。②与此相对照,19世纪的现实主义作家与20世纪的现代主义作家的小说都可归结为关于认识论的问题。他们作品的一个默认前提是:世界是一个整体。人在生活中的各种体验都围绕这个统一的现实展开。只是现代主义作家们发现这个统一有序的现实越来越难以把握。而到后现代作家这里,这种观念被彻底瓦解。他们的作品呈现为多种世界的激增。

布赖恩·麦克黑尔指出,导致这种变化的原因主要有两个。第一个原因是,理性主义和实证主义的观念失去说服力,于是一些小说中的人物由于从逻辑实证的方法无法把握所处境遇的真实面目,便选择虚构一个世界,或将自己的意识向外部投射。这样的作品对真实反映客观世界不感兴趣,只喜欢本体论式的即兴游戏。第二个原因是,碎片化和多样化的后现代社会存在不同的生活领域、阶层、利益社群和亚文化的群体,而且个人生活也经常会处于

---

① Brian McHale, *Postmodernist Fiction*, London and New York: Routledge, 1987.
② Ibid., p, 10.

不同的层面和状态,人生活在后现代社会中需要随时调整行为方式和思维方式。后现代小说正是要表现这种世界变幻给人带来的冲击感。① 布赖恩·麦克黑尔把托马斯·帕维尔(Thomas Pavel)的"本体论景观(onological landscape)"与彼得·L.伯杰(Peter L. Berger)和托马斯·勒克曼(Thomas Luckmann)的"现实的社会建构观点(idea of social construction of reality)"相结合,来阐释后现代状况,指出后现代社会是"无序的多重世界的景观(an anarchic landscape of worlds in plural)"②。后现代小说便是这种状况的反映,它致力于描述一个多样化的本体论景观,其中充斥着各种领域、体验方式和意义系统,以展现现实的多样性。

布赖恩·麦克黑尔在其书的各章节分析了后现代小说为突出这种本体论特征而采用的各种策略。麦克黑尔依据各种策略所属的不同层面分类:重构的世界(the reconstructed world);文本统一体层(that of the text continuum);建构层(construction)。重构的世界指的是故事空间。文本统一体指小说的语言,后现代作家使用各种语言的、字体的、印刷的策略来凸显小说文本的建构性。建构层主要指情节的展现和事件的叙述,包括去叙述化、中国套盒式(Chinese box)的多层叙述等策略。其中,在重构的世界这一层里,麦克黑尔分析了后现代小说的空间策略。麦克黑尔认为,后现代作家在描述空间时不同于现实主义和现代主义作家。后现代作家往往使用并置(juxtaposition)、插入(interpolation)、添加(superimposition)及错误认定(misattribution)这样的手法来建造故事的空间,以此来展现世界的多重性。并置指将两个现实中不

---

① Brian McHale, *Postmodernist Fiction*, London and New York: Routledge, 1987, p. 38.
② Ibid.

相邻的地理空间放到一起；插入是指在两个现实中并无间隔的地理空间插入一个空间；添加是指把两个相似的空间相重合成为第三种空间；错误认定是指赋予某空间在现实中原本没有的特点。[1]

虽然布赖恩·麦克黑尔对小说世界的划分与叙事学家们按照叙事交流情境的划分十分类似，而且阿博特的研究实际上也是受到他的影响，他们都使用"世界"这个词来包括"空间"这一方面。但是，麦克黑尔的研究发掘了后现代小说与现实主义和现代主义小说中空间的差别。空间在后现代小说中被凸现出来，以表现身处异样世界的冲击感。他还指出，被现代主义作家所注重的叙述视角和叙述声音等技巧在后现代主义小说中被淡化，而代以"本体论式的感知（ontological perspecticism）"。[2] 不过，《后现代小说》没有进一步分析这种本体论的景观除了在形式上是对后现代支离破碎的世界的模仿外，是否还有主题内容上的意义。麦克黑尔在这个问题上更倾向于把它看作是后现代风格的游戏："后现代小说是对现实的模仿，这种模仿更多的是体现在其形式上而不是内容上。"[3] 而且，前述介绍的麦克黑尔在讨论后现代小说的空间策略时，其实也显出类似于塔利的问题，仅把空间策略局限在现实空间与想象空间的问题上，没有与他提出的本体论多重世界概念形成更好的衔接。而实际上，多重世界对应的是后现代小说的空间化叙事。尽管如此，麦克黑尔对后现代小说突出空间特点的发掘，仍然是对叙事空间研究的重要突破。

以上学者们对叙事空间的研究对我们的启示在于：一、如果不

---

[1] Brian McHale, *Postmodernist Fiction*, London and New York: Routledge, 1987, pp. 43—58.
[2] Ibid., p. 39.
[3] Ibid., p. 38.

是要特别突出空间问题,那么只需使用环境/背景(setting)这个概念即可,因为毕竟它还包含了历史年代、天气状况、季节气候等其他因素,而且这些因素在很多小说中的作用都不可忽视。二、文学作品的叙事空间理论建构,与后现代作品的联系仍然很薄弱,急需将研究的文本对象扩展到后现代小说上来。三、如果单纯考虑理论建构和文本规约的问题,可以沿用叙事学的叙事交流情境的模式,将之进行空间化即可。[①]四、如果是讨论具体作品的故事空间,则需要考虑小说的类型和风格,并且需要借鉴其他学科领域对空间的研究。另外,没有必要将时间与空间对立来看,而是要注意两者在具体的作品或文类中的关系特点。

二、空间批评

从巴赫金的时空体和麦克黑尔的本体论多重景观概念可以看出,对文学空间的研究必然不能仅局限于形式风格问题,而要考虑空间观的历史转变以及对空间问题的重新认识,这样才能发展为真正的空间批评。2002年《21世纪批评介绍》[②]一书出版,该书汇集的文章反映了批评理论关注的议题以及新趋势[③],其中菲利普·

[①] 当然,这里需要对查特曼的叙事交流模式进行一些调整,因为它对真实作者和隐含作者的处理存在问题。由于本书并非关于真实作者与隐含作者问题的研究,在此不再赘述,关于此问题的详细论述可参见 Dan Shen, "What Is the Implied Author?", *Style*, 45.1 (2011): 80—89。

[②] Julian Wolfreys, ed., *Introducing Criticism at the 21st Century*, Edinburgh: Edinburgh University Press, 2002.

[③] 编者按照这些文章关注的不同主题把它们分为五个类型:身份、对话、空间和场所、批评声音(critical voices)和实体与非实体(materiality and immaterial)。

E. 韦格纳的文章就提出了空间批评(spatial criticism)的概念。[1]韦格纳梳理了20世纪60年代晚期和70年代初期西方批判思潮中开始出现的"空间转向"。他指出,空间问题虽然不是到这时才被谈及[2],但是从这时起人们才集中反思对空间的各种误解。针对有关现代性的阐释中时间视角一贯占据的主导地位,批评界掀起了一场重新注释与理解历史与地理、时间与空间问题的浪潮。而且这一转向是跨学科的,涵盖了社会学、哲学、历史、地理学、建筑、艺术、文学等学科。虽然其中没有统一的观点,对于空间的认识及研究的路径也存在许多争论,但是这种从空间化的角度对现代性阐释的解构和重构已经成为后现代主义的一部分。其中,文学作品的空间批评,吸收了来自不同批评理论对空间问题的思考,如西方马克思主义批评理论、后殖民研究、女性主义批评等,也由此而不同于叙事学仅基于文本规约的空间研究。

鉴于韦格纳已经对空间批评的代表学者做了详细介绍,本书在此只论述与本书直接相关并为本书每一章的分析提供了理论依据的学者的观点。首先,必须要介绍的是亨利·列斐伏尔和福柯这两位对空间问题提出重新思考的先驱,他们的论述对后来陆续涌现的空间批评影响深远,例如,以爱德华·W. 索亚(Edward W. Soja)和戴维·哈维为代表的后现代马克思主义地理学家,秉承的就是列斐伏尔的理论路径。列斐伏尔和福柯对空间批评的重要贡献,就在于他们对空间的社会政治性、空间与权力关系和意识形态

---

[1] Phillip E. Wegner, "Spatial Criticism: Critical Geography, Space, Place and Textuality", *Introducing Criticism at the 21st Century*, Julian Wolfreys, ed. Edinburgh: Edinburgh University Press, 2002, pp. 179—201.

[2] 空间转向的一个路径便是追溯以前的一些思想家在各自的时代对空间问题的思考,如海德格尔、葛兰西、本雅明及前文所论述过的巴赫金和巴什拉。本书在后面的章节中也将会用到本雅明的观点。

的紧密联系的探索。

列斐伏尔提出空间的双重幻象概念,即真实幻象(the realistic illusion)和透明幻象(the illusion of transparency),以分析以往人们对空间的错误认识。真实幻象是指把空间完全看作是客观均质的物理空间;而透明幻象则指把社会空间等同于精神空间。它们分别与哲学中的物质主义和唯心主义相关,而且彼此互相蕴含,都是源于精神与物质、主体与客体的分离。列斐伏尔认为,应该把空间视为社会关系的再生产以及社会秩序建构过程的产物,空间既包含事物,又包含事物间的一系列关系。空间的生产不同于商品的生产,它既是产出的结果,又是行为的方式;空间生产不仅体现在空间的生产上,也体现在空间所包含的社会关系的生产上。一旦把空间视为社会产物,它就不再是静止的、客观的、被动的容器,而是具有复杂的社会、政治属性。为此,列斐伏尔提出一种认识空间的三元模式,它被列斐伏尔的学生爱德华·W.索亚称为空间的三元辩证法[1],即任何历史的社会的空间都包含三个层面:一、空间实践(spatial practice),指在特定的社会空间中,人们的实践活动的方式;二、空间的再现/构想的空间(representation of space),指特定社会描述或构思空间的方式,如地图;三、再现的空间(representational space),既指居住者和使用者的空间,也是艺术家及那些能够描述也只能描述的作家和哲学家的空间。这是被支配的,因此也是被动体验的空间,是想象寻求改变和占有的空间。[2]索亚称"再现的空间"为第三空间,认为第三空间包含三种空间性:感

---

[1] Edward W. Soja:《第三空间——去往洛杉矶和其他真实和想象地方的旅程》,陆扬等译,上海:上海教育出版社,2005年。
[2] Henri Lefebvre, *The Production of Space*, Donald Nicholson Smith, trans. Oxford: Blackwell, 1991.

知的、构想的与实际的。它既不同于物理空间,也不同于精神空间,是所有空间的混合。它"充满了政治和意识形态,充满了相互纠结着的真实与想象的内容,充满了资本主义,种族主义,父权制,充满了其他具体的空间实践活动。它们是生产,再生产,剥削,统治及服从的社会关系的具体体现"①。

至于福柯的空间理论,《地理学的问题》②一文是他接受 *Hérodote* 期刊编辑的采访的文字整理,其中,针对采访者关于自己著作中频繁出现的空间性的隐喻,如"位置(position)""场所(site)""领地(territory)""区域(region)""地缘政治(geopolitics)"等的提问,福柯的回答同列斐伏尔对空间的看法十分相似。他认为,应当考察知识和权力是如何以空间的方式得以实现的。时间策略的问题在于其局限于个体意识,而空间策略能够使我们把握权力关系的运作。福柯对全景敞视监狱的研究便是对社会控制的空间性的研究。③此外,他在一篇文章中还分析了两种空间类型:乌托邦空间(Utopias)和异位/差异空间(Heterotopias)。④

"空间转向"的缘起一方面是各学科领域对空间在批判社会理论中的边缘化状况的反思;另一方面则是由于第二次世界大战后资本主义社会的巨大变化,人们需要重新调整批判的角度和理论框架,以便分析资本主义的新特点。美国马克思主义地理学家爱

---

① Edward W. Soja:《第三空间——去往洛杉矶和其他真实和想象地方的旅程》,陆扬等译,上海:上海教育出版社,2005年。
② Michel Foucault, "Questions on Geography", *Power/Knowledge: Selected Interviews and Other Writings 1972—1977*, Colin Gordon, ed. and trans. New York: Harvester Wheatsheaf, 1980, pp. 63—77.
③ 米歇尔·福柯:《规训与惩罚——监狱的诞生》,刘北成、杨远婴译,北京:生活·读书·新知三联书店,2012年。
④ Michel Foucault and Jay Miskowiec, "Of Other Spaces", *Diacritics*, 16.1 (1986): 22—27.

德华·W. 索亚在其论著《后现代地理学：重申批判社会理论中的空间》的前两章中，详细追溯了空间转向的起因、过程、引发的各种争论以及存在的问题。①他将19世纪末到第一次世界大战的时期（1880—1920）看作是资本主义现代化的时期，而现代化是资本主义通过不断的重构得以发展和生存的过程，这一过程导致人们的时空体验的深刻变化。然而，这一时期的社会批判潮流对现代性的分析被历史决定论的思维所主导。虽然现代地理学也是在19世纪后期形成的，但是被边缘化，地理分析和地理解释被简化为类似于对舞台场景的描述，历史/时间一直是占据优势地位的阐释视角。空间理论的边缘化在20世纪60年代后期才得到重视，这其中的重要原因是，资本主义继续生存的各种条件已发生了变化，如金融资本在资本主义的结构中占有越来越重要的地位、资本的全球化等。面对晚期资本主义的特性尤其是社会重构的问题，一些马克思主义地理学家及其他领域的学者越来越意识到，需要研究资本主义缘何并以何种方式从马克思时代充满竞争的工业形式到当代彻底的变化中继续生存了下来，这就需要将空间的研究引入对这一问题的思考中，将资本主义的生存及其富有特色的空间生产联系起来（包括地理不平衡发展、城市化等）。②

戴维·哈维在《后现代的状况：对文化变迁之缘起的探究》一书中，提出时空压缩（time-space compression）这一概念。它指的是在后福特主义时代出现的一种新空间定位以及体现时间与空间的新方式。为了适应资本循环的加快，20世纪70年代起，西方各国

---

① Edward W. Soja, *Postmodern Geographies: The Reassertion of Space in Critical Social Theory*, New York: Verso, 1989, pp. 10—75.

② 索亚也强调说对批判思想的空间化，并非是要否定或对抗时间和历史，而是发展一种空间、时间和社会存在的三元辩证法，在地理、历史和社会之间构筑一种阐释的平衡。

采用了灵活积累的方式来取代福特主义。这种快速的资本循环导致了一种后现代式的思维、感知及行为方式,诸如快餐所体现的即时性和一次性的价值观及形象文化等。①

同样,弗雷德里克·詹姆逊也把空间问题引入他对后现代文化的思考中。在其《时间的终结》一文中,他认为后现代社会时空压缩的结果,便是时间被简化为当下(present)和身体(body)。②他还提出超空间(hyperspace)及认知图绘这两个概念。超空间来自詹姆逊对洛杉矶市中心的鸿运大饭店的空间分析。鸿运大饭店是后现代设计的一个超空间的范例,在这样的空间中,人迷失其中,丧失了透视景物、感受空间的能力。超空间是跨国资本主义时代空间的独特生产方式。③因此,詹姆逊在《认知图绘》一文中倡导一种认知式的艺术(cognitive art),以继承艺术的教育功能的传统。他追述了资本主义的三个历史发展阶段及空间在每一阶段中的不同特点,它们分别对应文学的不同表现形式——现实主义、现代主义和后现代主义。他认为在晚期资本主义时期,后现代社会的空间断裂引发了再现的困难,所以他建议使用认知图绘的方法,即把凯文·林奇(Kevin Lynch)的城市经验的思想和阿尔都塞(Louis Althusser)的意识形态概念相结合,把地理空间与社会空间的考察

---

① David Harvey, *The Condition of Postmodernity: An Enquiry into the Origins of Cultural Change*, MA: Blackwell Publishing, 1990, pp. 284—307.

② Fredric Jameson, "The End of Temporality", *Critical Inquiry*, 29.4 (2003): 695—718.

③ Fredric Jameson, *Postmodernism, or the Cultural Logic of Late Capitalism*, Durham: Duke University Press, 1999, pp. 38—54.

相结合,以把握整个社会的结构。①

以上所概述的叙事空间研究和空间批评便是本书分析托马斯·品钦四部小说的主要理论依据。品钦小说的空间问题包含两个层次:一、空间化的认知方式,即强调空间的社会政治性,空间与权力关系的运作;二、与之相应的空间化叙事策略。首先,这四部小说对第二次世界大战后50年代美国社会保守气氛、60年代民权运动和学生运动、70年代和80年代保守主义政治的回归和自由主义激进政治理想的衰退的审视,及对现代主义写作模式的反思,都与它们对空间问题的思考密切关联。以往研究忽略了这一关联,因而陷入单纯的符号游戏和语言问题的讨论中。而从空间的角度切入,就能更好地看到作品的社会历史意义。在《V.》和《拍卖第49批》这两部带有形而上学色彩的小说中,人物在追寻意义和秩序时按照时间顺序建立因果关系的思维方式,往往隐含着涉及某种秩序的意识形态,比如《V.》里的殖民主义及欧洲中心主义的线性历史观。为了揭示出这种思维方式隐含的意识形态,作者选择了从空间的角度去重新审视历史或现实的策略。而以德博拉·L.马德森为代表的研究者,仍然从时间性叙事的传统看待品钦的作品,导致他们一方面认为品钦的后现代小说是对秩序的颠覆,另一方面却在具体分析中又不免站在了作者所要批判的意识形态的一边。

---

① Fredric Jameson, "Cognitive Mapping", *Marxism and the Interpretation of Culture*, ed. Cary Nelson, Urbana and Chicago: University of Illinois Press, 1988, pp. 347-357. 在后面的章节论述中将对此概念做详细的讨论。在此我们也可看出,尽管福柯把空间与权力关系相关联的观点与詹姆逊的认知图绘的概念相类似,但是他们的区别在于,福柯拒斥一种总体性的视角和批评模式,而詹姆逊则倡导的是对社会系统总体结构的认识。在《地理学的问题》一文中,福柯在谈论他对权力关系问题的理解时,也可看出他与西方马克思主义批评家对这个问题的理解的不同,详见 Michel Foucault, "Questions on Geography", *Power/Knowledge: Selected Interviews and Other Writings 1972-1977*, Colin Gordon, ed. and trans. New York: Harvester Wheatsheaf, 1980, p. 72.

此外，人物的认知困境、其对现实把握的失败和意义追寻的失败，都与他们的思维模式中隐含的对空间问题的错误认识有关，如《拍卖第49批》里俄狄帕的空间双重幻象。同时，品钦在这四部小说中也从空间的角度探讨了战后资本主义社会的问题，如郊区化和城市危机、城市空间的隔离和异化、社会的景观化，以及面对新的现实状况绘制社会结构的认知图绘的问题。

其次，在故事世界的时空结构特点上，空间在品钦的小说中被前置，而时间因素被淡化。品钦在这些小说中采用了流浪汉小说、传奇、冒险小说和硬汉派侦探小说的情节模式，它们都是按照人物活动场所的不同类型构建情节，都是属于突出空间的流动性和变换性的片段式情节。在《葡萄园》这部小说里，品钦还模仿了电影叙事的闪回手法，使得回忆的过去产生时间的空间化效果。因此，在阅读品钦小说时，读者会感到很难用倒叙、预叙、插叙等时间性的概念来把握它们。这些作品表面上有一个时间顺序，实际上时间之轴在故事中并不起组织作用，而只是一个形式。事件之间、章节之间并不是按照时间上的因果关系排列。人物之间、事件之间是一种空间上的关系。因为品钦更倾向于关注事物与事物之间的联系的问题，所以妄想症才会成为他小说的一个重要隐喻。而小说对妄想症的展现，是通过事物和人物在空间上的联系来获得的，这也是描绘詹姆逊所说的认知图绘的过程，弗兰克的空间形式概念在品钦的小说中也被赋予了真正的空间性质。而这些空间化叙事策略都与其作品的社会政治主题相对应。如麦克黑尔所指出的，品钦在其小说中使用了展现后现代本体论景观的空间策略。然而，这个空间策略并不是单纯的对此本体论景观的形式风格的模仿，而是将不同空间的不同现实与社会空间的不平等相联系。因此，认清空间在其作品中的重要作用，我们才能对品钦的作品有更深入全面的认识。

第三节　本书的研究目的和基本结构

鉴于《V.》《拍卖第49批》《葡萄园》和《性本恶》这四部小说的故事发生年代的连贯性、主题的相似性和相关性，以及情节模式的相同（都是以人物的追寻组织情节结构），本书以这四部小说为研究对象，结合叙事空间研究和空间批评理论，从空间的角度考察它们对战后美国社会的展现，深入分析品钦对空间问题的思考与小说社会政治主题之间的关联，以及作者在这些作品里采用的空间策略，以纠正以往研究对作品中的边缘群体的误读，弥补仅关注作品解构游戏而忽视其社会政治内涵的不足。

全书第一章根据《V.》的两条情节线以及它们之间的联系进行结构安排。首先，该章将从殖民地空间的角度分析斯坦西尔对V的追寻以及这部分故事的中心空间意象，以说明小说如何通过空间角度审视殖民主义的历史，解构欧洲中心主义的线性历史观，并质疑了现代主义的神话叙事。其次，分析城市空间的资本秩序、空间隔离和异化的问题，以此揭示小说第二条情节线对20世纪50年代纽约的展现，并不是评论者们所认为的多样性的狂欢。此外，还指出现代主义的神话系统也不能为城市空间提供有效的阐释框架，而应该从城市空间的资本秩序的角度加以考察，理解作者对后现代多样性的质疑。最后，针对以往研究把两条线索之间的联系看作是时间上的联系的观点，即现代世界是过去的熵化世界的加深，探讨它们的空间关系，即两条线索以苏伊士运河危机为背景汇聚于马耳他，暗示新的秩序即冷战秩序的形成。

全书第二章分析《拍卖第49批》里的女主人公俄狄帕试图通过建立内心秩序来把握现实的思维模式,其中所隐含的空间双重幻象,以及由此所折射出的该小说对现代主义向内转写作策略的反思。然后,结合战后美国社会的郊区化所导致的城市衰败和城市里种族和阶级的空间隔离问题,进一步探讨俄狄帕的思维方式所反映的中产阶级郊区的意识形态及这种意识形态如何导致俄狄帕对特里斯特罗代表的城市底层边缘群体的误读。最后,该章聚焦于特里斯特罗地下邮政系统,分析其作为反抗空间的有效性。

全书第三章探讨《葡萄园》如何从空间的角度展现在大众媒体的视觉文化浸染中的后现代美国社会、自由主义政治理想的衰退和保守主义的回归。鉴于以往研究在这部小说对大众媒体的态度和展现上的分歧,及对这部小说缺乏深度的时间上的批评,该章首先分析小说的空间化时间,指出它的深层原因是大众媒体记忆技术工业对记忆的外化所导致的过去与现在的断裂和空间性并存。其次,分析小说的两个主要人物以及围绕他们展开的第二条情节线,从大众媒体幻想空间的角度来说明小说如何通过这两个人物的设计进一步揭示了后现代社会的景观化问题。

全书第四章分析侦探小说《性本恶》。首先,通过比较这部小说与经典侦探小说和硬汉派侦探小说在对待故事空间问题上的异同,以说明这部小说对这两个侦探传统的改写,并分析这部小说如何借用硬汉派侦探小说的片段式情节,将之发展为真正的以认知图绘为目的的空间形式。其次,分析侦探调查案件过程中遭遇的城市的不可知,指出它与认知图绘并非互相矛盾,小说正是借此来揭示个体的局限性并强调社群的重要性。

第一章　《V.》：空间与秩序

《V.》(1963)①是托马斯·品钦的第一部长篇小说,它由两条情节线组成:一、赫伯特·斯坦西尔对 V 的追寻,这部分包含了六个故事;二、流浪汉普洛费恩在 1956 年的纽约城的生活。学界对这部小说的研究主要分为两类:第一类如德怀特·埃丁斯②、朱迪斯·钱伯斯③和戴维·科沃特④等人的研究认为,《V.》描述了一个以熵为隐喻的衰败世界,而斯坦西尔是艺术家的化身,通过追寻的行动来赋予这个混乱世界以意义。第二类如德博拉·L. 马德森⑤、西

---

① Thomas Pynchon, *V.* New York: Bantam Books, 1963. 此后本章对小说的原文引用都使用文内注释。
② Dwight Eddins, *The Gnostic Pynchon*, Bloomington and Indianapolis: Indiana University Press, 1990.
③ Judith Chambers, *Thomas Pynchon*, New York: Twayne, 1992.
④ David Cowart, *Thomas Pynchon and the Dark Passages of History*, London: The University of Georgia Press, 2011.
⑤ Deborah L. Madsen, *The Postmodernist Allegories of Thomas Pynchon*, Leicester: Leicester University Press, 1991.

奥多·D. 卡哈珀提安①和阿兰·W. 布朗利②等人的研究,则与第一类相反,它们认为《V.》反映的是有关阐释的问题,两位主人公分别代表两种认知方式:斯坦西尔的故事代表逻各斯中心主义的思维方式;而普洛费恩的故事中的混乱局面预示着一个多元化的开放世界。作为品钦早期创作的长篇作品,《V.》和《拍卖第49批》具有现代主义向后现代主义过渡的性质,它们围绕意义的追寻主题反思了现代主义创作模式的局限,并初步尝试从新的角度审视现实。鉴于以往研究存在的误读及不足,本章将从空间的角度分三个方面考察这部小说。第一节讨论斯坦西尔对V的追寻引出的六个故事,聚焦中心空间意象维苏,从帝国空间的想象与构建的角度考察其含义,从而揭示这部分情节在时间线索的背后隐藏的空间与殖民主义帝国秩序的关联。以往研究由于忽略了这一关联,因而无意间站在了殖民主义的角度来看问题。第二节分析由普洛费恩在20世纪50年代的纽约的流浪所引出的第二条情节线,探讨城市空间的资本秩序,以及人物在城市空间中的空间异化问题,以说明这部小说如何质疑了以往研究所认为的这部分故事所体现的后现代多样性和多元化。第三节分析以上两条线索之间的联系,针对以往研究把它们之间的联系看作是时间上的联系的观点,即当代世界是过去的熵化世界的加深,探讨两条线索都以人物在马耳他的经历结束隐含了怎样的空间关系。

---

① Theodore D. Kharpertian, *A Hand to Turn the Time*: *The Menippean Satires of Thomas Pynchon*, Rutherford: Fairleigh Dickinson University Press, 1990.

② Alan W. Brownlie, *Thomas Pynchon's Narratives*: *Subjectivity and Problems of Knowing*, New York: Peter Lang, 2000.

第一节　斯坦西尔的追寻:空间与帝国秩序

赫伯特·斯坦西尔对 V 的追查这部分由发生在不同年代不同时间的六个故事组成,时间跨度从 19 世纪末到第二次世界大战,每个故事都有一个代号为 V 的神秘女人出现,它们分别嵌入第一层故事的各个章节之间。以往的大多数研究对于这部分故事的看法有两类。第一类研究认为小说通过展现 V 的一生来象征走向衰亡的世界。如戴维·科沃特认为品钦在这部分故事里表达了虚无主义的历史观——历史没有任何目的,历史的方向是虚无,而斯坦西尔是艺术家的化身,通过追寻的行动来赋予这个混乱世界以意义。①而且在这类研究中,以学者德怀特·埃丁斯和朱迪斯·钱伯斯为代表的神话批评的视角尤为突出。第二类研究认为品钦使用了元小说的手法描写斯坦西尔的妄想症,以此嘲讽逻各斯中心主义的思维方式。如德博拉·L. 马德森认为 V 代表了带有价值倾向的对现实的阐释行为。②阿兰·W. 布朗利分析了 V 一生的变化,认为 V 没有任何确定的意义,品钦鼓励读者做多种解读等。③肖恩·史密斯认为斯坦西尔企图用 V 来编织一个有序的世界却遭遇失败,这是对人企图强加给丰富世界以统一意义的讽刺。④

---

① David Cowart, *Thomas Pynchon and the Dark Passages of History*, London: The University of Georgia Press, 2011, pp. 51—55.
② Deborah L. Madsen, *The Postmodernist Allegories of Thomas Pynchon*, Leicester: Leicester University Press, 1991, p. 32.
③ Alan W. Brownlie, *Thomas Pynchon's Narratives: Subjectivity and Problems of Knowing*, New York: Peter Lang, 2000, p. 30.
④ Shawn Smith, *Pynchon and History: Metahistorical Rhetoric and Postmodern Narrative Form in the Novels of Thomas Pynchon*, New York: Routledge, 2005, p. 24.

这两类研究其实关注的都是如何理解 V 的含义以及斯坦西尔对 V 的解读的问题。第一类在本质上是从时间性叙事的角度去看待这个问题。这六个故事发生的年代与地点依次为 1898 年的埃及亚历山大城和开罗、1899 年的意大利佛罗伦萨、1913 年的法国巴黎、1919 年的马耳他瓦莱塔、1922 年的德属西南非（大致为今纳米比亚）以及第二次世界大战期间的马耳他。读者可以按照这个时间顺序排列出一个女人 V 从 18 岁到其死亡经历的变化，这是一个女人走向堕落的过程：维多利亚·雷恩从单纯的少女到为达到各种目的同多个男人发生关系，再到性变态行为；从信仰天主教到参加黑弥撒，最后变成坏神父（Bad Priest）宣扬无生命物的永存；从普通少女变成与法西斯分子结交并成为间谍；她的身体的各个部分也逐渐地变成机器零件及各种物质（金属、宝石、塑料等）的组合。前述神话批评视角的研究大多也是集中于这一点，详细阐释了这个非人化的过程。如德怀特·埃丁斯用诺斯替主义来解释这一过程，认为该过程揭示了作者想要传达的宗教寓意，说明 V 是圣处女的反面形象，她象征非人化的历史和走向"阴险的控制系统"的世界。①朱迪斯·钱伯斯则认为 V 是伤残的白女神的化身，品钦通过引用这个神话，来展现世界的衰亡是从母系文化堕落为父权文化的过程。②

然而，我们需要注意到这些故事在小说中并非是完全按照时间顺序出现的，③而且各个故事除了都有 V 出现外，讲述的是完全

---

① Dwight Eddins, *The Gnostic Pynchon*, Bloomington and Indianapolis：Indiana University Press，1990，p. 8.
② Judith Chambers, *Thomas Pynchon*, New York：Twayne，1992.
③ 六个故事按照在小说中出现的顺序排列依次为：1898 年的埃及（第三章）、1899 年的佛罗伦萨（第七章）、1922 年的德属西南非（第九章）、第二次世界大战期间的马耳他（第十一章）、1913 年的巴黎（第十四章）、1919 年的马耳他（尾声）。

不同的事件,没有情节上的因果关系,V甚至都不能算是故事的主角。而即便是研究者们所关注的V的堕落一生的时间线索,小说的呈现方式实际上突出的是其不确定性:V在每个故事里以不同的形象和身份出现,斯坦西尔和读者很难把这些不同身份最终组合成一个统一的整体,因为它们并没有一个内在不变的核心作为参照。我们之所以在这些变形中还能确认是这个人,只不过是借助某些外部的细节特征,如V头上佩戴的头饰。这样一来,时间其实是断裂的。①

仔细观察会发现,空间而不是时间在这部分起到了决定性的作用。这些故事发生的地点已经不仅仅是提供人物活动的场所,或是为表现历史的逼真性搭建起来的场景,而是决定故事意义的主导因素。尽管第二类研究认为小说质疑了这一时间性叙事的有效性,但却没有进一步从空间的角度探讨此部分情节的意义,而是集中在有关阐释问题的形而上学式探讨上。赫伯特·斯坦西尔开始关注V纯属偶然,没有明确的动机和目的,只因看到在其父亲西德尼·斯坦西尔写于1899年佛罗伦萨的一则日记里有这么一段话:"隐藏在V的背后和内里的东西超出我们任何人的猜想。不是谁,而是什么:她是什么。但愿上帝保佑永远不会有人要求我在这里或任何官方报告中写出答案。"(V.43)于是斯坦西尔就此告别曾经懒散无目的的生活,转而投入找寻V的活动中。在这个过程里,他收集了各种关于V的资料,如官方记录、文献档案、证物、日记及一些目击证人的讲述,等等。然后又加入了自己的想象与判断,建构出了这些故事并讲给牙医艾根瓦吕,小说的第三人称叙述者再

---

① 品钦小说里常会出现身份不定的女性角色,她们或是扮演不同角色的女演员,或是带着各种伪装的间谍,她们所隐含的变形和变装主题,既代表难以捉摸的世界,也代表了以线性时间观难以理解的断裂的时间。

叙述他所讲的故事。

正如研究者们看到的,这是典型的元小说的手法,小说有意地问题化历史再现的客观性、中立性、非个性和透明性。在小说里斯坦西尔对V的思考和心理活动都被呈现在读者面前,而且我们像约翰·达格代尔①那样把这些段落——列出,便可看到斯坦西尔的妄想症越来越严重:"学术性的探索"(V. 50);"世纪的大阴谋"(V. 210);"最终的没有名称的阴谋"(V. 210);"某种可怕的东西"(V. 362);"事情似乎被安排成一种不祥的逻辑"(V. 423)。但是,问题化并不等于否认过去和历史的存在,我们不能只是简单地把它们当作是斯坦西尔的妄想症的症状,便不再去做深究。②这样一来既无法深入考察这六个故事的历史政治内涵,也无法揭示小说解构时间性叙事的根本原因。

这六个故事涉及的真实历史事件包括:1898年法绍达事件(英法争夺非洲殖民地);1899年英国与委内瑞拉关于英属圭亚那殖民地的争端;1919年马耳他人民为争取独立爆发的六月骚乱(June Disturbance);1922年福帕尔的围困宴会所竭力重现的1904年,那一年德国将军冯·特罗塔(Von Trotha)率领军队对西南非土著赫雷罗人(Hereros)进行了种族灭绝。可以看出,几乎所有的故事都与欧洲各国对殖民地的争夺有关,而故事里的各种人物的活动及

---

① John Dugdale, *Thomas Pynchon: Allusive Parables of Power*, New York: St. Martin's Press, 1990, pp. 114—115. 达格代尔进一步认为作者通过描述斯坦西尔的妄想症,将现代主义作家在创作中对统一秩序的追寻,同纳粹德国的世界霸权意识形态联系在一起。

② 如果我们把对小说的考察只停留在故事的可信度上,就会使自己陷入说谎者悖论的境地。不妨把它们看作是作者向读者发出的邀请,要读者自己去作出判断,思考故事的寓意,如彼得·库珀所说,"问题并不在于这是否是杜撰,而在于他(指斯坦西尔)的杜撰是否也蕴含深意",见 Peter Cooper, *Signs and Symptoms: Thomas Pynchon and the Contemporary World*, Berkeley: University of California Press, 1983, p. 160。

反复出现的一些重要概念和空间意象,如旅游业(tourism)、局势(the situation)、维苏(Vheissu)、温室(hothouse)与街道(street)等,只有从殖民地空间的角度去分析才能得到深入的理解。①这些故事超出了倒叙、插叙等仍然以时间为中心的叙事学概念的范围,它们在情节上的因果关系被空间关系所取代,这一设计的目的是质疑传统编年史、历史小说和现实主义小说中的目的论、因果律和连续性,解构欧洲中心主义的历史叙事,从地理空间的角度重新审视历史。

19世纪末至20世纪初是占领殖民地的高潮阶段,西方各国面对巨大的经济利益,对殖民地尤其是非洲展开了激烈的争夺。小说这部分情节的第一个故事就是对这一历史背景的折射。在该故事里,英国间谍波彭泰因和古德费洛与德国间谍邦戈-沙夫茨伯里和莱普西厄斯有这样一段对话②:

"到瑞士去了,"莱普西厄斯说,"那儿空气清新,山脉干净。人总有一天会对这肮脏的南方(this soiled South)腻烦的。"

"除非你继续往南走。我想倘若沿着尼罗河向南走到足够远的地方,人会回到一种原始的一尘不染的境地(a kind of primitive spotlessness)。"

---

① 虽然也有评论讨论了品钦作品里对殖民主义的批判,但是这些评论要么过多的是对后殖民理论的探讨,而很少联系文本,如迈克尔·哈里斯;要么认为只有第三个故事才涉及殖民地问题,而没有把它与其他的故事联系起来,如王建平。详见 Michael Harris, "Pynchon's Postcoloniality", *Thomas Pynchon: Reading from the Margins*, Niram Abbas, ed. Madison and Teaneck: Rosemont Publishing & Printing Corp, 2003, pp. 199—214。王建平:《〈V.〉:托马斯·品钦的反殖民话语》,《外国文学研究》2011年第1期,第33—41页。

② 古德费洛询问莱普西厄斯及其同伙的去向,四人均使用的是假身份,但彼此清楚对方是间谍。

……

莱普西厄斯怀疑地说:"那儿不是野兽法则的天下吗?没有财产权,只有争斗。胜者赢得一切。荣誉,生命,权力和财产;所有一切。"

"也许。但是在欧洲,你知道,我们十分文明。很幸运,丛林法则无立足之地。"

……

邦戈-沙夫茨伯里转向波彭泰因。"喜欢纯洁(the clean)超过喜欢不纯(the impure)算不算古怪?"(V. 63—64)

J.凯丽·格兰特因为看到"干净"和"不纯"两个词,认为这是纳粹思想的先兆,而"肮脏的南方"则是指纳粹的种族优劣论[①]。这一解释没有考虑故事里的殖民地争夺背景。德国是后起的帝国主义国家,在统一之后于1884年成立了殖民学会,开始加入开拓殖民地的行列,但是这时世界大部分地方已经被其他欧洲强国尤其是英法瓜分完,德国自然对别国的殖民地垂涎三分。因此,"肮脏的南方"指非洲被其他国家占领的殖民地尤其是非洲的南部地区,并且也透露出德国想要取代英国成为世界霸主的野心。"沿着尼罗河向南走"即暗指德国与英国在西非和南非的殖民地争夺。"原始的一尘不染"及"文明"是古德费洛以英帝国的文明殖民方式鄙视德国的落后和手段粗暴。莱普西厄斯的话意指德国将使用武力来夺取别国的殖民地,用武力解决一切。

发生在埃及的第一个故事是改编自品钦写于早期的一个短篇

---

① J. Kerry Grant, *A Companion to V.*, Athens and London: University of Georgia Press, 2001, pp. 49—50. 格兰特按照小说的章节编写了条目,对小说里的许多非英语单词、历史背景、用典给出了详细的解释。

小说《玫瑰花下》("Under the Rose")①。在这个短篇里,第三人称叙述者采用了波彭泰因的眼光。而这个故事到了《V.》里,则被改成了八个片段,且前七个片段采用七个不同旁观者的眼光,最后一个片段采用摄像机式眼光。这些改动能够达到更好地批判殖民主义的效果。如果只是呈现波彭泰因的意识,读者会比较容易认同波彭泰因的立场②;而在旁观者的眼光里,无论是英国间谍还是德国间谍,他们都是一样的,没有敌我、正义/邪恶之分,双方是被平等地呈现给读者的,他们都是殖民者。在最后一个片段里,波彭泰因被邦戈-沙夫茨伯里开枪打死,这个片段的叙述使用了摄像机式眼光,并去除了任何带有感情色彩的描述,只有动作的客观记录,巧妙地呼应了第一个片段里的一段叙述者的评价——"在那个时刻倘若能做一个预言的话,那就是这两个人是一定可以被替代的,就如欧洲这棋盘上任何地方的次要棋子一样。"(V. 54)这说明这些间谍只是帝国计划里的棋子。同时,它也再次强调了这些争夺殖民地的活动都不是正义的。

由于对殖民地的争夺,欧洲各国的关系也变得错综复杂,为了保证自己获得最优势的地位,防止别国领先,它们常常既公开对抗,又互相结盟互相牵制。③在第一个故事里,英国与法国为了争夺尼罗河流域,双方军队在苏丹的法绍达对峙,英国为了遏制法国,暂时同意大利、德国及奥匈帝国交好,于是维多利亚一家人便出现

---

① Thomas Pynchon, "Under the Rose", *Slow Learner*, Boston: Little, Brown and Company, 1984, pp. 99—137.
② 在《玫瑰花下》这个短篇小说里,波彭泰因把自己和英国看作是正义的一方,把对手德国看作是制造世界混乱的非正义一方(实质是威胁英国世界霸主地位),并且把殖民地看作是比欧洲劣等的地方。
③ 这部分历史可参见高晋元:《英国—非洲关系史略》,北京:中国社会科学出版社,2008年。

在奥匈使馆。但是这并不表明英国同这些国家就没有争斗,否则就不会有邦戈-沙夫茨伯里企图暗杀英国领事克罗默勋爵(Lord Chromer)。①而第二个故事里的意大利间谍费兰特之所以编笑话嘲笑英国间谍,也是因为英国只是暂时与意大利交好,他们在非洲的殖民地问题上也有冲突。其实,并不存在什么"四国同盟"(V. 179),这只是对英国的讽刺。

驻意大利佛罗伦萨的英国使馆外交官西德尼·斯坦西尔时常陷入对"局势"的思考中。他对此有着一种存在主义式的看法:"任何局势都不具有客观的现实性:局势只存在于那些碰巧在任一特定时刻在场的人们的头脑中。……"(V. 174)如果只是孤立地分析这段话,它是在说没有脱离人的意识存在的唯一的真实,所谓的客观真理其实打上了个人主观意识的烙印,不同的人从不同的角度会建构出不一样的世界。此处小说仿佛是在进行认识论的探讨,然而西德尼·斯坦西尔做这样的思考的根本原因在于国际局势的复杂。在第二个故事里,意大利的佛罗伦萨被塑造成了福柯所说的差异空间(heterotopia)②,各种势力和利益集团聚合在这个空间里,包括意大利的秘密警察、英国使馆、委内瑞拉使馆、策划委内瑞拉侨民暴动的南美加乌乔人、盗取名画的曼蒂萨、带着维苏秘密的老戈多尔芬等,他们互相猜疑提防,为各自的利益争斗。这里之所以设置英国使馆,是为了影射英国想要拉拢意大利来对付法国和德国;设置委内瑞拉使馆缘于在委内瑞拉与英属圭亚那交界处发

---

① 品钦在小说里经常喜欢使用真实的历史人物,此处的克罗默勋爵就是当时驻埃及的英国领事。
② Michel Foucault and Jay Miskowiec, "Of Other Spaces", *Diacritics*, 16.1 (1986):22—27. 差异空间指"真实存在的地方,它们类似于某种反地点(counter-sites),是一种多个地点被同时再现、对立、倒转的有效的乌托邦"。

现的金矿致使英国与委内瑞拉发生争端,而且委内瑞拉国内发生了由 Jose Manuel Hernandez 领导的革命,为的是反抗 Joaguin Crespo 政府操纵扶植的傀儡政权。

故事里的人物对密码和阴谋极度敏感。老戈多尔芬口中的维苏本来只是他个人对殖民经历的思考,结果在委内瑞拉使馆的萨拉扎和拉东的眼里成了委内瑞拉的代号。在英国使馆人员的眼里,维苏是殖民地企图发动对宗主国战争的阴谋代码,接着英国又将它解码成意大利的维苏威火山,在火山下面有通往世界各地的秘密通道,殖民地人民将利用通道来向欧洲各国开战。老戈多尔芬也因此被跟踪。① 不难理解,作为外交官的西德尼·斯坦西尔在执行任务时不得不考虑各种因素。这在最后一个故事里有明显的体现:西德尼·斯坦西尔对马耳他的局势做了分析,把各个阶层及势力的立场和目的一一列举出来:穷人、政府职员、商人、布尔什维主义者、反殖民主义极端分子、米济主义者、教会。当卡拉来恳求西德尼·斯坦西尔不要再让她的丈夫为他提供情报时,他想到:

> 谁知道会有几千个意外事故——天气的变化、有没有船、庄稼的歉收——把所有这些怀着各自的梦想和焦虑的人们带到这个岛上安排成这种组合?一切局势都是由比人类更为低等的事物组成的事件形成的。(V. 455)

德怀特·埃丁斯对这段思考作了过度阐释,他认为这段话说

---

① 本来并不存在的事物因为人们对阴谋的怀疑变成了真实存在的事物,并影响到了个人的生活。对埃文(老戈多尔芬的儿子)来说,它只不过是个童年回忆,并意味着自己长大后对父辈的反叛,但是在意大利的一系列遭遇使得他也相信维苏的存在。作者在此对阴谋论的思维方式的勾勒也暗讽了 20 世纪 50 年代对美国社会造成危害的麦卡锡主义。

明作者想要揭示世界已经变得失去人的控制。①其实,这只是一个多年从事外交和间谍事业的人的敏感心理。而且西德尼·斯坦西尔并不真的在意每个人的想法,他之所以对每个人的大脑产生近乎强迫症的关注②,是因为局势需要他密切注视各种可能对英帝国的世界秩序的威胁。因此我们会看到在这些故事里时间的概念被淡化,情节的因果链条也被淡化,而突出的是空间上的并存。殖民地的历史正是一种围绕宗主国和殖民地,以及殖民地的势力范围划分的历史,占据主导地位的是与地理空间紧密相连的空间经验,而这种空间并存揭示的正是福柯论述的空间所体现的权力关系。③

维苏是这部小说第一条情节线中处于中心地位的空间意象,以往研究由于主要关注的是这条情节线包含的六个故事的时间性线索,因此对其含义做了否定性的阐释,它们从神话批评的角度将它解读为世界堕落衰败的象征,把它看作反乌托邦性质的空间,如德博拉·L. 马德森通过分析维苏与但丁的《神曲》中的地狱的相同之处,来说明维苏的地狱本质。④然而,笔者认为对维苏这个具有神秘色彩的空间意象的理解,需要与小说审视的西方殖民主义的帝国秩序相联系。实际上它揭示的是帝国空间的想象与建构,其反乌托邦性质实则是殖民主义的体现,服务于帝国空间秩序的建立和维护。

根据老戈多尔芬对维苏的描述,它的一个最突出的特点是其

---

① Dwight Eddins, *The Gnostic Pynchon*, Bloomington and Indianapolis: Indiana University Press, 1990, p. 79.
② 西德尼·斯坦西尔甚至经常梦到自己在一个人的大脑里漫游。
③ Michel Foucault, "Questions on Geography", *Power/Knowledge: Selected Interviews and Other Writings 1972－1977*, Colin Gordon, ed. and trans. New York: Harvester Wheatsheaf, 1980, pp. 69－70.
④ Deborah L. Madsen, *The Postmodernist Allegories of Thomas Pynchon*, Leicester: Leicester University Press, 1991, pp. 29－53.

变换的色彩和形状：

> 色彩，五彩缤纷的色彩。萨满教教主家门外的树上有彩色的蜘蛛猴。它们在阳光下变幻着色彩。样样东西都在变化。群山与洼地在这一小时与下一小时的色彩就不相同。没有哪个系列的色彩有一天是重复的。仿佛你生活在一个疯子的万花筒里。(V. 155)

从表面上看，维苏只不过是老戈多尔芬杜撰的一个充满奇幻色彩的地方。但实际上，它是老戈多尔芬的殖民地经历的浓缩，是殖民地的象征，其不断变幻的色彩和形状背后隐藏着殖民地的历史和政治。

首先，我们需要结合小说对争夺殖民地的呈现，以及老戈多尔芬的身份，来考察维苏的含义。第二个故事给出的信息告诉我们，老戈多尔芬是英国皇家地理学会的成员，其地理探险活动为英国开拓殖民地做了很大的贡献。这从维多利亚·雷恩的反应也可以看出，她从报纸上读到过对他的报道，还称赞他的事迹是"勇敢的事"(V. 154)。对殖民地的开拓首先需探险家进行地理探察，将陌生国度的地形、地貌绘制成地图，记录沿途居民状况。因此，作为空间再现的地图与占领殖民地密切相关——"在地图上原先只是空白的地方画上等高线、深度标记、交叉阴影线和色彩。一切为了大英帝国。"(V. 156)

这些故事常提到欧洲的游客，他们的身影成了故事的背景，在各个地方时时闪现。在帝国人民的空间想象中，殖民地没有自己独立的空间生产和空间再现(representations of space)①,只能是宗主国的海外市场、原材料产地、军事基地及提供异国情调体验的旅行地。这些游客拿着贝德克尔(Baedeker)的旅行指南②,其空间活动的范围及对殖民地空间的认识仅限于旅行指南上标出的地方:旅馆、餐馆、名胜等。在他们的眼里,就连这个空间里的人也都是旅行空间里的"自动装置"(V.59)。之前论述里指出第一个故事的前七个片段采用了七个旁观者的眼光,这七个人包括咖啡店侍者、旅馆杂役、火车列车员、马车车夫、马戏团演员、酒馆女招待等,他们全部都靠欧洲游客为生,大都从事服务行业。况且,间谍们为了隐蔽,行动的路线也经常同普通游客一样。《V.》对《玫瑰花下》的视角所做的改动,其效果一方面是通过采用外聚焦的办法,使得旅游空间的问题突显出来,即可以通过这些旁观者来嘲讽欧洲游客:"这里有一个并非刻意统一意见的大玩笑:贝德克尔旅行世界的访问者们不知道,这里的永久居住者实际上是伪装的真人。……塑像会说话,有些政府大楼会发疯,清真寺会谈情说爱。"(V.66)另一方面,往常被欧洲游客视作自动装置的殖民地人民的内心世界,通过旁观者的眼光呈现给读者:沃尔德泰喜欢琢磨宗教问题并深爱自己的家人;尤素福是个无政府主义者;哲布勒伊尔痛恨那些欧洲

---

① 空间再现指"概念化的空间,科学家、设计者、城市规划者、技术专家、土地划分者和社会工程师的空间,也是某类具有科学倾向的艺术家的空间——他们都把生存的空间、感知的空间和构想的空间相等同"。简言之,空间再现指的是特定社会描述或构思空间的方式。见 Henri Lefebvre, *The Production of Space*. Donald Nicholson-Smith, trans. Oxford: Blackwell, 1991, p.38. 此外也可参看童强:《空间哲学》,北京:北京大学出版社,2011年,第152—156页。童强把地图称为平面的空间表象,也即空间再现。

② 19世纪德国出版商贝德克尔(Baedeker)出版的旅行指南,在当时十分流行。Eric Bulson 在其书中指出品钦在创作第一和第二个故事时使用了旅行指南中的地图。详见 Eric Bulson, *Novels, Maps, Modernity: the Spatial Imagination*, 1850—2000, New York & London: Routledge, 2007, pp.85—105。

人,他们只光顾那些体面的地方,为旅游建造的城市就像夺走他的家园的沙漠。因此,从帝国秩序的空间再现这个层面来看,维苏指的是由各种颜色组成的地图,它象征被纳入帝国主义殖民体系的世界。不仅各国的地图不同,而且由于激烈的争夺,地图上的地域界限不断变化,统治的宗主国也不断更替,所以其颜色和形状都在变化。

其次,维苏代表了由帝国空间秩序所决定的殖民主义的思维方式。第二个故事里福帕尔对蒙多根讲述了德国统辖西南非期间的经历。在福帕尔家乡的教堂里有一幅死神之舞(the Dance of Death)的壁画,死神拿着镰刀,后面跟着一个个死去的人。1904年福帕尔曾和其他的德国士兵押送一队黑人土著,他们便把这个队伍同死神之舞联系在了一起:"但是他们大多数人共有的那种联想足够给予那不受欢迎的差事一种仪式上的气氛。"(V. 243)德怀特·埃丁斯认为教堂里的死神之舞原本是一种道德的警戒,而德国士兵眼里的死神之舞已经"颠覆了这个象征,使死亡变成了宗教的最终动因"①。但德怀特·埃丁斯没有进一步分析这其中隐含的殖民主义思维方式。福帕尔在鞭打一个土著时说道:

> 就像耶稣回到地球上来一样,冯·特罗塔会来解救你。要喜乐;唱感恩诗。到那时之前像爱你的父母一样爱我,因为我是冯·特罗塔的手臂,是他的意志的代表。(V. 222)

而他的战友弗莱施把被押送的一个黑人打死之后,内心感到的是

---

① Dwight Eddins, *The Gnostic Pynchon*, Bloomington and Indianapolis: Indiana University Press, 1990, p. 68.

"平静"(V.245),从前那种纯粹为了完成上级命令的枯燥感消失了:

> 事情突然陷入了一种模式……至于这个黑人与他,他与每一个他从此以后必须得杀死的其他黑人,都渐渐地以一种固定的对称、一种舞蹈的平衡姿态排成队列。它最后意味着一种不同的东西:与征兵的招贴画……与冯·特罗塔的命令和指示的官方语言不一样,与执行了像春雨一样渗透过无数层次才传到你的命令后所获得的有用感,和愉快而无力的慵懒感都不一样;与殖民政策,国际诈骗,关于部队内的晋升和部队外的富裕的希望不一样。
>
> 它只与毁灭者和被毁灭者、与把他们联结起来的行为有关,而它以前从来不是这种形式。(V.245)

开拓和占领殖民地是一项十分艰难的工作,需要征召士兵,大批的人远离家乡到遥远陌生的国度,去适应严酷的气候、险恶的环境和陌生的语言,还要随时面临疾病与死亡。帝国主义的政策,如果只是"官方语言"和"部队命令",而不能从精神上深入人心,使之成为个人的情感结构和心理机制,那么它便不能得到彻底的贯彻并且成功地实现一个个目标。萨义德在其《文化与帝国主义》一书中就指出:"帝国主义和殖民主义都不是简单的积累和获得的行为。它们都为强烈的意识形态所支持和驱使。"[①]死神之舞、像耶稣一样的冯·特罗塔将军、毁灭者与被毁灭者,这一系列的意象与理

---

① 爱德华·W. 萨义德:《文化与帝国主义》,李琨译,北京:生活·读书·新知三联书店,2003年,第10页。

念就是殖民主义意识形态的体现,它们为殖民者对土著进行统治、镇压和杀戮提供了精神动力和道德支持。在这种观念体系中,殖民者属于文明、先进的优等民族,殖民地的土著是野蛮、未开化的低等种族。殖民者对土著具有教化、启蒙、保护和管理的义务。一旦土著反抗,就是野蛮对文明的威胁,殖民者就成为正义的化身与黑暗力量战斗,像上帝般惩罚邪恶。对土著的屠杀甚至还有仁慈的味道,在士兵们看来,这免除了黑人们受罚的痛苦。从古德费洛的文明手段和维多利亚·雷恩对澳大利亚土著的宗教想象——"上帝戴着一顶宽边软毡帽与土著撒旦进行战斗"(V. 61)——可以看出,这种殖民主义的观念在人们心中深入的程度。

虽然殖民者总是试图把帝国的秩序强加给被殖民者,以自己的价值标准来定义被殖民者,但是殖民地的现实总是要冲破殖民者的秩序。老戈多尔芬说一开始维苏的色彩深深吸引了他,但逐渐这些五彩缤纷的颜色扰乱了他的内心:

但是那个地方似乎像,像你在有些地方发现的女人,一个从头到脚文身的黑女人。(V. 156)

不久,大概是数天之内吧,情况会变得如此恶劣,以致你会祈求你所知道的任何神让她患上麻风病。剥去那文身的皮肤,留下一堆红的、紫的和绿的废墟,让血管与韧带外露和颤动,最终让你能用眼睛观看,用手触摸。(V. 156)

我以为它是与驱使英国人跳着名叫库克式旅行的疯狂舞蹈在全世界转来转去的东西正好相反的东西。他们需要一个地方的皮肤(skin),而探险家要的是它的心脏(heart)。(V. 188)

老戈多尔芬把维苏比作一个土著女人,这个比喻既意味着神秘的诱惑,也有恐惧、邪恶、黑暗的含义。这种既吸引又排斥的心理其实是殖民者征服殖民地的心态的两面。首先,霍米·巴巴曾在一篇文章中指出,殖民地不仅是宗主国的资本输出市场,而且是殖民者释放力比多的地方。[1]第三个故事里的德国士兵对黑人土著女人的所作所为便是一个例证。因而老戈多尔芬对维苏的色彩的迷恋带有色情的意味。其次,他想要剥掉黑女人的皮肤,说明他试图以欧洲文化的价值观去审视殖民地,然而土著的文化风俗终究是一种陌生的异己的存在,是与文明相对立的野蛮的文化。因此,殖民者不仅想要从地理上占领殖民地,还要把这个野蛮的空间改造成符合殖民者的价值标准的地方,从精神上对土著进行规训,使土著从心理上认同殖民主义而甘愿成为帝国的属民。维苏变幻的色彩与形状的另一层含义便是指殖民者眼中难以驯服的土著和他们的野蛮文化以及由此引起的内心的焦虑和恐惧。因此,如果像德博拉·L. 马德森那样把维苏看成是地狱的象征,就是采用了殖民主义的眼光。

进而,维苏也代表着殖民主义的幻灭。福柯在其《其他空间》一文中探讨了乌托邦空间(utopia)与差异空间(heterotopia,也有译者译作"异托邦")。他指出殖民地扮演了补偿性差异空间(heterotopias of compensation)的角色,即它们的角色是"创造一个不同的空间,另一个完美的、仔细安排的真实空间,以显现我们的空间是杂乱无章的和无序堆砌的"[2]。例如,17 世纪英国在美洲建

---

[1] Homi K. Bhabha, "The Other Question: Stereotype, Discrimination and the Discourse of Colonialism", *The Location of Culture*, London and New York: Routlege, 1994, pp. 94—120.

[2] Michel Foucault and Jay Miskowiec, "Of Other Spaces", *Diacritics*, 16.1 (1986): 27.

立的清教徒社会。在《V.》里,福帕尔与老戈多尔芬在非洲的经历正反映了殖民者对这种补偿性差异空间的幻想及幻想的破灭。举行围困宴会①的福帕尔的庄园,正是他所建构的补偿性差异空间。德国因在第一次世界大战中战败,失去了其海外殖民地,福帕尔于是在自己的庄园重建了一个幻想的德意志帝国空间。他的客人来自欧洲各国,他让他们都穿上1904年的服装,以此将世界纳入德国的帝国秩序中。老戈多尔芬对英帝国的殖民活动产生了怀疑,因为这里没有他所想象的拥有世上其他人所不知悉的秘密的大祭司,没有万应良药,没有医治人类疾苦的百宝灵丹。如福帕尔一样的年轻士兵也很失望,因为没有英雄主义的实现和战斗的荣耀。只有堆积起来的黑人的尸体和占领后繁重的建造工作。然而,这种幻灭仍然带有殖民主义的色彩。老戈多尔芬在苏丹参加过戈登将军对马赫迪起义的镇压,但他在对维多利亚·雷恩讲起这段经历时说:"我在东方战役中见到过一些兽行,但那些完全无法跟这儿相比……马赫迪对那个城市的所作所为,对戈登将军和他的部下的所作所为。"(V. 156)老戈多尔芬所领悟到的维苏是"一个毁灭的梦"(V. 190),并不是说他已经看清了殖民的罪恶,而是把原因归咎于殖民地人民。他所说的所有这些殖民地活动是一种"疯狂"(V. 154),意思并不是说殖民者自己已经失去人性,而是认为作为文明国度的"我们"想要使"他们"这些野蛮人开化是种妄想,野蛮的土著无可救药,"我们"应该远离"他们",以免受到野蛮的影响和伤害。

---

① 围困宴会是为了应对当地土著邦德人的起义。根据J. 凯丽·格兰特在其书中给出的注释,邦德人的起义实际上是白人的想象,居住在南非的邦德人因为付不起狗税(the Bondels需要用狗来捕猎),于是决定穿过边境返回西南非家乡,但是这一举动引起了白人的恐慌。参见J. Kerry Grant, *A Companion to V.*, Athens and London: The University of Georgia Press, 1994, p. 117。

同理,福帕尔对土著女孩萨拉的情感也并不表示福帕尔开始承认土著人的人性。萨拉只是一个特殊的例外,因为她"没有其他黑人妇女身上见到的那种兽性"(V. 252)。所以福帕尔才对她另眼看待,但这并不是说福帕尔就完全肯定萨拉的人性,她只是"他所拥有的最接近于妻子的东西(thing)"(V. 253)。而对于萨拉的死,福帕尔想到的不是他和那些德国兵对这些土著人所造成的残酷伤害,而是自己。虽然他痛苦地意识到同伴们对萨拉野兽般的行径是一个寓言:"此事可能说明了,胃口的发展或欲望的进化,都是朝着他想起来就不愉快的方向行进"(V. 254)。但接下来他带有自然主义色彩的思想暴露出他把罪责转移到了土著人身上:

> 人成为一条永不解体的大众阵线,去抵抗貌似非政治的、表面上看来次要的,但将伴随他走向坟墓的敌人:一个没有形状的太阳;一片怪异如月亮的南极一般的海滩;铁丝网里的焦躁不安的小妾;咸味的雾;碱化的土地;永不止息地携来沙石填高港口海底的本格拉海流;缺乏生气的岩石;脆弱的机体;不牢固的荆棘树;一个垂死的女人的无声抽泣;雾中鬣狗的令人惊骇的但无可逃避的吠叫声。(V. 255)

在他的思考中,殖民者成了殖民地的受害者,而土著女人如恶劣的自然环境一样——太阳、海滩、碱化的土地、鬣狗——是人性的敌人,使得殖民者失去了人性。是撒哈拉以南非洲的野蛮吞灭了欧洲文明。如果福帕尔真的醒悟到是殖民者自己使自己丧失人性,就不会在自己的庄园里力图重现1904年,也不会重新穿起当年的军装亲吻冯·特罗塔将军的画像,更不会对几个根本没有什么抵抗力的邦德人(Bondels)动用飞机轰炸。这些说明福帕尔和他的客人们把对土著人的恐惧与怨愤都发泄到了土著人身上,以此来逃避审视自己。

殖民主义的幻灭也体现在以殖民宗主国为中心的线性历史观上。最后一个故事,便是用西德尼·斯坦西尔的眼光来揭示英帝国中心主义的线性历史观。在西德尼·斯坦西尔的眼里,历史是一个世界走向混乱衰败的过程:

> 圣灵降临的事,那个安慰者,那只鸽子;火之舌,圣灵所赐之口才:降临节。三位一体的第三格。斯坦西尔对它们一无所知。圣父来了又走了。用政治的术语讲,圣父是王子;独一无二的领导者,他的德行过去常是历史的一个动因。这已经蜕化为圣子,一个倡导自由的爱的盛筵的天才,这盛筵导致1848年和后来沙皇被推翻。下一步是什么?还有什么末日灾难(apocalypse)? (V. 444)①
>
> 再没有王子了。从今以后政治将逐渐变得更加民众化,更多地落入业余爱好者的手中。(V. 461)

这些想法固然有他个人步入老年对世事变迁的感慨,以及第一次世界大战造成的灾难性后果所引发的悲观情绪。但和老戈多尔芬一样,他也对日不落帝国曾经的地位抱有怀旧之情。因为他所谓的圣父统治的秩序是帝国主义的秩序,所以国内的工人运动、俄国十月革命以及殖民地人民争取独立的斗争在他看来就是"末日灾

---

① 约翰·达格代尔(John Dugdale)和德怀特·埃丁斯(Dwight Eddins)都指出西德尼·斯坦西尔的三位一体的历史观来自意大利神学家 Joachim of Fiore。Joachim of Fiore 认为人类历史对应于三位一体经历三个阶段:圣父、圣子、圣灵。在此过程中人类的灵性将不断增长。

难"。西德尼·斯坦西尔的线性历史含有以殖民宗主国为中心的立场来看待世界秩序的成分,而小说打破线性叙事便是为了质疑这种历史叙事。同样,赫伯特·斯坦西尔没有从自己的经历中获得领悟,仍旧拒绝面对 V 的死亡而继续追查。一方面是因为这使得他的生活有意义。更重要的是,他希望按照线性模式来整合有关 V 的信息,用 V 的堕落神话来象征殖民者眼中的世界末日,这种思维方式就反映了殖民者对殖民主义的世界秩序的合理性的认同,及对其崩溃的哀悼。因此,评论者们通过分析 V 的堕落过程来证明世界的熵化,也就是在无意中站在了殖民主义的角度看问题。

综上所述,维苏既是帝国主义秩序的版图,又是殖民者的各种幻想,也是殖民地无数真实具体的事物、景象和事件重叠交织在一起的画面。所有这些纷繁复杂的片段汇聚成了维苏。斯坦西尔所追寻的秩序只是给世界造成毁灭性危害的殖民主义的帝国秩序。

第二节 普洛费恩的流浪:城市空间的资本秩序与空间异化

《V.》的现代部分以普洛费恩在 1956 年的纽约的流浪生活为线索展开。随着普洛费恩在城市中的各个地方的游荡,小说呈现了一个斑驳陆离的都市世界,其中包括艺术家群体全病帮(the Whole Sick Crew)、鳄鱼捕杀中心、青少年犯罪帮派、空间/时间职业介绍所、整容诊所、充斥大街小巷的流浪汉和贫民。以往的研究由于主要关注的是斯坦西尔的那部分故事,因此仅把这部分故事看作是讨论斯坦西尔部分的一个补充。把《V.》看作是描写世界衰败的学者如梅尔文·纽①、威廉·M.普莱特②、阿奴帕玛·考沙尔③等,认为这部分故事是为了给斯坦西尔的追寻活动提供一个混乱无序的现实世界的背景,斯坦西尔通过编织一个有关V的神话来赋予其意义和解释的框架。而把《V.》看作是后现代主义作品的学者如斯蒂芬·马特西奇④、肖恩·史密斯⑤、理查德·帕特森⑥等,则把普洛费恩看作是斯坦西尔式的认知方式的对立面,即世界没有统一的解释,以此来反衬斯坦西尔的思维所体现的真理和历史知识的主观性和相对性。虽然后现代视角的研究认为,品钦通过元小说的叙事手法对斯坦西尔的认知方式进行了嘲讽,但是他们又不能解释小说的现代部分确实如第一类评论所认为的,对现代世界采取的是一种否定性的呈现。⑦而且,这类分析往往流于关于这两种认知方式的抽象的哲学讨论,围绕秩序与混乱的问题,将文本化为对后现代理论的注解。普洛费恩部分的故事所包含的许多

---

① Melvyn New, "Profaned and Stenciled Texts: In Search of Pynchon's V.", *Thomas Pynchon*, Harold Bloom, ed. New York: Chelsea House Publishers, 1986, pp. 93—109.

② William M. Plater, *The Grim Phoenix: Reconstructing Thomas Pynchon*, Bloomington: Indiana University Press, 1978, pp. 20—22,141—149.

③ Anupama Kaushal, *Postmodern Dilemmas*, Jaipur: Yking Books, 2010, pp. 27—35,88—102.

④ Stefan Mattessich, *Lines of Flight: Discursive Time and Countercultural Desire in the Work of Thomas Pynchon*, Durham and London: Duke University Press, 2002, pp. 23—42.

⑤ Shawn Smith, *Pynchon and History: Metahistorical Rhetoric and Postmodern Narrative Form——in the Novels of Thomas Pynchon*, New York & London: Routledge, 2005, pp. 19—58.

⑥ Richard Patteson, "What Stencil Knew: Structure and Certitude in Pynchon's V.", *Critical Essays on Thomas Pynchon*, Richard Pearce, ed. Boston: G. K. Hall, 1981, pp. 20—31.

⑦ 阿兰·W.布朗利认为普洛费恩的流浪并不表示现代世界的分裂而是意味着多样化的生活,但是布朗利在接下来的论述中并没有进一步对多样性进行解释。

重要方面因此没有得到深入的分析,而这些纷繁芜杂的细节并不仅仅是作家设计的一个后现代叙事的游戏迷宫。

本节将从两个方面:一、城市空间资本秩序及城市的空间隔离和异化,考察这部分故事如何通过对1956年的纽约的展现,探索城市空间秩序的特征,揭示表面上混乱无序的现实世界实际上隐藏着控制,它的本质是以城市空间为基础的资本循环。二、面对这种空间秩序,现代主义的艺术家视角已经失去把握其复杂性的能力,主体分解而新的有效的多元化秩序又尚未形成。这两个方面揭示出小说对后现代多样性的质疑。

一、物的世界:城市空间资本秩序

小说的第三人称叙述者对夏季城市有这样一段描述:

> 纽约正进入盛夏,一年中最糟糕的季节。这是公园里打群架的时候,是婚姻破裂的时候;冬天里冻结在体内的杀人和作乱欲望现在都开始解冻,浮到表面,穿过你脸上的毛孔向外闪闪发光。(V.272)

巴赫金的《长篇小说的时间形式和时空体形式》一文中有一节分析了田园诗时空体(the idyllic chronotope)。田园诗时空体的空间是人们世代耕种的土地和居住的家园,时间也是四季轮回的循环式时间。人一生中最基本的内容:出生、劳作、结婚、生育、死亡,都遵循着这样的节奏。① 与之相对照,在这段描写里,原本象征丰收繁茂的夏季却没有男女的结合而只有婚姻的破裂,没有后代的繁衍只有孩子的死亡。小说里鲁尼·温森姆是唯一走进婚姻殿堂的人物,但与妻子的感情却濒临破裂;埃斯特未婚先孕,不得已前往古巴堕胎。显而易见,在这里,现代都市已经不再是农业时代依据自然循环的时空,它的时空有着另外一套全然不同的逻辑。资本主义的现代都市已经发展为一个独立的系统,它的运作遵循的是资本循环的法则。

《V.》对纽约城的描绘,其中一个突出的特点就是,它是一个由物品所侵占的世界。第二次世界大战后的美国由于第三次科学技术革命的发展及经济的增长进入了消费主义时代,普洛费恩在大街上看到的景象是:"他周围的人都穿着新服装,每星期有数以千计的崭新的无生命物品被生产出来,街上有新汽车,他数月前离开的郊区各处都有数以千计的房屋在兴建中。"(V. 134)而他周围也尽是迷恋物的人,如皮格喜欢他的哈利—戴维森摩托车,蕾切尔喜欢跟她的莫里斯汽车说话等。无生命物(inanimate)是在小说里反复出现的一个关键词。普洛费恩用这个词来形容纽约城,这是他对这座城市的直观感受。不过,普洛费恩的无生命物观也仅停留在直观感受上,没有进一步上升为有意识的反思。由于他不能进行理性的思考,也就无法看清自己的处境并做出有意义的行动。他只是感觉到这个世界出了问题,但他不能洞察问题的原因,也不能够分辨各种现象的区别,只会把它们笼统地用"无生命物"来概括。而且他的过度敏感有时妨碍了他做出积极的行动。他怀疑没

---

① M. M. Bakhtin, "Forms of Time and of the Chronotope in the Novel", *The Dialogic Imagination*, Caryl Emerson and Michael Holouist, trans. Austin: University of Texas Press, 1981, pp. 224—227.

有人能免于变成无生命物,因而也就没有勇气对爱人蕾切尔做出承诺。他有时甚至还希望自己有个机器人女友,这样就不必费力去想对方到底为何生气了。①因此,他只能对城市的问题做出孩童式的解释,如城市地下的通讯电缆是被侏儒精灵操纵的。

首先,无生命物代表的是城市里的物化②现象,而物化现象的本质是商品消灭了物质原来真正的物性,使它们获得一种新的物性,即商品性。城市并不是简单的物的集中,而是充斥着作为商品的物的世界,如普洛费恩看到的服装、汽车及房屋等。③小说《V.》对消费社会的思考的独特之处在于,它将资本的控制与城市空间联系起来,把商品化和物化的问题扩展为整个作为资本循环系统的城市空间的问题,探索这种控制的空间性。空间批评的代表性思想家列斐伏尔认为,现代社会正在逐渐成为都市社会(urban society),其特点就在于都市现实(urban reality)已经成为一种生产力(a production force)。④城市并不仅仅是资本运行的背景,城市空

---

① 因此,凯瑟琳·菲茨帕特里克认为品钦对现代科技的批判表明他有厌女症,就是错误地把普洛费恩的观点与作者的观点画了等号。参见 Kathleen Fitzpatrick, "The Clockwork Eye: Technology, Woman, and the Decay of the Modern in Thomas Pynchon's V.", *Thomas Pynchon: Reading from the Margins*, Niran Abbas, ed. Madison and Teaneck: Rosemont Publishing & Printing Corp, 2003, pp. 91—107.

② 物化是在现代资本主义社会中,商品形式成为整个社会的统治形式时出现的现象。详细参见卢卡奇:《历史与阶级意识——关于马克思主义辩证法的研究》,杜章智、任立、燕宏远译,北京:商务印书馆,1992年,第143—304页。

③ 一些研究者只是把无生命物的问题归结为作者对科学技术的批判,如肖恩·史密斯分析说,无生命象征技术对世界的控制,参见 Shawn Smith, *Pynchon and History: Metahistorical Rhetoric and Postmodern Narrative Form—in the Novels of Thomas Pynchon*, New York & London: Routledge, 2005, p. 49. 阿兰·W. 布朗利指出,无生命物意为"世界的机器化",见 Alan W. Brownlie, *Thomas Pynchon's Narratives: Subjectivity and Problems of Knowing*, New York: Peter Lang, 2000, p. 12。本书认为科学技术只是手段,根本问题是资本主义的生产方式。

④ Henri Lefebvre, *The Urban Revolution*, Robert Bonomo, trans. Minneapolis: University of Minnesota Press, 2003, p. 15.

间使得资本主义得以成功地再生产其基本的生产关系,使得资本主义的生产方式得以延续。资本的生产造就了城市,又被城市所造就。是城市空间实现了这种物的集中。

普洛费恩觉得自己与这个世界制造出的物品格格不入:他不会使用任何工具,连普通的剃须刀、淋浴开关、裤子拉链都跟他作对;他无法理解那些迷恋某样物品的人。普洛费恩认为这都是因为他生活在街道地面上,如果他到地下,在下水道里就可以躲开这个充满"无生命物"的世界。然而,他不知道下水道的空间也是城市系统的一个职能空间,为城市系统的运作而建造。在地下遇到的是与地上同样的问题。普洛费恩被政府的鳄鱼捕杀中心雇用,在下水道里捕猎鳄鱼。这些鳄鱼曾经是前一年流行一时的孩子们的宠物,但流行过后,就被扔到下水道,在那里靠吃老鼠和垃圾为生,它们繁殖的数量越来越多,导致有关部门不得不雇人来清理它们。这些纽约城里的鳄鱼,已经不是大自然空间里的生物,其生存遵循着生态循环的法则,而是都市空间里的商品,遵循着资本循环的法则。当它们的使用价值被人们消费之后,就被当成废弃物抛弃。城市的下水道也规定了它们是垃圾的性质。对于普洛费恩而言,地下空间是他的工作空间,为他提供了一个职位。而这个生产空间具有某种不以劳动者意志为转移的规则,它要求就职者避免个性化的操作,避免将个人的喜好、态度、价值取向带入工作中来。①在这里,鳄鱼只是劳动者普洛费恩的生产资料,规范化的操作就是捕杀它们。因此,当普洛费恩开始跟这些鳄鱼交谈时,必定就会被工头邦斥责。

---

① 有关生产空间的论述可参见童强:《空间哲学》,北京:北京大学出版社,2011年,第215—247页。

同理，爵士乐手麦克林蒂克·斯费亚不喜欢酒吧里的演出，因为位置都被有钱人的孩子占去，他们只是把他的音乐当作背景音乐并不真心去聆听。从麦克林蒂克·斯费亚个人的角度看，酒吧应是艺术创作的场所。但从作为实现资本生产关系再生产的空间的角度看，酒吧是消费的空间，是实现文化工业产品的售卖的地方，这种职能的规定就已经决定了处在其中的人的思维和行为方式。

无生命物这个词还包含了物质与精神的对立，小说通过这个概念的设计以及物的城市的刻画表达意义的追寻主题，被物所占据的城市映射的是精神失去对物质的掌控，人失去对城市的主导和对现实世界的解释力。弗雷德里克·詹姆逊根据经济学家曼德尔对资本主义发展阶段的历史分期，认为20世纪50年代末期到60年代初期，发达资本主义国家开始进入晚期资本主义时代。这一时期的特点是后现代主义的产生，原先不属于资本生产领域的文化领域被纳入资本主义的经济体系，现代主义所坚持的高等文化与大众文化的界限被取消。① 在小说《V.》里，人的精神的颓败首先表现为艺术的商品化。小说的现代部分中有一帮艺术家组成的群体叫全病帮，小说通过对这一群体的呈现，对文化工业、现代主义的传统及艺术家的反叛进行了反思。

小说第三人称叙述者对全病帮有这样一段直接评价：

> 这种模式是人所熟知的——波希米亚的、搞创作的、爱好艺术的——只不过更为远离现实，是浪漫主义的极度颓废；仅

---

① Fredric Jameson, *Postmodernism, or the Cultural Logic of Late Capitalism*, Durham: Duke University Press, 1999, pp. 2—3.

仅是贫穷、叛逆和艺术"灵魂"的精疲力竭的表现。因为令人悲哀的事实是他们大多数为生存而劳作,他们谈话的内容来自《时代》杂志和类似的刊物。(V. 45—46)

全病帮的成员所从事的领域包括文化艺术的所有领域:绘画、音乐、文学创作。然而,他们并不是独立的艺术家,通过艺术的创新实验与商业化规则及社会习俗对抗。他们是文化工业的从业者和消费者,如拉乌尔为电视台写剧本并且深谙这一行的市场需求,梅菲亚的丈夫鲁尼·温森姆是奇异唱片公司的经理。他们都是文化产业链条上的一环。梅菲亚的小说畅销就很能说明这一点。梅菲亚的通俗小说宣扬的是一套英雄式爱情(Heroic Love)的理念。英雄式爱情的本质是种族主义。梅菲亚的小说里男女主人公都是高大、英俊、美貌的盎格鲁—撒克逊人、日耳曼人或斯堪的纳维亚人,反面角色都是黑人、犹太人或南欧移民。但是英雄式爱情迎合了大众的口味,符合市场需求,而为梅菲亚出书的出版商对此了如指掌,并且可以通过宣传等手段来推销产品,并利用粉丝俱乐部来建立稳固的消费群。鲁尼·温森姆在同梅菲亚的争吵中道出了真相:"谁创作?你的编辑?出版商?没有他们,宝贝,你将一无所成。"(V. 326)

此外,全病帮之所以被形容为是一种熟知的模式,不仅说明他们并不是个例而是一个普遍的现象,还说明他们经营着一种如时尚般通行的艺术家的形象,并且这种形象是文化工业批量生产的产品。作为这一形象的一个标志便是他们在聚会和酒吧里谈论的那些文艺的概念及术语——"专有名词(proper nouns)"(V. 118)。德博拉·L. 马德森认为:"无生命物法则的统治与语言的状况相关。语言的无生命物化促使人更喜欢用名词而不是动词,相应的人的感知也会发生变化。"①但是,马德森把这一现象归结为人物自己无生命式的认知方式的问题,并称之为"V—形而上学(V—metaphysics)"②。全病帮所使用的语言之所以是无生命的语言(inanimate language),是因为这些概念和术语已经成为文化工业生产的产品。这些名词所指称的思想并不重要,重要的是它们作为一种流通的商品符号所具有的价值,作为商品的名词与其他物品,如小说中大卖的宠物鳄鱼和浣熊皮帽,没有任何区别。因此,我们常会看到小说中对于文化和艺术作品的描述是这样的:

> 他的方向盘旁挂着一个便携式的收音机,现在正在收听 WQXR 台。……表达爱情与死亡的永恒的戏剧被乐谱的黑色符号保存下来,由管和弦的空气振动赋予生命,通过变换器、线圈、电容器和电子管传输到震动的纸质扬声器……(V. 83)
>
> 世界充满了无生命的硬皮老茧拍打无生命的山羊皮、毛毡敲击金属、木棒互相击打所发出的声音。(V. 122)

它们呈现的不是艺术作品所表达的内涵、思想和情感,而强调的是生产这些艺术产品的物质过程。

理查德·利汉在其《文学中的城市:知识与文化的历史》一书中指出,现代主义的最大主题是城市中的艺术家或相当于艺术家的人,他们是对城市有非凡领悟能力的观察者,如波德莱尔笔下的

---

① Deborah L. Madsen, *The Postmodernist Allegories of Thomas Pynchon*, Leicester: Leicester University Press, 1991, pp. 32—35.
② Ibid.

巴黎城里的游荡者。①但在《V.》里,我们看到的是这种艺术家视角已经完全失效。艺术家群体全病帮从来就没有能够形成具有积极意义的社群。第二次世界大战后美国的社会结构发生了深刻的变化,其中之一便是人口由城市向市郊搬迁。这场变动虽然始于19世纪,但是美国真正成为市郊化的国家却是在1945年之后。市郊化的进程在50年代至60年代进入高峰期,中等收入和上等收入的家庭搬离市中心。50年代至60年代美国的各大城市都经历了城市危机,城市里的许多地区建筑老化,需要更新,然而城市更新计划导致城市的住房情况更加恶化,一些社区消失,而公共住房成了城市贫民的大型居留所。戴维·斯泰格沃德在其《六十年代与现代美国的终结》一书中将这一时期称为后城市时代。②小说《V.》中的纽约对此时期的城市危机都有所体现,比如充斥着犯罪的中央公园;普洛费恩闲荡过的老移民区小意大利;全病帮的成员拉乌尔·斯拉伯和梅尔文租住的贫民窟——"阁楼本身是一个旧仓库的一部分,而非一个合法的居处;城市这一地区的建筑几年前就被宣告不适合居住。"(V. 325)如果说索尔·贝娄(Saul Bellow)的《奥吉·马奇历险记》(*The Adventures of Augie March*)里描述的芝加哥犹太人聚居区代表着移民区曾有的活力,人们生活在一起,有理想有追求。《V.》里面的小意大利已经成为帮派群殴的场所,它的意大利移民的节日也失去了文化意义,成为游客观赏的项目。

---

① Richard Lehan, *The City in Literature: An Intellectual and Cultural History*, Berkeley: University of California Press, 1998, pp. 71—82. 利汉认为,由于现代主义者秉持艺术是最高级的活动的信念,艺术家对城市的描述倾向于印象主义式,即对现实的观察带上主观的色彩,他们对现实的叙述展露出其内心的感受,使叙述打上自己独特的烙印。这种感受到的内在现实越强烈,其外在现实就变得越模糊。但随着现代城市变得越来越复杂,这种向内转的手法不能很好地处理都市的复杂性,并限制了我们对都市复杂性的最终理解。

② 戴维·斯泰格沃德:《六十年代与现代美国的终结》,周朗、新港译,北京:商务印书馆,2002年,第277页。

从贫民区问题反观全病帮,我们能看到小说对这些艺术家的另一个侧面的批评。全病帮反映了战后由垮掉一代兴起的贫困文化。这些有知识的人选择待在贫民窟里,因为他们觉得追求物质上的富足只能导致精神上的贫乏。这一传统其实可以追溯到20世纪初期的格林尼治村。问题是,老一辈的先锋以政治上的激进及艺术上的前卫拒不遵守社会规范,而到了全病帮的50年代,知识分子已经没有广泛的社会运动参与。50年代的美国的一个显著特征就是政治上的保守主义。由于这一时期的麦卡锡主义及经济繁荣,30年代在美国知识界普遍存在的激进主义思潮也迅速消沉。小说里,爵士乐手麦克林蒂克·斯费亚感到战后美国社会的沉闷:"那场战争中世界啪的一声翻了过去。但1945年来了,他们又嗒的一声翻了过去。在哈莱姆这儿他们翻了过来。一切都冷静下来——没有爱,没有恨,没有焦虑,没有激动……"(V. 273)这种冷漠消沉的情绪也反映在全病帮的艺术创作和生活方式中。全病帮的创作已经严重地脱离现实,为艺术而艺术已经堕落为用立体派、超现实派等画法画丹麦奶酪酥皮饼。如果说现代主义作家的精英主义是为了与现实保持一种批判的距离,那么全病帮的伪叛逆生活就只是文化工业的品牌形象和逃避现实的借口。贫民区的问题反映出的是城市空间的不平衡发展,贫困被制度性地生产出来,但贫困又无法转化为城市系统中功能性的问题而加以解决,只得在空间上加以隔离。贫困背后的深刻经济原因其实并不能够被全病帮仅当成一种文化来看待,这就暴露出这种浪漫的思维方式与价值观的天真。小说形容他们的时间感是"温室时间感"(V. 46),这说明它是现代主义向内转的退化形式,已经失去对现实的认识能力,并且更促使他们被消费文化所同化。在智性上懒惰,又缺乏直面现实的勇气,这直接导致了他们支持埃斯特堕胎的幼稚行为,而那其实只不过是对麻烦与责任的逃避。

城市空间不仅被物所侵占,而且连生活在城市中的人也不得不被商品的逻辑所物化。《V.》里不断地出现流落在城市各个角落的流浪汉、游民、疯子和畸形人,这些被遗弃的人被呈现为贯穿故事始终的背景,而这并不是为了简单地抨击丰裕社会①里的贫富差距。小说里对这些被遗弃的人有这样一段描述:"整个夜晚,2月的风会顺着第三大道那宽阔的槽呼啸而来,在他们身上刮过:这些从纽约这部车床上刨削下来的薄片、切削油和污泥。"(V. 48)这段描述把城市概括为如工厂里加工产品的车床一样的生产工具,符合其标准的人如车床加工出的合格产品一样成为有用的人,而不符合的人则如废料一样成为无用的人。城市空间已经不仅是一切活动发生的舞台背景,生活在城市中的人并不创造城市而是被这个空间所塑造和规训。以有用和无用的方式区分人的结果,便是人如废弃物一样充斥着城市的空间。物的垃圾可以被清除,然而废弃的人却无法被清除,他们只得活在城市的街道、酒吧门口、桥洞下面、地铁里。童强在其《空间哲学》一书里将这样的空间称为缝隙空间,把这种生存方式称为缝隙化生存,因为有着严密组织规划的城市功能系统不能提供给这些多余者、边缘人和被遗弃者以正当的空间,他们只能成为缝隙人,通过利用空间上的缝隙与时间的间隙,来维持缝隙式的生存。②

我们在《V.》里会看到人的身体常常是以支离破碎的形式出现的:普罗伊的假牙;"水手之墓"酒吧里招待女郎文着螺旋桨文身的臀部;地铁车厢里"没有生气的眼睛,紧紧相挤的腰部、臀部和髋

---

① 战后 50 年代被当时著名经济学家加尔布雷思(Galbraith)称为"丰裕社会",见 John Kenneth Galbraith, *The Affluent Society*, New York: Mariner Books, 1998.

② 童强:《空间哲学》,北京:北京大学出版社,2011 年,第 339—356 页。

部"(V. 282);即便是人在与爱人相对时被描述的也是分裂的身体的各个部位,没有作为整体的身体。在斯坦西尔对 V 的追寻那部分故事里,V 的身体的各个部分被机器零件取代。按照以德怀特·埃丁斯为代表的神话批评来看,这表示人性化的世界被工业文明和现代科技摧毁。而普洛费恩在人体研究所当看守时看到的合成人体模型 SHOCK 与 SHROUD,似乎就是这一隐喻在现代世界中的真实状况。但本书认为,小说对该问题进行了更为深入的思考。卢卡奇的物化概念的另一层含义是指劳动过程的物化过程以及由此而导致的人的意识的物化过程。①品钦则在《V.》中强调了物化对人的身体造成的影响。既然城市空间里的人被资本的逻辑区分为有用和无用,那么人的身体便可以像物品一样被经营,像机器零件一样被更换或按照符合社会标准的要求被改造,小说里舍恩梅克的整容诊所在城市系统中承担的就是修理厂的功能。如果只是纯粹地分析现代科技的问题或机械化的问题,只能得出结论说,品钦的小说延续了浪漫主义作家对工业化的批评传统,而一些研究者正是将品钦的小说看成是新浪漫主义(new romanticism)②。然而,科技并不是导致身体变成机器的根本原因,根本原因是人变成商品后产生的后果。

---

① 即随着科技的发展,劳动过程的可计算性和合理化不断增加,劳动过程被分解为一些抽象合理的局部操作,以至于工人与能够作为整体的产品的联系被切断,他的工作被简化为一种机械性重复的专门职能。生产的客体被分成许多部分,生产的主体也被分成许多部分。这种合理的机械化一直推行到工人的灵魂里,形成人的物化意识结构,即人的特性和能力不再同人的有机统一相联系,而表现为人占有和出卖的一些物,他们的劳动力同整个人格相对立的客体化,以至于人格只能作为旁观者,无所作为地看着他自己的存在成为孤立的分子,被加到异己的系统中去。工人的这种命运也是整个社会的普遍命运。详细参见卢卡奇:《历史与阶级意识——关于马克思主义辩证法的研究》,杜章智、任立、燕宏远译,北京:商务印书馆,1992年,第 148—152、163—164 页。

② Eberhard Alsen, ed., *The New Romanticism: A Collection of Critical Essays*, New York: Garland Publishing Inc., 2000.

卢卡奇对人的物化的论述主要是基于对工业社会工厂空间里的工人劳动的分析。而《V.》进一步呈现了消费社会中人的物化的新含义。小说里牙医艾根瓦吕担当了心理医生的作用,斯坦西尔找他谈V的事情倾吐烦恼,全病帮的成员向他倾吐心声,艾根瓦吕在花园大道的办公室成了后现代的告解室。小说的第三人称叙述者对艾根瓦吕的这一角色有一段评价:"一个新的不同的职业正在获得道德的上升地位。在这个世纪之交心理医生从牧师的手中攫取了人们吐露心声的倾听者的角色。如今,似乎轮到心理分析师被牙医取代了。"(V. 138)《V.》发表于1963年,品钦在这时就已注意到了波德里亚在《消费社会》一书中所论述的现象。波德里亚发现,在消费社会里身体不仅仅是作为劳动力被开发,而是成为消费品而获得一种自恋式的投资,身体成为消费的对象和手段。波德里亚认为在人类生活漫长的世俗化过程中,身体非但不是与灵魂相对立的肉体,而是代替灵魂成为承担新的意识形态功能的载体。由此,身体的功能发生变化后,医生的功能也相应地发生了变化。对医疗、手术和药品的需求并不是传统意义上的恢复健康的目的,而是对身体作为消费品的开发与投资。曾经,牧师在人们生活中的重要地位代表人是灵魂与肉体的结合的观念;心理医生则代表人是意识与无意识的矛盾冲突;而在消费时代身体成为崇拜物时,医生就取代了牧师和心理师。①

以往的研究都曾指出,《V.》的这部分故事里人物都是扁平型人物,但它们没有进一步去分析其中的原因。在这里,人物的扁平已不能从传统意义上小说扁平人物的塑造去理解。埃斯特在舍恩

---

① 对现代消费社会人的身体的论述,详见 Jean Baudrillard, *The Consumer Society: Myths and Structures*, London: SAGE Publications, 1998, pp. 129—150。这本书的法语原著出版于1970年。

梅克对自己实施鼻子整形手术时有这样的感受:"这几乎是一种神秘的体验。宗教,如东方宗教,能使我们达到的最高境界就是变成一个像岩石一样的物体,这种体验就像那样。我感到自己在下沉,那种甜蜜的失去埃斯特的身份的感觉,变得越来越像一团东西,没有忧虑,没有伤痛,什么都没有:只是存在。"(V. 93)埃斯特的甜蜜的宗教体验其实只是一种幻觉,掩盖了如前所述的身体作为消费品与其他消费物品的对等。①实际上这一过程意味着具有内心深度的人,包括其"忧虑"和"伤痛",等等,随着身体的被重视和开发而消失,人像"石头"一样仅仅是肤浅的表面化的存在。

当资本将人物化为身体时,身体就是人与城市产生联系的唯一形式。但是城市并不为人的生活而存在,而是以实现资本循环为目的存在,人在这样的空间秩序中只能是作为劳动力的身体和消费者的身体。而随着科技的发展,城市空间越来越系统化组织化,使得个体的生存演变为端口化的交换过程,即像机器零件一样插入城市系统的各个端口获得规定性的生存。②由此也就不难理解,《V.》里呈现的人的身体缘何是分裂的形式。正如理查德·利汉所指出的,在品钦的小说中城市变得以自身为目的,居住其中的人仅仅是与它相关的部分。③综上所述,普洛费恩这部分的故事描绘的纽约,表面上看反映了以往研究认为的世界的熵化和混乱无序,实际上存在着严密的秩序与控制,而这种时空秩序的运行以城市空间为基础展开。

---

① 小说里曾提到埃斯特阅读有关通灵术的书,而且第二次世界大战后的美国,在垮掉一代作家和嬉皮士中,东方宗教十分流行,这也深深影响了当时的年轻一代及其文化。
② 童强:《空间哲学》,北京:北京大学出版社,2011年,第291—296页。
③ Richard Lehan, *The City in Literature: An Intellectual and Cultural History*, Berkeley: University of California Press, 1998, p. 268. 但是作者只是把原因归结为破坏秩序导向死亡的熵的力量。

二、主体的分解与城市的空间隔离和空间异化

研究者们认为《V.》是以多元化解构宏大叙事,普洛费恩代表的是与斯坦西尔相对立的思维方式。例如孙万军的《品钦小说中的混沌与秩序》一书中认为:"通过解构大写的秩序,品钦在其小说世界里建立了充满活力的多样化的秩序,即使是无序也是某种意义上的有序的无序。"①然而,在得出小说是多样性的胜利这个结论之前,还需要再对文本进行一番仔细的考察。

真正的多元化或者多样性需要个体或某个群体对现实有清醒的认识,并形成对抗压迫性主导秩序的有效话语和行为方式。虽然,小说里的人物对现实有各种各样的看法:斯拉伯画的《丹麦奶酪酥皮饼》35号,皮格对萨特有关身份选择的谈论,麦克林蒂克·斯费亚的啪/嗒(flip-flop)理论,蕾切尔的骗子和被骗者论等。但是,所有这些想法折射出的是人物对现实认识的盲目无知,他们的生活哲学都没能使他们超越社会定见,免于主流宣传的操控并帮助他们认清现实。菲娜模仿圣女贞德想做花花公子帮的灵魂导师,最后却被帮派成员轮奸。埃斯特相信的通灵术不能帮她免于认同男权思想对女性形象的规定。索尔·贝娄和 J. D. 塞林格的小说里,个体通常经历了与各种社会价值观冲突的过程,并且能够在这种激烈的思想碰撞之后最终肯定自己内心的声音,获得成长和对现实更深刻的认识。与他们形成反差的是,《V.》里的人物基本都是扁平人物,始终没有变化。赫索格和霍登内心的痛苦挣扎和愤怒至少能够转化成使他们超越现实的力量,而《V.》里的人物

---

① 孙万军:《品钦小说中的混沌与秩序》,保定:河北大学出版社,2008年,第28页。

就像城市的街道一样萎靡不振:"在那儿一颗心绝不会那么狂热或极端至碎裂:它仅仅是变得更有张力,更耐压,它承受着与日俱增的负荷,直至那些负荷和它自身的颤动使它疲乏不堪。"(V. 135)因此,这些人不能形成与城市秩序对抗的多元化声音。

　　当然,小说没有仅仅把超越失败的原因完全归咎于人物自身的问题,而是进一步挖掘了背后的社会原因,即现代城市的空间隔离与空间异化。20世纪50年代出现了一批十分有影响力的社会学著作,如戴维·里斯曼的《孤独的人群》、威廉·怀特的《组织的人》、保罗·古德曼的《日益荒谬》、赫伯特·马尔库塞的《单向度的人》,及C. 赖特·米尔斯的《权力精英》和《白领》。其中C. 赖特·米尔斯的《权力精英》一书分析了战后美国社会的权力精英阶层,包括政界、军界和大公司。米尔斯论述了美国战后如何从公众社会退化成大众社会,社会底层阶级如何因大众媒体、庸俗的教育体制和大都市的隔离变为政治上分裂和无力的一群。在 J. D. 塞林格的《麦田守望者》里,我们可以看到教育的问题。而品钦的《V.》则呈现了都市空间隔离所带来的后果。米尔斯在其《权力精英》一书中对城市里人们失去对社会的整体性把握做了分析:"大都市的男男女女被分隔于狭窄的环境和程式化的生活,他们丧失了作为公众的整体感。"他们无法对所处的社会形成一种总体性的认识,也不清楚自己在其中的地位和处境——"城市是由许多小环境组成的体系,城市中的人则与彼此疏离。"①

　　小说通过叙述舍恩梅克成为整形医生的经历,揭示了城市的空间隔离和异化所造成的问题。舍恩梅克在第一次世界大战中担

---

① C. Wright Mills, *The Power Elite*, New York: Oxford University Press, 1956, p. 320.

任飞机机械师时，曾经崇拜一个飞行员，这个飞行员在一次战斗中受伤，容貌被毁。于是他决心当一名整形医生。起初，他对整形手术怀有一种使命感，然而随着时间的推移，他的理想渐渐发生了转变。叙述者对他的想法转变是这样叙述的：

> 舍恩梅克了解到对于他这种职业的意见冲突，于是决定致力于弥补一些机构造成的不属于他的职责范围的破坏和混乱。是别人——政客和机器——推行战争；是别人——或许是人的机器——使他的病人遭受获得性梅毒的蹂躏；是别人——在公路上，在工厂里——用汽车、机床、毁容的工具毁坏大自然的杰作。他能做些什么来消除这些祸患？它们存在着，已是既成事实；他开始为一种保守的怠惰所折磨。这是一种社会意识，但是由于它的边线和界面的限制，还不如在军营里的那天晚上他对卫生官员的愤慨那么大公无私。一句话，它是一种目的和意志的退化，一种颓败。（V. 89）

这段话既有叙述者对舍恩梅克的内心活动的报道和总结，也有叙述者对他的想法的评价。塞缪尔·托马斯对这段话的解读是：政客、高速公路和机床为舍恩梅克提供了生意的客源，而且"供求推动技术的发展并使其像其他东西一样失控"①。塞缪尔·托马斯的观点指出了城市系统资本循环的一面，而没有注意到叙述者的评价重点是在说空间隔离的问题。而且塞缪尔·托马斯认为舍恩梅克自己并不知道资本的法则。其实正相反，这句自由间接引

---

① Samuel Thomas, *Pynchon and the Political*, New York & London: Routledge, 2007, p. 76. 这里的技术指整容技术。

语——"他能做些什么来消除这些祸患?"——证明前面的几句话是舍恩梅克自己的想法。显然,舍恩梅克很清楚他的病人致残的原因是社会造成的。他也知道那些犹太姑娘和埃斯特想要有一个电影明星的鼻子,这个审美标准与科学上的黄金分割律没有任何关系。因为囿于自己狭窄的生活领域(大多数都是在诊所这个空间里),舍恩梅克对处在自己的空间之外的他人的生活就无法有直接的体会,所以这便使他产生了一种情感上的冷漠与隔膜。城市的政治与经济已经成了小尺度的生活无法丈量、触及并介入的空间,个人只能顾及自己活动范围内的事务,这就是典型的都市人的冷漠。蕾切尔责问舍恩梅克的整形手术误导了那些女孩的思想,他就只能拿科学原理来为自己辩解,说手术改变不了基因链条,自己领域之外的事与他无关。当蕾切尔再三逼问时,他也只得回答:"我在银行里有足够的钱,我不会感到幻灭的。"(V. 38)

同样,普洛费恩这个人物体现的也并非是多元化的开放性,而揭示的是主体在城市空间中的异化和解体。普洛费恩从海军退役后过着流浪汉一样的生活。他没有什么劳动技能,对使用工具也一窍不通,于是只好找些零活来干,如修路和在餐馆里做沙拉。找不到工作时,他就沿着美国东部海岸城市像个溜溜球一样闲荡。他完全不是杰克·凯鲁亚克笔下的公路天使迪恩·莫里亚蒂(Dean Moriaty),具有讽刺意味的是他惧怕街道。普洛费恩经常梦到自己走在大街上,这个梦总和一个故事混在一起。这个故事里,有一个男孩,他的肚脐眼上长了一个金螺钉。这个男孩想尽办法终于拔掉了螺钉,但他的屁股却脱落了下来。普洛费恩由这个梦进而想到了自己的命运:"如果他继续在那条街上走下去,不仅他的屁股,而且他的胳膊、腿、海绵脑和时钟心一定会流落在人行道上,散落在井盖间。"(V. 30)前文论述了人被资本逻辑物化为身体及身体分裂的问题,小说在此处又从另一个方面探讨了这个问题。在这段话里,作为空间的街道与像机器零件一样的人体被奇怪地联系在一起。而且,通常空间的流动对美国人来说是自由的体现,而在这里却成为致使人体分解的原因。

特德·L. 克伦茨在其有关美国都市小说的论著中指出,普洛费恩的旅程"荒唐而漫无目的"①,所以《V.》是对"凯鲁亚克和垮掉一代作家笔下的公路的去浪漫化"②。虽然表面上看的确如此,但是我们需要注意到在《V.》里,只有人物在地铁里的溜溜球式的运动③才是公路小说的真正退化形式:人在地铁里看不到外面的景观,只有黑暗的隧道,这种活动既是逃避现实的办法,又可以使自己获得一种虚假的自由感。普洛费恩部分的故事套用的是流浪汉小说的情节模式,而普洛费恩流浪的城市街道并不同于垮掉一代作家作贯穿东西部旅行的公路,这也是流浪汉小说与公路小说的区别。④流浪汉小说的道路是主人公谋取生存的空间,街道始终内在于世俗世界。而在以凯鲁亚克的《在路上》为代表的公路小说里,道路是主人公追寻自由、逃离社会规范和世俗生活模式的空间,公路始终外在于世俗世界,主人公仅仅在需要休息、娱乐和食物时才与之发生联系。⑤不过,普洛费恩已经不能像传统流浪汉小

---

① Ted L. Clontz, *Wilderness City: The Post World War II American Urban Novel from Algren to Wideman*, New York & London: Routledge, 2005, p. 53.
② Ibid.
③ 溜溜球运动(yo-yoing)是小说《V.》里的人物喜欢的一种打发时间的闲荡方式,它甚至还成为一项比赛,其规则是:一个人必须是酩酊大醉,选择一条在上城和下城间运行的地铁路线,在每一个地铁班次中至少醒来一次。
④ 但是人们对美国公路小说的研究,仍然倾向于把它们看成是流浪汉小说的现代形式。如 Rowland A. Sherrill, *Road-Book America: Contemporary Culture and the New Picaresque*, Urbana and Chicago: University of Illinois Press, 2000。
⑤ 当然这种浪漫的理想化的看法并不为品钦这样的后现代主义作家所接受,因为后现代主义作家不认为有绝对外在于社会的视角。

说的主人公那样,靠着对其所处世界的了如指掌,在其中游刃有余地谋生。

乌尔里克·威克斯在其研究流浪汉小说的论著中论述了流浪汉与社会的关系问题,以说明无家可归的流浪汉始终只是局外人的命运。[1]笔者认为与传统流浪汉小说不同的是,小说《V.》通过普洛费恩的流浪揭示了时空变换对都市人心理的影响。在小说里,街道与家园始终是相对立的两个空间意象。小说里对家的直接描写仅出现在普洛费恩离开纽约之前回父母家时,它是普洛费恩离开的温暖之乡。而在他流浪的城市里,家则是以各种变形的面目出现的,如用海绵橡胶的巨乳状啤酒龙头提供"吸奶时间"服务的"水手之墓"酒吧、名为"我们的家"的廉价旅馆,等等,它们都是家的退化形式,那个乌托邦空间已被充满绝望和疯狂的城市街道所摧毁。

海德格尔认为人的生存的基本特征就在于居住,安居表示在某处扎根并经历漫长时间。在固定的空间里,人和事物才能经历时间的累积,从而获得稳定感和熟悉感。相反,现代都市里的普洛费恩的时空感支离破碎。普洛费恩捕猎鳄鱼的工作执行的是一种直到前一天才知道第二天几点钟上班的轮班制。而工作之余他又会跟着安杰尔和杰罗尼莫到处闲荡和参加各种聚会。因此,他的日程表变得十分混乱:"它不是划分成很整齐的方块,而更像是随着阳光、路灯光、日光、夜光……变换位置的倾斜的路面所组成的马赛克拼图。"(V. 125)这种支离破碎的时空无法维持一个统一稳定的自我。现代社会中,工作场所从居住空间当中分离出来,看似

---

[1] Ulrich Wicks, *Picaresque Narrative*, *Picaresque Fictions*, New York: Greenwood Press, 1989, p. 61.

个体生存空间由工作空间和居住空间组成,但是工作空间有着绝对的支配力量。个体劳动者随着职务空间移动,他的家也必须处于流动或者疏离状态。① 况且普洛费恩甚至没有自己的居住空间,他要么住廉价旅馆要么寄人篱下。这种空间的变换直接影响了普洛费恩的心理状态,身体的分解对应的恰是这种破碎的时空感。

普洛费恩的破碎的时空感也反映在小说的叙述结构中。流浪汉小说是按照人物活动场所的不同类型构建情节的,整个故事由发生在不同地点的事件片段组成,事件之间没有必然的因果联系,这也反映出流浪汉的存在方式的偶然性和流动性:"叙述是由一系列的事件片段组成的。这些单个事件共同表明了流浪汉生活的永恒规律,即不断的分裂。"② 然而,传统的流浪汉小说并不给人以支离破碎感。乌尔里克·威克斯论述到,其中的一个原因在于传统流浪汉小说的第一人称叙述者。由于这个第一人称叙述者的存在,本来经历事件的主人公漫无目的、杂乱无章的片段式经历,经由作为叙述者的主人公的回忆、思考和叙述的加工和整合,成为一个有序的整体,使得流浪汉在社会各层的经历成为对当时社会面貌的一个全景式的呈现。③《V.》的普洛费恩部分的故事沿袭了传统流浪汉小说的情节模式,但却没有采用第一人称叙述,而是采用了第三人称叙述,而且《V.》的第三人称叙述者已经不再承担提供艺术的秩序的功能,只是客观地报道。肖恩·史密斯认为这种客观叙述模式(objective mode of narration)是为了与斯坦西尔部分的故事的主观叙述模式(subjective mode of narration)形成对照,以

---

① 童强:《空间哲学》,北京:北京大学出版社,2011年,第287—289页。
② Ulrich Wicks, *Picaresque Narrative*, *Picaresque Fictions*, New York: Greenwood Press, 1989, p. 55.
③ Ibid., pp. 55—59.

揭示小说关于人们对历史的认识的思考:科学的历史研究方法(scientific methodology of historiography)与历史相对论(historical relativism)的问题。① 然而实际的情况是,小说采用第三人称叙述的客观报道,是为了反衬自称笨伯(schlemiel)② 的普洛费恩的天真眼光已经不再能够反映现实的状况,它反而加深了其在城市空间中的异化。主体不再承担提供意义的中心意识的功能,普洛费恩在空间中的移动不能成为赋予其所处世界以意义的有效行动。采用第三人称叙述者能够更加真切地呈现出现代城市的空间隔离和异化的状况。空间不断地变换,处于各个空间中的人物在各自狭小的范围内活动,彼此之间没有联系。城市空间已经庞大复杂到了个体视角所不能涵盖和超越的程度。事件因为空间的流转不能在时间上形成连贯的经验,或者形成全局感,其效果是人在城市空间中的无力感和被淹没感。

针对城市空间异化的状况,小说在葆拉这个女性角色身上初步探索了一种可能的解决办法。葆拉会多国语言,还有使自己变成任何种族任何年龄任何职业的人的化装本领。她一会儿是"水手之墓"酒吧的女招待,一会儿又是哈莱姆区的黑人妓女。这种神奇的多重身份帮助她穿梭于各个阶层的生活环境。但是,作者对这一出路的可行性还不确定。首先,这种伪装有时也使葆拉成为别人欲望的对象。对鲁尼·温森姆来说,她是他解决失败婚姻的出路,也是他施虐性幻想的投射对象。对皮格来说她是和他一起演色情电影的对象。鲁尼·温森姆问葆拉:"难道你就是那样,我

---

① 由于肖恩·史密斯错误地把斯坦西尔看成是六个故事的叙述者,所以他把斯坦西尔部分的故事看作是主观叙述模式。

② 关于笨伯这个人物的介绍,参见 Ruth R. Wisse, *The Schlemiel as Modern Hero*, Chicago: The University of Chicago Press, 1971。

们可以看着想象你是什么人就是什么人?"(V. 328)而且,如果没有自己内在的思想,伪装就仅是一个外表,没有意义和目的。其次,扮演黑人姑娘,也有把严肃的种族问题当游戏的危险。拉尔夫·艾利森在其力作《看不见的人》(*Invisible Man*)中也有一个变装的细节。主人公为了保护自己,躲避黑人民族主义者拉斯的攻击,只好用一副绿色眼镜和一顶大帽子把自己伪装起来。结果他被错当成名字都叫莱恩·哈特的不同的人:赛跑者莱恩,赌徒莱恩,行贿者莱恩,恋人莱恩及牧师莱恩。主人公一下子感到自己面对的是一个丰富多彩的世界,莱恩·哈特的经历使他看到一个人的生活可以有多种可能性。但是做莱恩·哈特终究得带着伪装生活,而不是以自己本来的面目生活。而且既然黑人对白人来说是看不见的人,当莱恩·哈特就意味着不被看见,就意味着被面具遮盖。而所谓的多种可能性也终归是白人给的永远都不会兑现的承诺。因此,葆拉可以轻松地重返她的白人姑娘的生活,但是在哈莱姆的黑人姑娘绝对不会有这种自由。

综上所述,联系斯坦西尔部分的情节线,品钦通过城市空间的角度质疑了斯坦西尔的追寻所代表的现代主义的传统。面对新的时空组织方式,现代主义作家建立宗教或神话的系统已经不再能提供有效的阐释框架。因此,这部分故事里有关宗教或神话的话语要么沦落为费尔林神父在20世纪30年代向下水道里的老鼠布道的极端荒诞的形式,要么成为杰罗尼莫和安杰尔为追求女孩子即兴编织的无稽之谈:"因为它不是源于对雷声的恐惧、对梦的不解、对作物收割后死去而每年春天又生长出来或任何别的永久不灭的事物的惊奇,而是一种暂时的兴趣,一时冲动的反应,所以它就如同默尔贝里街上的奏乐台和辣椒香肠三明治摊一样很不牢靠,转瞬即逝。"(V. 128)就如迈克尔·贝尔在其讨论现代主义文学和神话的论著中所指出的,现代主义作家的作品里通过神话创造来为现实世界提供一个解释,而到了后现代作家的作品里神话已退化为都市传说(urban legend)——它是荒诞故事(tall story)的一种形式,它既无意义,人们也并不在意其真实性。①作者对斯坦西尔编织的 V 的神话的元小说式的呈现,是为了说明现代主义作家的神话视角的失效以及新的视角的迫切性,而不是如后现代视角的评论所说的为了否定真理或对现实的总体性把握。人们需要从城市空间的视角来审视这个变化了的更加复杂的现实状况。

第三节　马耳他:冷战秩序的形成

关于《V.》的现在与过去这两条线索之间的联系,以往的神话批评角度的研究认为,作者通过斯坦西尔对 V 的追寻来建立一个神话系统作为批判现在世界的参照,只不过这个神话系统不是属于正面价值的神话,而是黑暗的神话,例如戴维·科沃特认为它是"圣女原则(the divine female principle)"的反面形式,即"一种文明的黑暗的、熵的、自我毁灭的能量"。②如果我们把小说现在与过去的故事加以对照,的确能够看到如第一类评论所认为的相呼应的地方:如埃斯特的堕胎与坏神父(Bad Priest)建议埃琳娜堕胎;福帕尔的围困宴会与全病帮的晚会;V 的拜物主义与美国的消费文化;V 的机器零件身体与合成人体模型 SHROUD 和 SHOCK 等。但是这种

---

① Michael Bell, *Literature, Modernism and Myth: Belief and Responsibility in the Twentieth Century*, Cambridge: Cambridge University Press, 2006, pp. 199—210.

② David Cowart, *Thomas Pynchon and the Dark Passages of History*, London: The University of Georgia Press, 2011, pp. 47—48.

联系其实是时间性的联系。现代主义作家的神话创造是把过去的时间加在现在的时间上,现在世界的意义通过过去世界的意义得到阐明。①前两节的论述已经证明这种神话阐释系统的局限,看似相似的事物实际已经由于所处的不同时空导致各自产生的原因发生了变化。而且过去的神话背后隐含着殖民主义的意识形态。

《V.》的结局实际上质疑了现代主义的时间性,并将过去与现在的两条线以空间的方式联系在一起。小说的最后两章是过去的故事与现在的故事的结局:西德尼·斯坦西尔在1919年去往正在爆发六月骚乱的马耳他;赫伯特·斯坦西尔、普洛费恩和葆拉在1956年也来到马耳他。马耳他的殖民地历史可一直上溯到公元前8世纪。②马耳他是典型的福柯所说的时间积累的差异空间(heterotopias of indefinitely accumulating time),所有的历史都凝聚在这个空间里:"这里所有的历史同时存在"(V. 452)。而从这个空间的角度来看,小说的结局并不如后现代视角的评论者们所认为的那样乐观,它并非是对多样性的颂扬。③

通过第四个故事中葆拉的父亲的自述,小说呈现了被殖民者的主体身份如何建立的问题。福斯托对自己一生的讲述是对成长小说情节模式的嘲讽。作为叙述者的"我"对作为经历事件的"我"

---

① 关于这方面的论述可参见 Richard Lehan, *Literary Modernism and Beyond: The Extended Vision and the Realms of the Text*, Baton Rouge: Louisiana State University Press, 2009, pp. 119—158。

② 迦太基人在公元前8世纪及公元前7世纪移入马耳他列岛。公元前8世纪希腊人在此建立了殖民地。公元前4世纪后罗马攻占了马耳他。公元9世纪中期穆斯林夺取马耳他岛。马耳他在十字军东征时期又成为圣约翰骑士团的基地。被拿破仑征服后不久成为英国的殖民地。关于马耳他的历史可参见布赖恩·布洛伊特:《马耳他简史》,黑龙江大学英语系翻译组译,哈尔滨:黑龙江人民出版社,1975年。

③ Joseph M. Conte, *Design and Debris: A Chaotics of Postmodern American Fiction*, Tuscaloosa: University of Alabama Press, 2002, p. 19.

使用第三人称称呼。经历事件的主人公是一系列没有延续性的身份:福斯托一世、福斯托二世、福斯托三世、福斯托四世。记忆已经失去了对过去咀嚼、消化、吸收的能力,失去了将过去的经验化为心灵成长的力量。过去的一个个分裂的自我对现在的我来说只是一种异己的陌生的存在,第一人称叙述者不再能够提供它们之间有因果关联的叙述。马耳他是英国的殖民地,在第二次世界大战期间遭到意大利及德国的狂轰滥炸,殖民统治与战争造成了福斯托的身份断裂。福斯托在马耳他接受的是英国的文化教育,在语言和文化上,他与英国而不是马耳他本土相认同:"但是这是什么样的语言啊!自从那些建造了哈吉亚基姆圣所的半人类以来,它可曾发展过吗?我们说话就像动物一样。……我能解释爱情吗?……马耳他语里没有词汇表达这个意思。没有更为细微的区别;没有词汇来表达心智的状态。"(V. 289)但是福斯托和他的两个好友很清楚他们的祖国只是英国的附庸,德努比耶特纳评论马耳他的宪法是"一个奴隶国家的虚伪的保护色"(V. 288)。虽然由于战争的爆发,福斯托和好友的内心冲突暂时搁置了起来,他们与英国士兵共同抗敌,但是,这种在福斯托的日记里所描写的"共同体"(V. 295)和"联合"(V. 299)只是战争的特殊环境创造的临时的平等与团结。当福斯托与埃琳娜走在城市的废墟里时,福斯托也意识到了这一点:"战争中的民主多美妙!以前,他们把我们关在他们的俱乐部之外,英国人和马耳他人的交往得通过强制。……让当地人待在他们的位置。可现在那神殿里最神圣不可侵犯的房间也都展现在众目睽睽之下。"(V. 312)在这里,被殖民者分裂的主体身份与斯坦西尔试图以线性叙事串起V的信息又形成了一种反讽。

约翰·达格代尔指出,《V.》的一个主题是"浪子的回归":埃文·戈多尔芬回到老戈多尔芬身边;葆拉返回马耳他与父亲福斯托团聚;斯坦西尔追随他做外交官的父亲所去过的地方。[①]福斯托把自述寄给葆拉,作为殖民地人民的福斯托在信中希望葆拉能获得新的生活,不再有他的痛苦经历:"但愿你只是葆拉,一个完整的姑娘:一颗完整的心,一个健全的平和的头脑。"(V. 294)这一举动也表明现在对过去经验的传承,但是小说的结局可以看到这种延续的失败,斯坦西尔同普洛费恩一样没有从自己的经历中获得领悟,仍旧拒绝 V 的死亡而继续追查。普洛费恩与布兰达在路灯熄灭的瓦莱塔街上奔跑:"普洛费恩和布兰达在这忽然变得一片漆黑的夜晚里继续奔跑,只有动量带着他们奔向马耳他的边缘和那之外的地中海。"(V. 428)奔跑似乎是在奔向有希望的未来,然而"动量"(momentum)一词又意味着一种没有目标、没有意识的纯粹的能量。

虽然,西德尼·斯坦西尔的死亡预示着帝国空间秩序的崩溃,但是马耳他人民在 1919 年为争取独立爆发的六月骚乱最后没有赢得实质性的胜利。美国水兵帕皮·霍德与葆拉相会重归于好,仿佛预示着殖民者与被殖民者的和解。然而小说中的 1956 年各国海军因为苏伊士运河危机集聚于马耳他,而苏伊士运河危机标志着美苏取代英法成为影响中东局势的大国势力,一个冷战秩序就此形成。

通过分析《V.》里两条线索所涉及的殖民主义的空间秩序,以及城市空间的资本秩序和空间异化,可以证明作者在这部小说中对现代主义艺术秩序和神话叙事的阐释框架的反思,对战后城市空间的重新审视和对后现代多样性的质疑。而从空间关系的角度探讨这两条线索的联系,也进一步证明了作者对待此多样性的谨慎态度。

---

① John Dugdale, *Thomas Pynchon: Allusive Parables of Power*, New York: St. Martin's Press, 1990, p. 103.

第二章 《拍卖第49批》：内心秩序的空间幻象①

《拍卖第49批》(1966)②讲述的是一个白人中产阶级家庭主妇俄狄帕追查名为特里斯特罗的地下邮政系统，并在此过程中找寻生活意义但最终失败的故事。或许是因为在篇幅上相对于其他大部头作品来说比较短小，这部小说在品钦的小说里是被评论最多且在大学的课堂里被讲授最多的作品。虽然如此，这部作品的内容同样复杂深刻，随着研究的深入，它的内涵不断地被挖掘出来，人们已经不再像在它刚出版时那样去贬低它，或把它仅仅看成是一部"更通俗""更有趣""更简单"的作品。③

早期的评论把《拍卖第49批》看作是现代主义作品，认为小说

---

① 本章部分内容曾发表，见李荣睿：《〈拍卖第49批〉中内心秩序的空间幻象》，《外国文学》2016年第5期，第50—58页。
② Thomas Pynchon, *The Crying of Lot 49*, New York: Harper, 1966. 此后出现小说引文使用文中注释的形式。
③ J. Mitchell Morse, "Fiction Chronicle", *The Hudson Review*, 19.4 (1966): 507—514.

围绕俄狄帕在对特里斯特罗的追查中找寻生活意义的努力,展开关于世界究竟是有意义或无意义、秩序或混乱等一系列问题的思考。虽然小说最终没有给出明确的答案(这也是品钦小说不确定性的特点),但是人物的追寻表达了对突破世俗和物质性的精神的崇敬[1];是在混乱世界里建立艺术秩序的努力[2];是在庸俗乏味的现代生活中寻求救赎[3]。这种不确定性的二元对立思维也对后来的批评研究产生了影响。

这些早期的批评存在的问题是,它们没有跳出小说里人物的思维模式,还是按照人物的视角来阐释作品,没有看到小说叙述者对人物的批判态度。《拍卖第49批》延续了《V.》中人物追寻意义的故事模式,不同的是《拍卖第49批》里的第三人称叙述者采用了俄狄帕的视角[4],而这样做的目的是通过采用人物眼光,来暴露人物建构意义的思维过程中存在的问题以及隐含的意识形态。《拍卖第49批》的第三人称叙述者其实并不认同俄狄帕的想法,这从叙述者在小说几处情节叙述或概述中便可看出:

> 而且她也温柔地**哄骗**自己进入了一个拉彭泽尔般的姑娘的角色,好奇又忧心忡忡……(Lot 49,20)[5]

---

[1] Richard Poirier, "Review of *The Crying of Lot 49*", *New York Times Book Review*, (1 May 1966): 43.

[2] Thomas Schaub, *Pynhcon: The Voice of Ambiguity*, Urbana: Illinois University of Press, 1981.

[3] Edward Mendelson, "The Sacred, the Profane and *The Crying of Lot 49*", *Individual and Community: Variations on a Theme in American Fiction*, Kenenth H. Baldwin and David K. Kirby, eds. Durham, N.C.: Duke University Press, 1975.

[4] 在品钦的长篇小说中,这也是唯一一部始终只采用一个人物的眼光的小说。

[5] 此段为小说第一章结尾,是叙述者对俄狄帕追寻故事及她如何想象自己是被困在塔里的拉彭泽尔(Rapunzel)的概括介绍。引文中的黑体为笔者所加。译文参考2010年译林出版社出版,叶华年翻译的中文译本。

她能抱着这一刻的悲哀就这样永远下去,透过那些眼泪的折射看这个世界,那**些独特的**眼泪,仿佛尚未发现的迹象会在一声声的哭泣中发生**重大的**变动。于是她低头看着自己的脚,认识到——**因为一幅画**——她所站立的地方仅是在数千公里外她自己的塔里编织出来的东西,只不过是碰巧被叫作墨西哥而已。(*Lot 49*,21)①

紧接着事情变得奇怪起来。**假如**在她发现的她称之为特里斯特罗系统或常常只称为特里斯特罗(**好像**它是什么事物的秘密称呼)的背后,有什么将会终结她在塔里与世隔绝的生活,那么那天夜里她与梅茨格的婚外情将是终结这种生活的逻辑上的起点,**在逻辑上**是这样。**也许**那将是最困扰她的事:事情如何在逻辑上组合到一起。**似乎**(如同她到达圣纳西索的第一分钟**猜测**的那样)在她周围不断地有启示出现。(*Lot 49*,44)②

虽然她又见到了麦克·法罗皮恩,对《信使的悲剧》的文本追踪也有了些进展,但这些后续发现与别的发现一样令人不安,它们现在似乎呈几何级数般增长似地汹涌而来,仿佛她越收集就会有越多的发现涌来,直到她看见的、闻到的、梦到的、记起的一切,都能被**编织**进特里斯特罗里。(*Lot 49*,81)③

第一段引文中"哄骗"一词的使用,表明叙述者是在嘲讽俄狄帕把自己想象成受害者,而且暗示她缺乏对自身处境的清醒认识。第二段引文中"独特的""重大的"和插入语"因为一幅画"这些表

---

① 此段为小说第一章结尾,引文中的黑体为笔者所加。
② 此段为小说第三章开头,引文中的黑体为笔者所加。
③ 此段为小说第四章开头,引文中的黑体为笔者所加。

述，则说明叙述者在暗讽俄狄帕过于多愁善感和情绪化。第三段引文中的"猜测"一词和"在逻辑上"以及这段中那些带有假设语气的词："假如""好像""也许""似乎"，突出的都是俄狄帕对现实看法的不确定性。而第四段引文里的"编织"一词，说明叙述者认为俄狄帕对现实的解读可能只是其一厢情愿的幻想，暗示俄狄帕在对意义的追寻和对特里斯特罗的认识过程中，其思维方式本身可能存在问题。

在第五章中，俄狄帕抱着《福特、韦伯斯特、特纳和沃芬格戏剧集》(Plays of Ford, Webster, Tourneur and Wharfinger)穿过伯克利大学的校园时，叙述者对俄狄帕做的一番公开评价则更明确地表达了对其观念的不认同：

> 她从惠勒堂下坡，穿过萨瑟门，进入一个广场，满眼是灯芯绒裤，粗斜纹棉布裤，光腿，金发，角质架眼睛，阳光中自行车车轮的辐条，书包，摇晃的纸牌桌，长长的垂到地上的请愿书，写有难以破译的 FSM、YAF、VDC①的海报，喷水池里的泡沫，鼻尖对着鼻尖交谈的学生。她抱着那本厚厚的书从中穿行……她是在精神紧张、冷淡退缩的年代受的教育，那不只是同学们的心态，周围以及上面几乎所有有形的机构组织都是这样。它是一种全民性的对上层某种病态的本能反应，只有死亡才能治愈。……詹姆斯和福斯特部长及约瑟夫参议员，这些守护了俄狄帕如此温顺的青年时期的愚蠢的守护神，现

---

① FSM 全称是 Free Speech Movement（自由言论运动）；YAF 的全称是 Young Americans for Freedom（美国青年争取自由组织）；VDC 全称是 Vietnam Day Committee（越南日委员会），是美国一个反对入侵越南的左翼派别、学生团体、工会组织与和平主义教会的联合会，1965 年成立于伯克利大学，在 20 世纪 60 年代反越战期间十分活跃。

在在哪里？在另一个世界。……就是他们把年轻的俄狄帕变成了一个稀有生物，不适于游行和静坐示威，只是个在詹姆斯一世时期的文本里追踪怪词的高手。(*Lot 49*，103—104)

在这段情节里，俄狄帕被置于20世纪60年代学生运动的场景中，并且被描述为一个与这样的场景格格不入的抱着大书的"稀有生物"，它突显出了俄狄帕的滑稽及叙述者对其年代错位的调侃。这段话里对俄狄帕受教育的青年时代的描述，概括了50年代美国的社会特征。"精神紧张"和"冷淡退缩"描述的是50年代的保守气氛。"上层某种病态"指的是当时笼罩美国社会的冷战思维和麦卡锡主义。詹姆斯·福利斯特尔(James Forrestal)是艾森豪威尔执政期间的国防部长，约翰·福斯特·杜勒斯(John Foster Dulles)是国务卿，他们都有强烈的反共倾向，而正是约瑟夫·麦卡锡(Joseph McCarthy)参议员发动了反共调查，造成席卷全国的政治迫害和人人自危的恐怖气氛。这三人标志的是冷战时期美国患上阴谋论妄想症的精神氛围①。同时，这个描述又揭示了俄狄帕的思维方式与50年代的紧密关系，包括她对文本的着迷也是统治50年代大学课堂的新批评主义的产物。而且尽管时过境迁，俄狄帕依然执着于埋头读书，她看到FSM、YAF、VDC时也不明其意，这些都说明她对50年代价值观的认同以及她与当下现实的隔膜。

20世纪90年代后学界开始把《拍卖第49批》视为后现代作品来解读，人们开始去审视俄狄帕的思维方式本身存在的问题，关注作品的讽喻效果和意义的建构性等问题。约翰·达格代尔提出，应分析俄狄帕的思想本身的性质，而小说的不确定性缘于作者拒

---

① J. Kerry Grant，*A Companion to The Crying of Lot 49*，Athens and London：Georgia University of Press，2008，p. 96.

绝肯定俄狄帕的看法。①阿兰·W. 布朗利认为俄狄帕是二元思维文化的产物。②德博拉·L. 马德森认为俄狄帕对特里斯特罗的理解反映了塑造了她的思维方式的主流文化观念。③遗憾的是，这些研究大多过于强调后现代的解构游戏，而仅仅把小说对意义的解构理解为有关语言的问题，如但汉松④、约翰·约翰逊⑤和 N. 凯瑟琳·海尔斯⑥，甚而陷入虚无主义的立场中去，如斯蒂芬·马特西奇⑦。

品钦的小说并不是自我指涉的游戏，而是具有深刻的社会政治含义。一些后现代女性主义批评的研究试图证明《拍卖第49批》对男权思想的颠覆，如达纳·梅多罗⑧与朱迪斯·钱伯斯⑨的论文，但是它们把作品涉及的政治寓意简化为性别政治的问题，并把责

---

① John Dugdale, *Thomas Pynchon: Allusive Parables of Power*, New York: St. Martin's Press, 1990, pp. 124—185.

② Alan W. Brownlie, *Thomas Pynchon's Narratives: Subjective and Problems of Knowing*, New York: Peter Lang, 2000, pp. 39—62.

③ Deborah L. Madsen, *The Postmodernist Allegories of Thomas Pynchon*, Leicester: Leicester University Press, 1991, pp. 54—77.

④ 但汉松：《〈拍卖第四十九批〉中的咒语和谜语》，《外国文学评论》2007 年第 3 期，第 38—47 页。

⑤ John Johnson, "Toward the Schizo-Text: Paranoia as Semiotic Regime in *The Crying of Lot 49*", *New Essays on The Crying of Lot 49*, Patrick O'Donnell, ed. Beijing: Peking University Press, 2007, pp. 47—78.

⑥ N. Katherine Hayles, " 'A Metaphor of God Knew How Many Parts': The Engine That Drives *The Crying of Lot 49*", *New Essays on The Crying of Lot 49*, Patrick O'Donnell, ed. Beijing: Peking University Press, 2007, pp. 97—125.

⑦ Stefan Mattessich, *Lines of Flight: Discursive Time and Countercultural Desire in the Work of Thomas Pynchon*, Durham and London: Duke University Press, 2002, pp. 43—69.

⑧ Dana Medoro, "Menstruation and Melancholy: *The Crying of Lot 49*", *Thomas Pynchon: Reading from the Margins*, Niran Abbas, ed. Madison and Teaneck: Fairleigh Dickinson University Press, 2003, pp. 71—90.

⑨ Judith Chambers, *Thomas Pynchon*, New York: Twayne Publishers, 1992, pp. 96—122.

任完全归咎于小说中的男性角色,结果导致其认同女主人公的思维模式。而且,这类研究由于过多依靠神话批评,不免又退回到现代主义的立场上去。皮埃尔-伊夫·佩蒂永、塞缪尔·托马斯及托马斯·海斯这三位学者对这部作品的分析可以说是该小说现有研究里最具代表性的成果。皮埃尔-伊夫·佩蒂永试图将俄狄帕的认知困境同1957年至1964年美国的转型时期相联系。[①]塞缪尔·托马斯则分析了小说中的一个事件所折射出的社会政治问题,而且他没有像其他的评论那样简单地把小说看作是颂扬多样性、多元化,而是认为它质疑了这种多样性的有效性。[②]托马斯·海斯则论述了小说里的空间如何体现了意识形态的运作。[③]本书将在这些研究的基础上对这部小说做进一步的探讨,结合列斐伏尔的空间批评以及美国战后五六十年代的社会政治文化背景,从三个方面来说明俄狄帕追寻意义的失败和她对特里斯特罗的错误认识的深层原因是空间的问题:一、小说如何从空间的角度揭示俄狄帕建立内心秩序译解城市的失败,并通过审视俄狄帕思维方式中隐含的空间观的双重幻象,形成对20世纪50年代创作模式的突破和对现代主义向内转模式的反思;二、特里斯特罗地下邮政系统如何与俄狄帕所处的中产阶级郊区空间形成不同空间的不同现实;三、特里斯特罗地下邮政系统作为反抗空间的有效性。

---

① Pierre-Yves Petillon, "A Re-cognition of Her Errand into the Wilderness", *New Essays on The Crying of Lot 49*, Patrick O'Donnell, ed. Beijing: Peking University Press, 2007, pp. 127—170.

② Samuel Thomas, *Pynchon and the Political*, New York and London: Routledge, 2007, pp. 109—130.

③ Thomas Heise, *Urban Underworlds: A Geography of 20 th American Literature and Culture*, New Brunswick: Rutgers University Press, 2011.

第一节 内心秩序与空间的双重幻象

一、心灵译解城市的问题

俄狄帕出发到圣纳西索(皮尔斯创立的企业帝国)去料理遗嘱执行人的事宜,目的是寻找生活的意义及救赎的可能。在此过程中她偶然发现了特里斯特罗的标记"W. A. S. T. E"和消音喇叭符号,并开始了对特里斯特罗的追查。正如西奥多·D. 卡哈珀提安所说,这部小说既包含侦探小说的情节同时也是形而上学的追寻。[1]俄狄帕在城市[2]中寻找的是先验的意义,小说里对俄狄帕内心活动的叙述带有明显宗教含义的用语、典故和引语就说明了这一点:"启示"(revelation)、"预言"(message)、"福音"(Word)等字样反复出现,贯穿于故事的始终。

俄狄帕到达圣纳西索的时间是星期天。当她开车行驶在山坡上,向下俯视一片住宅时,她体验到了"一个奇异的**宗教性**的瞬间(religious instant)"(*Lot 49*, 24)[3],"有一个**启示**(revelation)颤抖着跨过她的理解阈"(*Lot 49*, 24)。她想到了丈夫马乔的工作,认

---

[1] Theodore D. Kharpertian, *A Hand to Turn the Time: The Menippean Satires of Thomas Pynchon*, Rutherford: Fairleigh Dickinson University Press, 1990, pp. 85—107.

[2] 俄狄帕的旅程主要是在两座城市:圣纳西索和旧金山。

[3] 引文中的黑体为笔者所加,本章引用的其余小说引文中出现的黑体情况相同,此后不再作说明。

为它就像"圣徒在照管圣油、香炉和圣杯"(*Lot 49*, 25)。集邮家根吉斯·科恩请她喝自酿的蒲公英酒,并告诉她这些蒲公英采集于一个公墓,她想到了癫痫患者:"在事情的这一阶段,她能够辨认出据说是癫痫患者所有的那些征兆,一种气味、颜色、一种纯粹而尖利的装饰音宣告癫痫的**发作**(seizure)。过后他只记得这个无用的征兆,这个**世俗的**(secular)宣告,而不记得发作期间所显明的东西。"(*Lot 49*, 95)她对这一状态的想象使人联想到人在接受神启时的状态。俄狄帕整晚在旧金山城里游荡时看到无数的特里斯特罗标志,她想到:"每一条出现的线索都应有它的清晰性,都有成为永恒的可能。可是她怀疑这些宝石般的'线索'只不过是某种补偿,补偿她失去的那直接显明的癫痫性的**福音**(Word),那声废止黑夜的呼喊。"(*Lot 49*, 118)俄狄帕在凌晨遇到一个老水手,她预见到老人的死亡,叙述者对她一系列的心理活动的报道,其中有这样两句:"能用水点亮灯的圣徒,曾因上帝的气息经历记忆的空白瞬间的神视者……"(*Lot 49*, 128)俄狄帕参加完戏剧导演德里布莱特的葬礼后留在墓地里渴望与他的灵魂对话:"她感到一阵被穿透的感觉,仿佛那**明亮的带翅膀的形体**(the bright winged thing)真的进入了自己心的避难所。"(*Lot 49*, 162)她在此处对德里布莱特的灵魂降临的想象与圣灵降临相类似,她也同样期待德里布莱特的灵魂能够给她带来启示。俄狄帕还把电话线路看作是"世俗的交流奇迹(the secular miracle of communication)"(*Lot 49*, 162)。同样,在俄狄帕眼里,作为地下邮政系统的特里斯特罗也含有交流的福音的意义。在故事的结尾,俄狄帕参加了皮尔斯的遗物拍卖会,拍卖商的名字是洛伦·帕瑟林(Loren Passerine),帕瑟林(Passerine)暗指逾越节(Passover),在俄狄帕眼中,"帕瑟林张开双臂,那姿势似乎属于某个远古文化的牧师,也许是属于某个降临的天使"(*Lot 49*,183)。而皮尔斯收藏的特里斯特罗邮票,其编号为第49批,数字49暗指降灵节(Pentecost)①。

　　以上所有这些宗教性话语都表明俄狄帕对意义、启示、救赎和精神超脱的渴望,而她在执行遗嘱及追查特里斯特罗的过程里也是抱着这样的期待。它们因此成为现代主义视角的研究证明自己观点的依据,这类研究正是聚焦于这部小说的宗教含义层面,论述其意义追寻的主题。②实际上,联系这部小说创作及内容所折射的社会历史背景,我们便会发现俄狄帕的精神危机其实具有鲜明的美国战后社会的特征,也反映了那个时代的精神气质与文化氛围。在第二次世界大战期间从事工作的女性战后重新退回到家庭生

---

　　①　降灵节距离复活节有49天。
　　②　例如爱德华·门德尔松的文章认为,俄狄帕是被困在神圣与凡俗之间的现代人物,她的抉择是在尘世的琐碎和混乱与神圣之间的抉择,特里斯特罗具有某种先验意义,能够为凡俗世界带来救赎。托马斯·肖布认为该小说使用了热力学的熵和信息论的熵来表现其主题,前者象征美国梦的衰败,后者代表俄狄帕收集和分拣信息的行动,它是一种与混乱和死亡相对抗的力量。他还认为俄狄帕最后从特里斯特罗得到的启示是死亡的胜利。托尼·坦纳的文章肯定了小说的宗教含义,并认为小说的不确定性源于意义与无意义之间的矛盾。戴安娜·约克·布莱恩认为《拍卖第49批》的主题是在死亡面前意义的缺失,它揭示的是在现代商业社会中诸如宗教等元叙事的衰微。布莱恩文中虽然使用了"元叙事"这一属于后现代话语的用语,但其观点和批评角度在本质上是把《拍卖第49批》看作是现代主义小说。而达纳·梅多罗在其女性主义神话批评角度的文章中则认为,小说的宗教层面是对基督教父权思想的抨击,俄狄帕代表的是古老的女性宗教传统,它是父权系统之外的另一种意义系统,特里斯特罗承传的是该系统的神圣意义。以上分别参见:Edward Mendelson, "The Sacred, the Profane and *The Crying of Lot 49*", *Pynchon: A Collection of Critical Essays*, Edward Mendelson, ed. Englewood Cliffs: Prentice-Hall, 1978; Thomas Schaub, *Pynchon: The Voice of Ambiguity*, Urbana: University of Illinois Press, 1981, pp. 21-42; Tony Tanner, "The Crying of Lot 49", *Modern Critical Views: Thomas Pynchon*, Harold Bloom, ed. New York: Chelsea House Publishers, 1986, pp. 175-189; Diana York Blaine, "Death and *The Crying of Lot 49*", *Thomas Pynchon: Reading from the Margins*, Niran Abbas, ed. Madison and Teaneck: Fairleigh Dickinson University Press, 2003, pp. 51-70; Dana Medoro, "Menstruation and Melancholy: *The Crying of Lot 49*", *Thomas Pynchon: Reading from the Margins*, Niran Abbas, ed. Madison and Teaneck: Fairleigh Dickinson University Press, 2003, pp. 71-90。

活,尽管中产阶级生活舒适安稳,她们却因生活范围的狭窄和生活的单调忍受着精神危机的折磨。在这部小说的开端,俄狄帕就是以白人中产阶级家庭主妇的形象登场的,小说以各种细节强调突出了这一身份:她被叙述者介绍为俄狄帕·马斯夫人;当她得知前男友皮尔斯·尹维拉雷蒂的死亡并被选为其遗嘱执行人时,她刚参加完特百惠家用塑料制品促销会,而特百惠家用塑料制品促销会主要是在家庭主妇举办的聚会上进行;接着她一边考虑着遗嘱执行人的事情,一边做着家庭主妇的日常事务,包括购物、料理花草、读杂志、准备晚餐、等待丈夫下班回家。

由于战争、冷战思维、核恐怖及存在主义异化思想的影响,美国战后的整个社会文化倾向于保守压抑,这一时期的文学作品也呈现出退回内心的思想倾向。著名的文论家伊哈布·哈桑在其对美国战后小说的研究专著中,曾将这个时期小说的特点概括为"向后退的极端单纯(radical innocence in recoil)":"这是一种拒绝接受现实严峻规则包括死亡的自我单纯。这种原初的自我,其自由的极端必要性不能够被扼制。"[1]他认为这些作品表现了在孤独的个人生存、异化、集体的技术控制和虚无的荒诞世界里,挣扎于现实重压下的反英雄。而"这种现代自我的后退就是一种抵抗的姿态"[2],后退是"为了保持清醒,是保持自由意志的策略"[3]。总之,这种挣扎展现出人寻求自我实现、自由和独立的尊严,这些并非完美的反英雄代表了人努力肯定生活意义的伟大精神。

---

[1] Ihab Hassan, *Radical Innocence: Studies in the Contemporary American Novel*, Princeton: Princeton University Press, 1973, p. 6.
[2] Ibid., p. 31.
[3] Ibid., p. 5.

以上哈桑所说的美国战后小说向后退的趋势,实质上是从社会生活退回到个人的内心世界里,而这其实是对现代主义向内转[①]写作模式的延续,人物对生活意义的肯定依靠的是从现实世界退回内心的方式来实现的。厄休拉·K.海斯(Ursula K. Heise)在她的专著中曾论述了现代主义写作策略的社会根源。她将之与时间问题联系在一起并且指出,从19世纪晚期开始的公共时间(public time)的标准化和机械化到20世纪初期时达到了顶峰,面对这一趋势,在文化领域里人们掀起了对个体时间(private time)的强烈关注,对人的意识和记忆的探索成为对抗机器化的理性时钟的努力。例如,柏格森(Henri Bergson)的时间哲学,揭示的是心理时间如何不遵循机械工业时间的线性逻辑。受柏格森的影响,现代主义作家也致力于探索人的意识的时间性运转,以及它与公共时间的线性逻辑之间的矛盾。[②]

虽然产生现代主义的向内转写作策略的社会因素已经不是美国战后50年代的文学表达的动因,但是战后小说对个人与社会的冲突及个人存在的问题的关注却仍采取的是现代主义的向内转策略。只不过原先具有激进性、先锋性的写作理念,到了美国战后50年代的小说里已经退化成了保守的写作形式。以退回内心世界为基础建立的意义,已经逐渐丧失对外部现实的深入认识,而且无形

[①] inward turn,即转入人的内心关注人的意识活动,以此来赋予混乱世界以意义和秩序。加州大学学者 Richard Lehan 在他的《文学中的城市:知识与文化的历史》一书里专辟一章从城市的角度论述了这个问题。详细参见 Richard Lehan, *The City in Literature: An Intellectual and Cultural History*, Berkeley: University of California Press, 1998。德国已故著名学者 Erich Kahler 也对此有论述,见 Erich Kahler, *The Inward Turn of Narrative*, Richard Winston and Clara Winston, trans. Princeton: Princeton University Press, 2017。

[②] Ursula K. Heise, *Chronoschisms: Time, Narrative, and Postmodernism*, New York: Cambridge University Press, 1997, pp. 33–38. 她的专著论述了从现代主义到后现代主义时期文学作品展现时间体验的变化。

中迎合了50年代美国政治高压下冷淡和保守的气氛。莫里斯·迪克斯坦在其回顾美国战后50年代和60年代的著作《伊甸园之门：60年代的美国文化》中曾批评当时的文学界说："文学界的一个最大的矛盾现象：一方面把现代派文学奉若神明，另一方面又在战术上放弃现代主义激进的实验性的锋芒，而回到四平八稳的，具有平滑表面和细微诗情的文学中去。"①而这种极端退缩的模式恰好顺应了50年代的主导情绪。在黑名单、公会清洗、监禁、大学解雇的残酷现实中，当时的知识分子表现的是向体制妥协和占统治地位的冷战反共倾向及忏悔心理。在卢森堡夫妇(Rosenbergs)1953年被处决这一事件中②，许多知识分子如罗伯特·沃肖(Robert Warshow)和莱斯利·菲德勒(Leslie Fiedler)写文章对卢森堡夫妇做了非人化的描述以支持处决。作家索尔·贝娄在50年代转向与美国社会妥协，并且日益敌视批评美国社会的知识分子，这也是人所共知的。当时保持敌对立场的知识分子所批判的领域仅局限于文化领域，而且要旨是保护高雅的价值。只有极少数独立的知识分子才把批判的矛头指向最需要的地方，如政治决策、社会和经济权利聚合体、民权问题等。③此外，露丝·R. 怀斯(Ruth R. Wisse)研究犹太小说的典型人物笨伯(schlemiel)的力作《作为现代英雄的笨伯》，深入分析了这类人物的精神胜利法何以在战后美国文学中

---

① Morris Dickstein, *Gates of Eden: American Culture in the Sixties*, New York: Penguin Books, 1989, p. 67.
② Julius 和 Ethel Rosenberg 被指控将有关原子弹的信息传给苏联，并于1953年6月19日以间谍罪被执行死刑，此事件反映了美国冷战时期麦卡锡主义的盛行。
③ Morris Dickstein, *Gates of Eden: American Culture in the Sixties*, New York: Penguin Books, 1989.

111 | 第二章 《拍卖第49批》：内心秩序的空间幻象

大受欢迎的原因。①

哈桑在分析索尔·贝娄的作品时,赞赏贝娄对巴尔扎克等代表的伟大现实主义传统的继承。②贝娄的小说用丰富生动的细节刻画了个人与社会的关系,不过其作品对现实主义风格的继承常被诟病为陈旧保守。而为他辩护的学者反驳说,这些现实细节促使人物去发现另一个属于"内在真实"的世界,而且对心灵的坚信使贝娄能够洞穿现实的层层表象。③事实上,贝娄作品的保守是由于对现代主义向内转策略的应用,其小说的写实方面已经丧失了现实主义传统的社会政治经济含义。以《赫索格》④为例,这部小说描写了一个中年犹太知识分子如何走出精神危机并重新肯定人性和生活的意义。由于第二次婚姻的失败,赫索格陷入了精神危机,他的内心受着折磨,对生活的意义产生了怀疑。起初他那一团糟的生活、身边的现实导师(the reality instructors)⑤,以及他阅读的现代哲学都给了否定的回答。这个中年男人因此而感到困惑、愤怒和沮丧。小说呈现了赫索格五天的生活,这期间他投入回忆和写信里,这段时间记录了他为自己的问题找寻肯定答案的努力。

实际上,赫索格的焦虑和绝望感是抽象的,与世隔绝的,是封

---

① 笨伯(schlemiel)是犹太文化的民间故事和小说中的愚人形象,这类人物反映出东欧犹太人面对现实重压忍受挫折和苦难的能力。笨伯尽管脆弱无能,但却能够以精神胜利法将自己的弱小和不幸转化为力量对抗失败。在20世纪50年代,这类人物成为美国文学中受欢迎的反英雄,但到了推崇行动主义的60年代时,他们便失去了吸引力。详细参见Ruth R. Wisse, *The Schlemiel as Modern Hero*, Chicago: University of Chicago Press, 1971。在品钦的小说《V.》里,主人公普洛费恩也是一个笨伯式的人物,他也经常这么称呼自己,但是在这部小说里笨伯的喜剧精神已经在现实面前暴露出其问题。

② Ihab Hassan, *Radical Innocence: Studies in the Contemporary American Novel*, Princeton: Princeton University Press, 1973, pp. 290—291.

③ Ellen Pifer, *Saul Bellow: Against the Grain*, Philadelphia: University of Pennsylvania Press, 1991, pp. 2—3.

④ Saul Bellow, *Herzog*, London: Penguin, 1985.

⑤ 这个词在贝娄的这部小说里是一个关键词。

闭在自身之中的,外部世界只是在涉及赫索格的个人关系时才具有相关性:他的妻子、情人和亲朋。赫索格反对的那些现实导师的价值观念也不具有社会意识形态的意义,而只是个人生活观念问题,如律师山多尔的"每一个活着的人都是婊子"(Herzog,229),以及罗蒙娜有关性爱享乐的说教。赫索格的受挫并没有深刻的社会根源,导致他绝望的原因仅仅是个人生活问题:两次婚姻的失败、朋友的背叛以及他半途而废的学术研究。尽管在赫索格写给那些官员和政客的信中也谈到了社会问题,如种族问题、失业、犯罪,等等,但它们也只是赫索格的精神追寻过程中威胁其肯定生活的意义和普遍人性的障碍。它们与他的个人生活问题,诸如夫妻争吵和在生活琐事上浪费掉的时间等,被放置在同一范畴内。而且赫索格对社会问题的认识也是抽象的。当他唯一一次直接面对社会的黑暗面时(在法庭旁听对一对夫妻的审判,他们残忍地将自己的孩子虐待致死),赫索格关心的仍然是他自己的心灵救赎问题。最后,这些全部都被赫索格理解为人终究会克服的生活痛苦,它们不能妨碍人依然坚信生活的美好、爱与生命的活力,仅是这种在挣扎中依然肯定生活意义的努力就已说明人性的尊严。

哈桑论述说索尔·贝娄的现实主义风格有着给予人希望的特质,因为"对现实生活的发现,其结果是发现我们对现实的认识的局限性。……我们意识到,最终现实超越了我们对它的界定"①。但是,贝娄作品里的现实世界已经丧失了它的社会内容,人物获得的意义并不来自人物在现实世界中的一番经历和观察。赫索格从自己在纽约的公寓里透过窗户向下看外面的世界,这个细节暴露

---

① Ihab Hassan, *Radical Innocence*: *Studies in the Contemporary American Novel*, Princeton: Princeton University Press, 1973, p. 291.

出赫索格同外部世界的隔绝。然而小说里的第三人称叙述者却从未质疑过赫索格的视角的局限性,尽管叙述者会嘲笑他的自恋、顾影自怜和道德优越感,甚或调侃他把自己的个人问题上升为哲学的普遍性问题,但是这嘲笑从来不是否定,叙述者并不怀疑他的思维方式和判断的有效性。

与哈桑所说的美国战后小说向后退的态度不同,品钦的《拍卖第49批》通过呈现俄狄帕试图建立一个内心的秩序来掌控外部世界的失败,揭示现代主义创作模式在把握社会现实上的局限性。如果我们把俄狄帕在城市旅程中追寻特里斯特罗的意识活动按时间顺序列出,便可看到这样一条线索:

1. 第二章:起初,俄狄帕到达圣纳西索时满怀希望,她认为在这个地方能够获得启示,而且她还体验到了一种"宗教性的瞬间"。

2. 第二章和第三章:俄狄帕在电视上看到皮尔斯开发的范戈索环礁湖住宅区的地图,后来又在视野酒吧第一次看到特里斯特罗的"W.A.S.T.E"和消音喇叭符号,她也认为这些地图和符号都是"某种显圣的征兆(promise of hierophany)"(*Lot 49*,31)。

3. 第三章和第四章:俄狄帕去剧院观看戏剧《信使的悲剧》并同它的导演德里布莱特交谈,德里布莱特讲了一番关于赋予世界以意义的话。受此影响,俄狄帕决定"如果皮尔斯真的是意图在他毁灭之后留下某种具有**统一性的东西**(an organized something),那么难道她不是有义务去赋予这持续下来的东西以生命吗,像德里布莱特那样……让他的产业跳动着繁星般的**意义**(Meanings)"(*Lot 49*,82)。

4. 第四章:通过集邮家根吉斯·科恩①,俄狄帕第一次得知特里斯特罗地下邮政系统的存在,她的第一反应是"我们要报告政府吗?"(*Lot 49*,98)。

5. 第五章:俄狄帕前往旧金山探访《福特、韦伯斯特、特纳和沃芬格戏剧集》这本书的出版社,她希望有关特里斯特罗的存在只是她的幻觉。但出乎她的意料,她在城市里又碰到了特里斯特罗的标志。一开始她又认为它们预示着真理:"象征的重复……她一边检验着它,一边颤抖着:我注定要记得。每个线索都理应具有清晰性,都理应有机会成为永恒。"(*Lot 49*,118)但随着她不断地看到更多的标志和它们的使用者,俄狄帕越来越绝望,她感到自己扮演的侦探角色被打败了,层出不穷的特里斯特罗符号成为"**邪恶的蓄意的复现**(malignant, deliberate replication)"(*Lot 49*,124)。

6. 第五章:在第二天早晨,俄狄帕在结束城市历险之前遇到了一个手上文有特里斯特罗图案的老水手,俄狄帕预感到他会死去,接下来一段很长的叙述是俄狄帕对死亡的思考:"当床垫着火的时候……她似乎刚发现了这个**不可逆的过程**……'dt',上帝保佑这个有文身的老人,也意味着微分时间,即在这消失着的微小的一瞬间,变化必须要作为其**最终的**样子被面对,变化不能再伪装成某种像平均率一样无害的东西;在这一瞬间,速度存在于弹射体中,而弹射体在飞行中凝固,死亡存在于细胞中,而细胞被看作是处于最快的变化状态。"(*Lot 49*,128—129)

可以看出,这是一个从希望到绝望的心理变化过程。俄狄帕

---

① 俄狄帕的共同遗嘱执行人梅茨格曾把皮尔斯收藏的邮票交给根吉斯·科恩做鉴定和估价,由此根吉斯·科恩发现皮尔斯的邮票全部是特里斯特罗对官方发行邮票的恶搞版。

本期望在整理皮尔斯的遗产过程中找到生活的意义以使自己重新燃起生活的希望,但是特里斯特罗的出现却使得这一期待破灭。细胞和弹射体的速度强调的都是生物性、物理性,强调的是物质性而非精神性,人的生命仅仅是一个生理过程,城市没有先验意义只有土地;人的任何追求都是徒劳的,最终死亡会消除一切努力,没有任何精神超越的可能,而且这是一个无法逆转的过程。总之,特里斯特罗在她的眼中成为死亡胜利的代表。

虽然俄狄帕遇见的使用特里斯特罗的人里有总是输牌的赌徒,什么东西(包括肥皂、空气清洁剂、烟草、蜡等)都吃的怪人,他们不免会证实俄狄帕关于生活无望的想法。但是,使用特里斯特罗的地下邮政系统的人,还有悠游达因公司(Yoyodyne)里的工程师,迫于公司的规定,他们必须放弃自己的发明专利权;有名为"无名情人"的组织,其创始人曾是悠游达因公司的经理,因为办公室自动化而失业;有曾是墨西哥秘密组织无政府主义者的召唤成员的赫苏斯阿拉巴尔;还有黑人及其他少数族裔。他们的问题就不能简单地被处理为意义与无意义、超越与虚无的问题。可是在俄狄帕的思维逻辑里,他们却成了生活、意义和启示的敌人,甚至是俄狄帕的宗教思维中的魔鬼,成了死亡的代言人。而且俄狄帕得知特里斯特罗的第一反应是报告政府,这也是典型的冷战思维的表现。她把特里斯特罗当成是威胁自己内心平静的敌人,这同当时美国社会怀疑国内有内部敌人威胁国家安全和自由民主的心理如出一辙,都是把自身的妄想症投射到一个外部对象上,试图通过这种对象化来消除内心的恐慌。对特里斯特罗持有否定性看法的研究,要么认为特里斯特罗代表了死亡,①要么就是从信息论的角度认为特里斯特罗象征现代社会的混乱。②即便是一些后现代视角的研究,一方面指出俄狄帕思维的问题,另一方面又自相矛盾地认同俄狄帕关于死亡的理解,如德博拉·L.马德森③,或认为特里斯特罗只是小说的后现代符号游戏,④小说从来没有明确肯定特里斯特罗的真实存在。⑤而实际上,俄狄帕对布满城市各个角落的特里斯特罗标记的解读过程说明的是,她的主导意识在逐渐地失去作用,城市不能够被纳入她的心灵秩序中。

俄狄帕随梅茨格和妄想症乐队成员一起游览范戈索环礁湖⑥,她在那里偶遇律师迪普雷索,并从他口中得知第二次世界大战的士兵骸骨被用于制造香烟的过滤嘴。一个姑娘谈起她看过的《信使的悲剧》时,说迪普雷索说的有关人骨炭的事情跟剧中的一个情节很相似。⑦于是,俄狄帕去看了这部戏。演出结束后,俄狄帕想要

---

① William M. Plater, *The Grim Phoenix: Reconstructing Thomas Pynchon*, Bloomington: Indiana University Press, 1978, pp. 149—154; Thomas Schaub, "'A Gentle Chill, an Ambiguity': *The Crying of Lot 49*", *Critical Essays on Thomas Pynchon*, Richard Pearce, ed. Boston: G. K. Hall, 1981, pp. 51—68; Dwight Eddins, *The Gnostic Pynchon*, Bloomington and Indianapolis: Indiana University Press, 1990, pp. 89—108.

② Theodore D. Kharpertian, *A Hand to Turn the Time: The Menippean Satires of Thomas Pynchon*, Rutherford: Fairleigh Dickinson University Press, 1990, p. 104. 陈世丹:《论〈拍卖第49批〉中熵、多义性和不确定性的迷宫》,《外国文学研究》2007年第1期,第125—132页。

③ Deborah L. Madsen, *The Postmodernist Allegories of Thomas Pynchon*, Leicester: Leicester University Press, 1991, pp. 72—73.

④ N. Katherine Hayles, "'A Metaphor of God Knew How Many Parts': The Engine That Drives *The Crying of Lot 49*", *New Essays on The Crying of Lot 49*, Patrick O'Donnell, ed. Beijing: Peking University Press, 2007, p. 101.

⑤ Stefan Mattessich, *Lines of Flight: Discursive Time and Countercultural Desire in the Work of Thomas Pynchon*, Durham and London: Duke University Press, 2002, p. 49.

⑥ 皮尔斯开发的住宅区。

⑦ 其实两者并无关联。

去见这部戏的导演,梅茨格嘲笑她,以为她是因为对香烟过滤嘴事件感到愤怒所以要主持正义。但俄狄帕的回答是:"我不在乎比肯斯菲尔德用什么做香烟过滤嘴。我不在乎皮尔斯从'我们的事业'①那里购进了什么货物。我不想考虑这些……我想知道的是它们之间的联系。"(Lot 49,76)而且,当她发现剧院的卫生间墙上一片空白没有什么符号标志时,她感到十分失望。显然,俄狄帕关心的事件之间的联系并非是现实世界中真实事件的联系,即它们在社会政治、经济意义上的具体关联。叙述俄狄帕内心活动的宗教性话语,也表明俄狄帕的思想具有抽象性和隐喻性的特点。②仔细观察可以发现,俄狄帕对生活意义的思考以及对特里斯特罗的解读始终遵循的是一种精神与物质二元对立的模式③,外部世界被简化为与精神和超验意义相对立的物质。而且,在此基础上建立的心灵秩序中,现实世界成为一种抽象的同一,特里斯特罗符号便是她所期待的赋予现实以意义的统一性的抽象符号。

其实,小说同时还在俄狄帕的丈夫马乔这个人物身上对此抽象同一的秩序进行了剖析。马乔从事的是推销旧车的工作,堆满旧车的停车场对他心理造成了极大的影响。从第一章一段叙述者对马乔心理活动的概述可以看出,旧车场呈现出一片令人绝望的景象:那些顾客卖的车破旧肮脏;从车里扫出的都是灰尘、破烂和不值钱的东西,它们说明车主生活的拮据、他们在生存中的挣扎,以及想要在贫困无望的生活里寻找一点乐趣和维持一点体面的

---

① 小说里的一个意大利黑手党组织。
② 约翰·达格代尔也指出俄狄帕的思想特点包括:唯我主义、幻想式和抽象式思维等。参见 John Dugdale, *Thomas Pynchon: Allusive Parables of Power*, New York: St. Martin's Press, 1990。
③ 俄狄帕的思维方式同时也隐含小说对于美国清教思想传统的审视,本章将在第二节第二部分论述这一点,此处只讨论小说反思现代主义创作模式的问题。

心情。

但是,这种贫穷、绝望和缺乏尊严的境地,在马乔的眼里却成为对生活意义的信念的威胁,这些"黑鬼""墨西哥人"和"南方穷鬼"变成了出现在他噩梦里的标志"N. A. D. A."的象征。他希望那个停车场变成垃圾场,他认为这些人的破车丢人现眼:"就在那里赤裸裸地被人看见,被他这样的陌生人看"(Lot 49,13),应该被清理掉。而且马乔责怪这些人犯了永无休止的乱伦罪,只因为他们不得不用一部破旧汽车换取又一部破旧汽车。

其实,马乔知道这些人的贫穷,但是他无法面对破车提醒他的现实残酷面,也不愿去考虑那其中牵涉的社会问题。为此,他的办法就是寻求一个审美的抽象途径,来消除他与这些人之间的差别。他所找到的声音的抽象同一就是这种可以回避恶劣现实问题的办法。马乔参加了心理医生希拉里乌斯的药品实验项目,开始服用LSD(一种迷幻药)。LSD让他对声音变得极度灵敏,他能辨别乐器音调、音色的细微差别,还能对声音进行音频分析,即把词语分解为最基本的频率和音调。由此,他发展出一套和声理论,并在其中获得了内心的平静:"每一个人说相同的词时,如果频谱相同,那就可视其为同一个人说的,只是说话的时间不同而已,你明白吗?但是时间是随机的。你可以把任意一点定为0点,这样你就能把每个人的时间线沿着这一点起开始混合直到他们完全重叠。然后你便会听见一个巨大的,上帝啊,可能是几千万人的和声,在齐声说:'丰盈的、巧克力味的美好',而且那将是同一个声音。'"(Lot 49,142)这样一来,人与人之间的鸿沟所体现的社会现实残酷面,便在这种声音频谱的普遍性里得到了想象性的解决。然而,当词语被分解为声音时,它们也就不再有意义。而且,马乔凭着迷幻药获得的平静,也反衬出这种普遍性的荒谬和虚幻。以往的研究在论述这部分情节时强调的仅仅是马乔个人身份的丧失[①],德怀特·埃丁斯甚至把马乔的问题解读为对熵的拥抱,即对世界混乱无序的接受。[②]但是,马乔的心理平衡其实是通过退回内心世界实现的秩序感。而俄狄帕与马乔的唯一不同就在于特里斯特罗符号已经不能给她带来这样的秩序感。

其实,小说第四章就以俄狄帕参加悠游达因公司的股东会议这一事件,作为她译解城市失败的一个隐喻。俄狄帕在公司大楼里迷失了方向,她在大楼里变幻的陌生场景中失去了方位感并感到恐慌,而她所做的是把墨镜戴上。戴上墨镜这个举动暗示的是在意识上退回到内心的世界。然而,不能够在空间里确定自己的方位,表明的是心灵对外部世界掌控的失效。而且,小说在此处把缺乏绘制地理空间的能力对应于缺乏绘制社会空间的能力:俄狄帕希望能赋予皮尔斯的遗产以意义,但是她苦恼于"对法律、投资、房地产知识的无知"(*Lot 49*,82);尽管她试图参加股东会议,但是实际上"她什么事情都帮不上忙"(*Lot 49*,82)。

二、空间的双重幻象

与现代主义对时间的关注不同,《拍卖第 49 批》这部小说进一步从空间的角度审视俄狄帕通过建立内心秩序来获得现实超越的问题。俄狄帕的精神与物质的二元对立思维反映在空间观上,体

---

① John Johnson, "Toward the Schizo-Text: Paranoia as Semiotic Regime in *The Crying of Lot 49*", *New Essays on The Crying of Lot 49*, Patrick O'Donnell, ed. Beijing: Peking University Press, 2007, pp. 47—78.

② Dwight Eddins, *The Gnostic Pynchon*, Indianapolis: Indiana University Press, 1990, pp. 104—105.

现为空间的抽象化,即把空间仅仅看作是物质形式的物理空间,是与人的精神相对的物质。同时又是可以通过意识的抽象能够完全把握的精神空间。俄狄帕对图形、地图、符号等的迷恋便反映了这种空间观。前述中提到俄狄帕开车行驶在圣纳西索的高速公路上体验到的宗教性瞬间,其实这个启示缘于她向下俯视坐落在山坡上的一大片住宅区。她将"房屋和街道的整齐的旋涡状"(*Lot 49*,24)比作晶体管收音机的线路图,这些住宅和街道便被赋予了一个整齐的形式,于是也就有了"用符号表示的隐蔽的意义"(*Lot 49*,24)。它再一次体现在俄狄帕在电视上看到范戈索环礁湖的地图的思维反应中:"那个地方的地图闪现在屏幕上,俄狄帕猛地吸了一口气……那种迫在眉睫的东西又出现了,某种显圣的征兆:线路图、微微弯曲的街道、私人水岸、《亡灵书》。"(*Lot 49*,31)

但是,俄狄帕所抽象出的"有序(order)"或"惊人的清晰(astonishing clarity)"(*Lot 49*,24),只是通过其俯视的观察位置或电视里的图像而获得的。俯瞰和观看电视里的影像都不是使身体直接融入空间中。"静止的视点不可能在真正意义上形成空间感。……空间感并不是一张布满抽象线条和标识符号的图,而是现实空间中各种人、建筑、街道、场景、事物、经历、气息。"[①]而且步行是最能带来空间感的现场性活动,因为这种观看是一种空间活动,而不仅仅是观看。"非步行的空间阅读总是造成空间分离,身体所在与意识关注的是两种不同的空间,身体始终不能在意识关注的空间中在场。"[②]虽然俄狄帕在第一个例子中是在空间中移动,但是她驾驶着汽车,而且汽车所在的高速公路同那片山坡上的住

---

① 童强:《空间哲学》,北京:北京大学出版社,2011年,第195页。
② 同上书,第199页。

宅区又是分离的。而在第二个例子中她只是坐在电视机前观看范戈索环礁湖。以上两个例子都说明俄狄帕自认为的对空间的清晰把握只是一种幻象。而俯视的观察所表示的主体与空间的关系，其实也与俄狄帕试图建立内心秩序的意图相一致，因为这种思维同样隐含着一个外在于城市的视角。

如托马斯·海斯所说，俄狄帕的俯视位置"类似于地理学家或城市规划者的位置，他们从城市的上方了解它，以期辨认出某种清楚的模式"[1]。他们都认为空间是可以通过地图被完全掌握，一切都是显明的，一览无余的。托马斯·海斯仅指出地图不能代表"城市的生活空间（the lived spaces of the city）"，但是他没有分析俄狄帕对空间的抽象化认识所隐含的意识形态。绘制地图者和城市规划者的工作体现的是空间信息（如在什么地方）以什么方式和目的等被收集和加工的。[2] 作为空间再现的地图是社会权力系统的表达，这一点在第一章的殖民地空间中就被揭示过。地图上的线条、标记、数字和区域的划分，这些科学和技术性的话语看似是中性的，实质上是权力和资本实施秩序的控制手段。在何地以及如何在地图上呈现，这些都体现着权力和资本的运作。例如小说里东圣纳西索高速公路的修建，需要这块地方的公墓消失在地图上，代之以高速公路的线路。而墓地里挖出的死人骸骨则被用来制成香烟的过滤嘴。此外，我们还可以根据小说提供的皮尔斯在圣纳西索的创业史来想象这个企业帝国的发展。首先，这块地方是皮尔斯投资地产业的地方。接着，由于阳光地带（加利福尼亚）的经济

---

[1] Thomas Heise, *Urban Underworlds: A Geography of 20th American Literature and Culture*, New Brunswick: Rutgers University Press, 2011, pp. 198-199.

[2] Henri Lefebvre, *The Production of Space*, Donald Nicholson Smith, trans. Oxford: Blackwell, 1991, p. 86.

繁荣和技术革新,这块地方被当地政府划为提供税额优惠吸引企业和工厂的地方。这一切都在皮尔斯与当地政府的协商下进行,如悠游达因公司的到来。企业的到来不仅为当地提供了就业,皮尔斯也从中获利。随着工厂和企业的到来,大批的技术人员和工人也搬迁至此,这就需要为他们修建住宅以及生活所需的商店和娱乐设施等。俄狄帕所看到的那一片住宅区以及她光顾的视野酒吧(这个酒吧是悠游达因公司工作人员的聚集之处),都是权力与资本控制下空间生产的结果。然而,俄狄帕仅仅将地图看作是单纯的、中性的,并且相信它的清晰明显,这也就是在无意间认同了权力与资本的空间秩序。

同时,俄狄帕观察住宅区的思维过程也是对具体事物抽象化,并以此获得精神顿悟的过程。其实这是把空间看作是需要超越的物质世界,就如她对那个老水手的死的绝望是因为她从中只看到人的生命仅是物质的过程而没有精神的超越。认为空间仅是一种物质形式的存在,也就是认为空间是同一的、均质的,是可以一般化和被抽象地把握的,即可以用图式来概括。俄狄帕对空间的这种看法其实是犯了双重幻象的错误。列斐伏尔在其《空间的生产》一书中论述了对空间认识的双重幻象:真实幻象(the realistic illusion)和透明幻象(the illusion of transparency)。真实幻象指把空间看作是自然的、朴素的物质,是客观具体存在的,有待充分测量、准确描绘。透明幻象指空间完全显得"光明",完全可以被理解,被支配和掌握。这种空间观还认为空间是单纯的,没有什么隐藏或掩饰,一切都在意识的注视下,显得清楚明了。透明幻象把社会空间等同于精神空间,是一种超验的幻觉。列斐伏尔还指出,真实幻象同哲学的物质主义(materialism)相关,透明幻象与唯心主义(idealism)相关。而且,这两种幻象并非互相对立排斥,而是彼此蕴含、互相滋养。①列斐伏尔的看法表明,空间的双重幻象其实都是源于精神与物质、主体与客体的分离。影响了现代主义创作的柏格森恰恰是将空间看作物质,将心智指向量(与质相对)和容积(与意义相对)等物理空间。空间将时间之流分离成毫无意义的碎片,时间才是精神的根本特征,才是我们的世界和我们的意识的创造性、精神、意义、情感、真正的现实的载体。②而这一双重幻象的精神与物质的二元对立基础也正是俄狄帕的精神与物质的二元对立思维。

这种区分抽空了事物的社会政治经济层面。而空间是社会空间,它是社会关系再生产以及社会秩序建构过程的产物。而且社会空间既是产品又是生产方式。③在《拍卖第49批》中由于俄狄帕为追求精神的超越仅关注的是时间上的连贯性,她无法看到皮尔斯的企业帝国圣纳西索和聚集了大量特里斯特罗标志的旧金山这种空间上的关系。俄狄帕在圣纳西索的一条公路旁看到"办公楼和地址号码在 70 到 80000 之间的工厂,她从来不知道数字能排到那么大"(*Lot 49*, 25)。其实这些数字反映的是被称为阳光地带的加利福尼亚的战后经济繁荣。加利福尼亚成为工业巨头是从第二次世界大战爆发时开始的。由于没有一个国家像美国那样处在轴心国和太平洋海岸之间,加州就成了同盟国实行大反攻的中间集结待运地区。战争为加利福尼亚提供了空前的机会,自 1940 年至

---

① Henri Lefebvre, *The Production of Space*, Donald Nicholson Smith, trans. Oxford: Blackwell, 1991, pp. 27—30.
② 罗素在其《西方哲学史》中曾批评柏格森把理智看成包含着空间的谬误,他认为这是因为柏格森的见解过多依赖于他的视觉癖好。见 Bertrand Russell, *The History of Western Philosophy*, New York: Simon & Schuster, 1972, pp. 802—803。
③ Henri Lefebvre, *The Production of Space*, Donald Nicholson Smith, trans. Oxford: Blackwell, 1991, pp. 82—83.

1944年,仅在加州南部就开办了约五千家新的工厂。到第二次世界大战结束时,加利福尼亚已成为一个大的工业区。战时在生产飞机、电子仪器和造船方面所取得的成功和技术进步——如新的空气动力设计、先进的电路、雷达等——都成为和平时期的有利基础。由于保持着技术上的优势,加之冷战的大量军备投入,加州一直是军事合同的最大受益者。① 圣纳西索虽然是作者杜撰的地点,但根据小说里描述的它与洛杉矶临近的位置,可以推断作者是把它设计为洛杉矶的卫星城,这些卫星城与洛杉矶形成了一个超级都市圈。洛杉矶是美国技术专业知识和军事工业最集中的地区,坐落着重要的军事基地,以及由此而发展起来的航空航天工业。② 皮尔斯控股的悠游达因的圣纳西索分公司便是这样的企业。对于悠游达因的创立和发展以及它与加州军事工业的密切关系,小说《V.》里就有详细的介绍。悠游达因的创始人布拉迪·奇客利兹以玩具业起家,在20世纪40年代制造小孩儿玩的陀螺仪。一次偶然的机会他知道了在轮船、飞机和导弹上会用到陀螺罗经,于是他拓展业务,拿到许多政府的订单。他的公司从此成为制造飞机、推进器、控制系统、地面支持设备的企业王国。③ 而俄狄帕参观悠游达因的分公司时,奇客利兹本人、公司股东和主管聚在一起唱了一首公司的主题歌,这首歌里列举了拿到国防部军事合同的各大企业:奔德士、阿夫可、道格拉斯、诺斯罗普·格鲁曼、马丁、洛克希德、康韦尔、波音。品钦本人还曾于1960年到1962年间在波音公司工作过。

---

① 现代国际关系研究所选编:《加利福尼亚州的崛起》,北京:时事出版社,1985年。
② Edward W. Soja, *Postmodern Geographies*: *The Reassertion of Space in Critical Social Theory*, New York: Verso, 1989.
③ Thomas Pychon, *V.*, New York: Bantam Book, 1961, pp. 210-211.

与圣纳西索的繁荣相对,俄狄帕发现大量特里斯特罗标志的旧金山市区集中着多余的人(如一个脸部毁容的焊工)、穷人、少数族裔(黑人与拉丁裔移民)、老人(如老水手)、无能者(如输牌的赌徒)和病态者(如什么都吃的人、偷窥癖者)。这种现象反映的是爱德华·W.索亚论述的 20 世纪 60 年代以来美国的大都市去中心化的现象,即人口和产业搬离中心城市之外,迁往郊区、周围的城镇和乡村地区,这是伴随着去工业化的趋势出现的。①戴维·斯泰格沃德的《六十年代与现代美国的终结》专辟一章分析了美国 20 世纪 60 年代的城市危机。20 世纪初企业都是吸引劳动力到城市来,而战后由于自动化作业企业对无技术劳动力的依赖性减小,因此即使是在 60 年代这样的蓬勃发展期也无须扩招蓝领职工。各公司都开始将新工厂安置在提供税额优惠的郊区。小说里的皮尔斯的企业帝国圣纳西索就是这样一个地方:"圣纳西索位于洛杉矶的南端,如加利福尼亚许多被命名的地方一样,它与其说是个可识别的城市不如说更像一堆概念的聚合体——人口普查地域分区、经济特区、购物中心。"(Lot 49,24)而且小说里还提到皮尔斯曾与当地税务审核员达成协议,以使悠游达因的航空航天分公司建在圣纳西索。这样的结果便是中产阶级搬离城市,剩下贫民和少数族裔人口留在衰败的城市中。虽然爱德华·W.索亚的论述是以洛杉矶为例,但是这在当时是一个普遍的现象,而且索亚把洛杉矶称作是"一切都汇聚在一起"的地方,是一个原型地,它"是与 20 世纪后期的社会重构相联系的许多不同过程和型式的格外生动的写照。……洛杉矶如此逼真地展现出各种城市重构过程的这种结合

---

① Edward W. Soja, *Postmodern Geographies: The Reassertion of Space in Critical Social Theory*, New York: Verso, 1989.

性组装的衔接,或许没有任何其他城市区域可与之匹敌。洛杉矶似乎列举着资本主义城市化最近历史的所有变化形式"。①

由此,从空间的角度来审视小说的结局,以及以往评论所认为的俄狄帕的成长和觉醒,我们就会看到其觉醒的局限性。要搞清楚这一点,我们需要对小说接近尾声处俄狄帕关于特里斯特罗的一番思考进行仔细的考察。集邮家科恩告诉俄狄帕,拍卖会上将会出现一位神秘的出价人要拍下皮尔斯收藏的特里斯特罗邮票,而且这个人有可能是特里斯特罗的人。俄狄帕十分绝望,因为这说明代表死亡的特里斯特罗真的存在,她对意义的找寻彻底失败了。她喝酒之后开车上了高速公路,并熄灭车灯企图自杀。幸运的是事故没有发生。她打电话给在旧金山一间名为"希腊之路"的同性恋酒吧认识的 IA(Inamorati Anonymous)成员,她希望他告诉自己这一切只不过是皮尔斯精心安排的恶作剧,但是这个人没有回答她。她失去了最后一线希望。此时在她眼里圣纳西索曾经闪烁着启示的光环突然间消失了:

> 然而她已失去方向。她以一只叠层鞋跟为转轴转过身,却连山脉也找不到。仿佛她与这片土地之间没有了屏障。圣纳西索在此时已消失……它对于她的独一无二消失了;再次变成了一个名字,重新被纳入美国**地壳**和**地幔**的连绵中。(*Lot 49*,177)

圣纳西索只是个名字,只是我们梦想的**气候记录**(climatic records)以及梦想在累积的日光中所成为的一次事件,只是在

---

① Edward W. Soja, *Postmodern Geographies: The Reassertion of Space in Critical Social Theory*, New York: Verso, 1989, p. 193. 译文来自 2007 年商务印书馆出版的王文斌翻译的中文译本。

更高更具大陆性的庄严中一瞬间的**飑线**（squall-line）或**飓风**（tornado）的席卷——集体苦难与需求的**风暴系统**（storm-system），盛行的富裕之**风**（winds）。那是真实的延续，圣纳西索没有边界。（*Lot 49*，178）

这两段话通过表示自然现象的词汇——"地壳""地幔""气候记录""飑线""飓风""风暴系统""风"——形容皮尔斯的创业史，这样一来圣纳西索便具有了如自然现象般的普遍性，成为对整个美国生活的概括。不过，这些词汇也表明它们强调的是事物的物质性，那么圣纳西索从丧失特殊性变为具有与其他地方一样的共通性，就仍旧带有俄狄帕的精神与物质二元对立思维，空间的社会性依然被抹杀了。

但是俄狄帕不得不想起追查特里斯特罗过程中所看到的那些真实情况：那些无家可归者，他们住在货车里或"在高速路旁带微笑的广告牌后，用展开的帆布搭成的披屋里；或睡在废品站里，在普利茅茨沉船的油漆剥落的船壳里。更胆大的就在某个养路工帐篷杆子上像毛毛虫一样待一夜"（*Lot 49*，180）。她甚至想到应该把皮尔斯的遗产分给这些被社会遗弃的人，因此西奥多·D. 卡哈珀提安会得出结论说俄狄帕的追寻使她在政治上觉醒，明白了这个国家的土地和经济被少数人掌控。[①]这似乎也证明德博拉·L. 马德森所说的女主人公"明白了对先验意义的期望如何模糊了世界的本来面目"[②]。

---

① Theodore D. Kharpertian, *A Hand to Turn the Time: The Menippean Satires of Thomas Pynchon*, Rutherford: Fairleigh Dickinson University Press, 1990, p. 89.

② Deborah L. Madsen, *The Postmodernist Allegories of Thomas Pynchon*, Leicester: Leicester University Press, 1991, p. 76.

可是,接下来俄狄帕对"被排除的中间项(excluded middles)"的思考,又再一次暴露出这种看似对现实认识的觉醒的局限:

> 她听说过被排除的中间项,那些可都是倒霉玩意儿,要躲开的。而在这儿是如何出现了这么好的多样性(diversity)的机会的?……在如符号般的街道背后或许有先验的意义或许只是土地。米尔斯、迪恩、瑟治和莱奥纳德唱的歌里或者存在真理的神圣美丽的些许碎片(就如马乔现在相信的那样),或者只是功率谱。售卖纳粹制服的商店或者是一种不公正,或者是讯息的缺失。在尹维拉雷蒂湖湖底的二战士兵的骸骨或者是为了一种对世界有意义的理由在那里,或者只是为了那些潜水者和抽烟的人。一和零。这一对对的选项就是这么排列的。在 Vesperhaven House 里或者与死亡天使以某种尊严达成了协调,或者只有死亡和为之日日单调乏味的准备。在显而易见的表面背后或者有另一种意义,或者没有。(*Lot 49*, 181—182)

俄狄帕对这些对立项的思索,的确表明她在试图突破二元思维的模式。这似乎也暗含着皮埃尔-伊夫·佩蒂永所说的:小说记录了俄狄帕逐渐打开眼界,转变思维走出了认知困境。①但是,在她列出的对立选项中,我们看到像卖纳粹制服②和第二次世界大战中

---

① Pierre-Yves Petillon, "A Re-cognition of Her Errand into the Wilderness", *New Essays on The Crying of Lot 49*, Patrick O'Donnell, ed. Beijing: Peking University Press, 2007, p. 139.
② 这个细节也是在影射20世纪50年代末到60年代的极端右翼组织约翰伯奇协会(John Birch Society)和美国纳粹党(the American Nazi Party)。参见 Tom Pendergast and Sara Pendergast, ed., *The Sixties in America Almanac*, New York: Thomson Gale, 2005, p. 58。

士兵的尸骨这样的具体社会问题,仍然还是同有关超验与死亡的形而上学思考被放置在同一个范畴内。这样一来,这些现象所包含的社会和政治意义就掩盖在这种普遍化的过程里了。而且俄狄帕还是把空间("街道")看作是与精神("先验意义")相对立的物质。这说明她没能明白对这个被排除的中间项的可能性的认识的关键在于对空间的重新认识,在于本体论意义上的转变。而接下来俄狄帕决定参加拍卖会并准备接受特里斯特罗象征世界衰亡的信息,也证明直到小说结束俄狄帕的思维方式也没有改变。

第二节 特里斯特罗:不同空间的不同现实

在上一节中,我们分析了俄狄帕的内心秩序思维模式所隐含的空间双重幻象如何导致其阅读城市的失败。本节将进一步探讨此空间认知方式把空间看作是单一现实,并造成了俄狄帕不能认识到特里斯特罗是不同空间里的不同现实的问题。

一、空间隔离——社会空间的不均等

布赖恩·麦克黑尔认为品钦的前两部小说《V.》和《拍卖第49批》没有能够突破现代主义小说的模式以及现代主义的认识论前提。[①]而以往的许多研究,无论是现代主义还是后现代主义的视角,也都把《拍卖第49批》仅看作是有关认识论的问题。然而笔者认为

---

① Brian McHale, *Postmodernist Fiction*, London and New York: Routledge, 1987, pp. 21—25. 麦克黑尔认为,现代主义作家的小说可归结为关于认识论的问题,他们的作品的前提是世界是一个整体,人在生活中的个体体验都围绕这个统一的现实展开(第38页)。

正相反,这两部小说的过渡性并不在于品钦在这两部小说里仍然延续了现代主义的写作传统,而是他通过对现代主义传统的反思,揭示了其在现实状况里的局限,小说体现在现实并不是单一的现实,而是处于不同空间中的不同层面的现实,这恰恰就是布赖恩·麦克黑尔所论述的后现代主义本体论的问题。

俄狄帕用心灵的秩序来赋予外部世界意义的预设前提是,外部空间是均质的,是一个单一的现实。但这种把空间简化为均质的统一的现实,掩盖了社会空间的异质性和不平等。《拍卖第49批》的中心情节即第五章中俄狄帕在夜晚的旧金山城里游荡,在此过程里俄狄帕其实也是希望用抽象的同一来赋予现实世界一个有意义的秩序,她认为特里斯特罗的符号可以实现这种超越的可能,就如同她想象的电路图和看到的地图一样,这些符号能将现实统一起来。但是当越来越多的特里斯特罗符号出现,俄狄帕追寻的秩序感和意义变得越来越模糊不确定,她所期待的启示、超越和意义的显明一直没有发生,只有符号但没有所指,没有那"直接显明的癫痫性的福音(Word)"(*Lot 49*,118)。

一些后现代视角的评论从语言的角度来理解这个问题。如皮埃尔-伊夫·佩蒂永认为,这部小说的总体框架是"对'神圣中心(holy center)'的症候式"展现。这个中心一直没有被揭示,它被永远地推延,因为"一旦人回到那个消失的中心,人就会被其黑洞所吞噬"。① 因此,品钦与德里达的观点相同:对品钦来说上帝已死,只不过在他的作品里,我们还在期待那个文本之外的意义的到来,

---

① Pierre-Yves Petillon, "A Re-cognition of Her Errand into the Wilderness", *New Essays on The Crying of Lot 49*, Patrick O'Donnell, ed. Beijing: Peking University Press, 2007, p. 158.

而品钦让我们明白那只不过是一个虚构。①N. 凯瑟琳·海尔斯则认为特里斯特罗是那个渴望超越语言的欲望的能指。②斯蒂芬·马特西奇把这部小说看作是符号的游戏。特里斯特罗标记的重复象征后现代文化欲望的空洞形式,小说从未肯定特里斯特罗的真实性,在其标志形成的符号世界里,现实也变成了文本。③

其实,从德里达的延异概念的角度看,《拍卖第49批》仅是一部元小说,它不停地与读者做着有关特里斯特罗是否存在的游戏。然而,小说始终质疑的是俄狄帕的思维方式而不是特里斯特罗的真实性。俄狄帕之所以陷入特里斯特罗究竟指向意义或无意义,秩序或混乱,超越或死亡,真实或非真实的两难境地,是因为她对空间抽象同一的看法使她不能认识到特里斯特罗实际上是处于不同空间的不同层面的现实。

而且,不同空间的不同现实是缘于社会空间的不均等、不平衡,这在战后的美国就体现为随着郊区的发展形成的种族和阶级隔离的社会。从1960年到1965年,美国62%的新工业建筑都建在中心城市之外,中产阶级纷纷搬离城市。联邦住房管理局担保的贷款极大部分都流入了郊区,他们鼓励建筑商对中心城市和低收入的市场不予理睬,而且鼓励在抵押贷款中使用有限制性的合约,防止房主将白人社区的住房卖给"不和谐团体"的人。地方分

---

① Pierre-Yves Petillon, "A Re-cognition of Her Errand into the Wilderness", *New Essays on The Crying of Lot 49*, Patrick O'Donnell, ed. Beijing: Peking University Press, 2007, p. 160.

② N. Katherine Hayles, "'A Metaphor of God Knew How Many Parts': The Engine That Drives *The Crying of Lot 49*", *New Essays on The Crying of Lot 49*, Patrick O'Donnell, ed. Beijing: Peking University Press, 2007, p. 116.

③ Stefan Mattessich, *Lines of Flight: Discursive Time and Countercultural Desire in the Work of Thomas Pynchon*, Durham and London: Duke University Press, 2002, pp. 60—62.

区法规也阻止在小块地区内修建低成本的住房。城市的衰败以及城市课税基础的恶化对于60年代中期的种族与阶级紧张局势产生了不小的作用。①

品钦在其1966年发表于《纽约时报》的一篇文章《走向瓦茨心灵的旅程》("A Journey into the Mind of Watts")②,关注的正是城市中的隔离现实。这篇文章的背景是1965年8月11—17日在洛杉矶的黑人聚居区瓦茨(Watts)发生的暴乱③,这一事件的根源便是城市中的隔离现实。20世纪40年代是美国黑人的第二次大迁移,受第二次世界大战国防工业繁荣的吸引,他们大多都移居到了西部海岸城市。但是像洛杉矶这样的城市自20世纪以来已形成以各种族为单位的空间划分,在住房规定上有对黑人和其他少数族裔的限定,阻止他们在一些区域里租住或购买房屋。到第二次世界大战时,城市里95%的住房都不是面向这些人的。战后,那些曾参战或是在国防企业里工作的少数族裔,发现自己回到城市里面临的是各种住房上的歧视,而郊区也将他们排斥在外,他们只能被迫待在洛杉矶的东城或南城的贫民窟,这其中就包括瓦茨。这种住房歧视极大地限制了少数族裔获得教育和就业的机会,此外他们还要随时面临洛杉矶警察的骚扰。

品钦在这篇文章中批评了白人对瓦茨这片黑人区域的无知。

---

① 戴维·斯泰格沃德:《六十年代与现代美国的终结》,周朗、新港译,北京:商务印书馆,2002年,第276—296页。

② 本书所使用的是这篇文章的网络版,参见 http://www.nytimes.com/books/97/05/18/reviews/pynchon-watts.html。

③ 有关瓦茨暴乱的具体经过可参看刘绪贻、韩铁、李存训:《美国通史(第六卷):战后美国史1945—2000》,北京:人民出版社,2008年,第315页。《六十年代与现代美国的终结》一书对20世纪60年代城市危机的论述也引用了瓦茨暴乱的例子,见戴维·斯泰格沃德:《六十年代与现代美国的终结》,周朗、新港译,北京:商务印书馆,2002年,第276—319页。

由于空间上的隔离产生出不同的思维方式、对现实的不同看法和体验,他呼吁洛杉矶的白人亲自到瓦茨这片区域去看看,这样才能真正体验黑人的生活现实——"疾病","失败、暴力和死亡"。文章里的三段文字勾勒出瓦茨的空间与整座城市的关系:

> 两种文化彼此隔膜。虽然白人价值观在黑人的电视屏幕里被不间断地展示着,黑人穷困生活的画卷也很难不被从**海港高速路**上看到,这条路许多白人每天开车上班至少要经过两次,但是极少有人肯离开**帝国高速路**出口,改为向东而不是向西开,只需开几个街区就能看到瓦茨。
>
> 在头顶上,大型喷气式飞机时不时地响着真空吸尘器般的噪音降落;风向西吹着,瓦茨位于前往**洛杉矶国际机场**的近道的下端。
>
> 比方你往南开车去**托兰斯**,或**长滩**,或任何招聘人员的地方,因为你不是在瓦茨。①**阿拉米达街**延伸数英里的重工业,这条灰色的危险干线位于瓦茨边界的东边,就像世界的尽头。

尽管从高速路上能够望到这块区域的贫穷破败,但是因为有海港高速路的隔离,白人不需要进入这片区域里,也就不可能对这块区域有更深入的体验和感受,更不会有太多的冲击感,因为身体所处的空间仍然是在现代化的汽车里和高速公路上。而且空间感不单是发生在视觉层面,在具体的空间经历中,视觉、听觉、触觉以

---

① 品钦在这句话里要表达的意思是,不住在瓦茨的白人,有流动的自由,他们可以去托兰斯、长滩或其他地方求职,而住在瓦茨的黑人却没有这样的自由。

及运动感觉等都会形成某种空间方面的印象。对于住在瓦茨的黑人来说,这个空间才真正具有实际的空间(lived space)[①]的意义,他们在这个空间里形成了不同于白人的行为和思维方式。这个实际的空间意味着一种生存之道,如在什么角落什么街道会碰到白人警察,对不同种类的警察应该如何应对;意味着垃圾和破碎的酒瓶是光脚走路的熟悉景象,也是脚踩在破碎玻璃上的感觉,并且因为走多了脚底长茧不再会被划破;意味着熟悉哪里是酒馆,去里面喝杯酒是可以得到"些许安宁,些许放松。啤酒或葡萄酒都能很好地达到此目的,尤其是在度过糟糕的一天之后";意味着生活的现实便是贫穷与无望;意味着不必相信那些志愿者机构,因为它们除了教育你变成一个白人以外,不会提供实质性的帮助。托兰斯、长滩和阿拉米达街这些提供就业和机遇的企业区域,以及代表自由流动权利的洛杉矶国际机场,都与瓦茨的生活无关。如果瓦茨的人想要尝试走出这块地方,他们不是在白人人事主管那里碰壁,就是被警察盘问。毒品和性交易就是人们对这个空间的界定,而瓦茨人只能被迫接受这样的现实。

虽然发表于同年的《拍卖第49批》里俄狄帕没有去往洛杉矶,但是俄狄帕在旧金山看到的现实也是与瓦茨一样的。正如托马斯·海斯所指出的,俄狄帕从基尼烈到圣纳西索再到旧金山的过

---

① 列斐伏尔的空间三元辩证法认为社会空间包括空间实践(spatial practice)、空间再现(representations of space)和再现的空间(representational spaces)。它们又分别对应于人对空间认知的三种方式:感知的空间(perceived space),构想的空间(conceived space)和实际的空间(lived space)。再现的空间既是居住者和使用者的空间,也是艺术家及那些能够描述也只能描述的作家和哲学家的空间。这是被支配的,因此也是被动体验的空间,是想象寻求改变和占有的空间。参见 Henri Lefebvre, *The Production of Space*, Donald Nicholson Smith, trans. Oxford: Blackwell, 1991, pp. 36—46。

程,是一个逐渐走向社会底层的旅程。①而特里斯特罗的标志也是随着这个空间变化的过程在逐渐增多。虽然俄狄帕到旧金山并非是为了亲身体验城市贫民窟的真实状况,她在城市里的游荡也十分随意,但是仅仅是随意的游荡就已经使得俄狄帕失去了内心的平静。她在旧金山表现出的种种不适与对找寻意义的绝望,其实表明她从自己熟悉的郊区空间到陌生的城市空间所体验到的身处不同世界的冲击感。

二、中产阶级郊区的意识形态

布赖恩·麦克黑尔认为后现代小说是从形式上对后现代社会"无序的多重世界的景观"的模仿②,他用"世界(world)"而不是"空间(space)"来指称后现代小说呈现的本体论景观,因为他认为人物不仅是进入不同的空间里而且是进入不同的意义和价值体系中。③这说明布赖恩·麦克黑尔其实是把空间看成是容器或背景,因此才会得出后现代小说对空间的凸显仅是一个形式风格问题的结论。然而,空间其实本身就是意义和价值体系,并且通过人们在日常生活中的身体图式及空间感的建立,将社会习俗、价值观、意识形态等植入我们的意识中:"空间感的确立并非只是自我安排的结果,这种秩序、框架和原则实际上包括了社会控制的成分。……时空因素已经植入我们的空间感法则中。而空间感个体之间的差

---

① Thomas Heise, *Urban Underworlds*: *A Geography of 20th American Literature and Culture*, New Brunswick: Rutgers University Press, 2011, pp. 196—197.
② Brian McHale, *Postmodernist Fiction*, London and New York: Routledge, 1987, p. 38.
③ Ibid.

异,其实是社会分工、社会分层等更为直接的因素造成的。"①

作为一个白人中产阶级的家庭主妇,俄狄帕的思维方式以及对现实的看法都与她生活的郊区基尼烈相关。特百惠家用塑料制品促销会、她的家和花园、购物的超市、心理医生的诊所、律师的办公室等,这些构成了她生活的实际空间。这个中产阶级郊区的现实完全不同于聚集了大量被遗弃者(贫民、少数族裔、病态者、罪犯)的城市旧金山,他们都是特里斯特罗地下邮政系统的使用者。当俄狄帕走出汽车并离开高速公路的俯瞰及隔离位置,当她步行于城市的角落,她才能真正经历到这些底层和边缘人的生活。尽管她时不时地为了安全乘坐公共汽车,但是公共交通是公共的空间,至少能把她与他人,如黑人和一个墨西哥裔女孩,联系在一起,而且还把她带到了一个黑人街区。这一切只能被内心秩序对空间的物质同一性看法所压抑,只能是与精神超越相对的死亡的黑暗代表,而只有以空间化的方式(即一个地下邮政系统)才能呈现其真实的状况。

因此,俄狄帕已经不能再像马乔那样通过退回内心获得宁静。面对这个不同空间的不同现实,她发现特里斯特罗只不过是一个声音,已经无法把那些纷繁复杂的现象统一起来。我们的确不能否认俄狄帕对那个老水手的同情②,当她拥抱痛哭的老人时,这仿佛表示她看清楚了那个地下世界的现实,爱可以战胜不同世界之间的鸿沟。然而,从俄狄帕接下来想象老水手的死亡的一系列内心活动中可以看出,她仍然思考的是救赎与死亡、意义与虚无的问题,她对老水手的理解与认同仍然是从自己的思维角度出发。那

---

① 童强:《空间哲学》,北京:北京大学出版社,2011年,第193页。
② 他的手上文有特里斯特罗的标记,他请求俄狄帕帮忙为他寄一封信给妻子,并告诉她特里斯特罗邮箱的地点。

么这种认同就是有局限性的。约翰·达格代尔批评她对那些边缘人的认同是一种自恋式的认同,她只是把自己的意识投射在老水手身上,而不是真正地看到他的实际状况①,这个批评是有道理的。

俄狄帕只是在形式上走出了郊区,她的思维方式反映的还是郊区所代表的白人中产阶级的主流价值观。俄狄帕曾经把自己想象成困在塔里的拉彭泽尔②,一方面,这个封闭空间的意象说明俄狄帕被压抑和被束缚的处境;另一方面,如一些后现代研究看到的,它也揭示出俄狄帕的思维被主流价值所塑造。斯蒂芬·马特西奇认为俄狄帕的欲望恰是由囚禁她的塔产生出来的。③德博拉·L. 马德森还指出俄狄帕在圣纳西索住的汽车宾馆名为"回声院(Echo Courts)",其意指"在价值体系框架内做阐释"④。然而,由于这些评论者没能将俄狄帕的思维方式同空间问题联系在一起分析,因此才会把特里斯特罗的问题仅看作是后现代符号游戏的问题。

列斐伏尔在论述意识形态与空间的关系时指出:"我们所说的意识形态只有介入社会空间和其生产中,而由此具有了实体,才能获得一致性。"⑤本章前面部分已经论述过俄狄帕的价值观与 20 世纪五六十年代的紧密关系,而中产阶级郊区正是五六十年代丰裕社会和保守价值观的集中体现。俄狄帕曾声称自己是共和党的拥

---

① John Dugdale, *Thomas Pynchon: Allusive Parables of Power*, New York: St. Martin's Press, 1990, p. 135.
② 拉彭泽尔是格林童话中一则故事的女主人公。
③ Stefan Mattessich, *Lines of Flight: Discursive Time and Countercultural Desire in the Work of Thomas Pynchon*, Durham and London: Duke University Press, 2002, p. 47.
④ Deborah L. Madsen, *The Postmodernist Allegories of Thomas Pynchon*, Leicester: Leicester University Press, 1991, p. 56.
⑤ Henri Lefebvre, *The Production of Space*, Donald Nicholson Smith, trans. Oxford: Blackwell, 1991, p. 44.

护者,而主体是白人中产阶级的郊区正是共和党的社会基础,加利福尼亚更是60年代共和党保守派的势力范围,他们反对民主党为改善底层人生活实施的伟大社会计划(Great Society)①,反对民权运动、妇女运动及新左派学生的运动。在品钦的《性本恶》这部小说里,嬉皮士侦探多克最后与犯罪集团金獠牙交涉时,这个与上层权势阶层关系紧密的组织所派来的人员扮作了一个中产阶级家庭的模样,他们驾驶着底特律产的最后一批木纹旅行车,这种车"就像是怀旧的广告,代表了郊区人民的心声,克罗克和其合伙人日夜祈祷,就是希望他们的生活方式能在整个加州南部扎根,希望能把无房无地的异类全部流放到远方,让这些人在那儿被永远遗忘"(*Inherent Vice*, 349)②。凯西·绪普的文章指出《拍卖第49批》是写于里根成为加州州长及保守主义势力崛起的前夜。③ 而在60年代末共和党保守势力得以赢得大选,正是因为其宣传自己代表了像俄狄帕这样的"沉默的大多数",他们对城市的隔离现实无所知,对各种运动不了解也不关心,对稳定和秩序充满渴望。

　　俄狄帕对中产郊区代表的主流意识形态的认同,在小说里是通过俄狄帕对男性人物的依赖体现的。《拍卖第49批》的一个有趣的特点是俄狄帕是小说里唯一的女性角色,她所直接接触的人都是男性。毫无疑问,这样的设计既对应于俄狄帕以家庭主妇身份出场的安排,也是在说明俄狄帕在白人男权社会里的女性身份地位。战后的美国,女性在社会上的职业机会被男性所占据,她们不

---

① 《拍卖第49批》对城市底层人的描绘,其实也是在批评民主党的伟大社会计划并没有解决城市衰败和隔离的问题。
② 当然,《性本恶》的社会政治背景是20世纪60年代终结和70年代保守主义政治占据优势,不过它对共和党保守势力和中产阶级的讽喻是一以贯之的。
③ Casey Shoop, "Thomas Pynchon, Postmodernism, and the Rise of the New Right in California", *Contemporary Literature*, 53. 1 (2012): 51—86.

得不退回到家庭中去。而且这些男性角色对俄狄帕有各种要求和幻想:心理医生希拉里乌斯希望她加入自己的药品效果实验计划;丈夫马乔要求俄狄帕倾听自己的烦恼并安慰他;律师罗斯曼和她调情;皮尔斯要她当自己的遗嘱执行人;共同遗嘱执行人梅茨格设计游戏引诱她;当俄狄帕告诉妄想症乐队的乐手迈尔斯她丈夫是音乐台的 DJ 时,迈尔斯便对她动手动脚,他以为俄狄帕想与他做性交易。这都表明俄狄帕被男权社会束缚和界定的处境。女性主义角度的研究也是从这一方面强调俄狄帕被压迫的女性身份。例如,朱迪斯·钱伯斯认为皮尔斯的遗产是男性权威的象征,这是一个按照二元对立逻辑运行的封闭系统,俄狄帕则是白女神(the white Goddess),代表了被男性权威束缚的诗性的思想。[①]达纳·梅多罗认为《拍卖第 49 批》将女性的生理期与属于古老的女神教的神圣意义联系在一起,以此抨击父权文化对女性生理期的贬低以及父权文化的二元思维。而女性象征的神圣意义则说明还存在其他的意义系统。[②]但是,把人物的问题仅看作是女性在男性社会里的被压迫问题,这不免忽视了女性对男性价值的认同,在小说中俄狄帕并非是一个反抗者。

事实上,俄狄帕同这些男性之间并没有那么截然对立,他们是维系她的安全的保护者。一方面,她希望挣脱自己被围困、被束缚的状态,另一方面,她又离不开他们。尽管俄狄帕不相信希拉里乌斯开的药能解决自己精神上的苦恼和内心的问题,但她并没有终

[①] Judith Chambers, *Thomas Pynchon*, New York: Twayne Publishers, 1992, pp. 117—120.

[②] Dana Medoro, "Menstruation and Melancholy: *The Crying of Lot 49* ", *Thomas Pynchon: Reading from the Margins*, Niran Abbas, ed. Madison and Teaneck: Fairleigh Dickinson University Press, 2003, pp. 71—90.

止治疗而是继续去见他:"她没离开。倒不是心理医生用什么黑暗力量控制了她,但留下来要容易些。"(*Lot 49*,18)她与梅茨格发生性关系之后,她发现这是梅茨格设计好的圈套,她非常生气还大哭。但是当梅茨格让她回到自己怀抱里,她照做了。实际上当梅茨格出现在俄狄帕的旅馆房间门口时,俄狄帕清楚两人之间会发生什么事情,而且她也希望被引诱。第一,见到梅茨格时,俄狄帕很在意自己的形象:"她知道自己看上去挺漂亮。"(*Lot 49*,29)第二,当他们打赌时,她知道梅茨格会提出什么样的赌注:"'那你想以什么为赌注?'她心里清楚。"(*Lot 49*,35)第三,她只是假装不想参与打赌:"'好吧',她最后让步了,试图用一种冷淡的声音。"(*Lot 49*,35)第四,俄狄帕穿了许多层衣服似乎是为了赢,但是当发现梅茨格睡着了时,"俄狄帕大叫一声冲向他,倒在他身上,开始以亲吻让他醒过来"(*Lot 49*,42)。

俄狄帕期待着被骑士解救,她在查寻特里斯特罗的过程中也是不断地向男性求助:找罗斯曼咨询有关遗嘱执行人的事宜;找希拉里乌斯希望他告诉自己有关特里斯特罗的发现仅仅是幻觉;找科恩和博茨讨论特里斯特罗的历史;即便是当她坐在旧金山希腊之路男同性恋的酒吧里时,她仍然渴望得到男性的帮助:"俄狄帕坐着,感到前所未有的孤独。她看着满屋子喝醉的男同性恋们,自己是这里唯一的女性。她想,我的经历,马乔不愿跟我说话,希拉里乌斯不听,克拉克·麦克斯韦(Clerk Maxwell)甚至都不看我,而这帮人,天知道呢。"(*Lot 49*,116)在她得知德里布莱特自杀后,她的反应是失去同盟的伤感:"他们从我这里被夺走……他们在被夺走,一个一个地,我的男人们。"(*Lot 49*,153)达纳·梅多罗认为

W.A.S.T.E中的句点表示女性生理周期。①朱迪斯·钱伯斯也认为消音邮递喇叭代表白女神的诗性话语的沉默。②但是与他们认为的俄狄帕同特里斯特罗是一体的观点相反,俄狄帕认为是特里斯特罗阴谋除掉了她身边的这些男人:"他们是以与除掉希拉里乌斯、马乔和梅茨格同样的理由除掉了你"(Lot 49, 161)。她在几天中同科恩和博茨进行学术的讨论并且"她有些担忧他们的安全"(Lot 49, 160)。

俄狄帕对这些男性人物的依赖不仅说明她没能形成自己独立的意识,而且说明她在中产郊区的空间里习惯了以白人男性社会的价值观看待问题,这深深影响了她对特里斯特罗的认识。约翰·约翰逊的文章认为《拍卖第49批》是一部关于符号与符号的阐释的小说,并论述小说里的男性人物代表了不同的阐释角度。每一位男性人物就是一个阐释者,他们的功能是提供多样化的视角,避免集中统一的观点,以保证小说不囿于单一的视角。如马乔代表无意义的普遍性和自我身份的丧失;会模仿各种人的声音的皮尔斯代表人没有单一的身份;梅茨格则代表肉体的欲望,没有阐释也没有超验的意义;迈克·法洛皮恩建议俄狄帕核实一下信息的来源,代表实证的角度;根吉斯·科恩和埃默里·博茨则代表学术性的视角;德里布莱特、希拉里乌斯和内法斯蒂斯代表主观性的阐释。③但是约翰逊并没有进一步论述小说里这些男性视角与社会秩

---

① Dana Medoro, "Menstruation and Melancholy: *The Crying of Lot 49*", *Thomas Pynchon: Reading from the Margins*, Niran Abbas, ed. Madison and Teaneck: Fairleigh Dickinson University Press, 2003, p. 80.

② Judith Chambers, *Thomas Pynchon*, New York: Twayne Publishers, 1992, p. 107.

③ John Johnson, "Toward the Schizo-Text: Paranoia as Semiotic Regime in *The Crying of Lot 49*", *New Essays on The Crying of Lot 49*, Patrick O'Donnell, ed. Beijing: Peking University Press, 2007, pp. 58—68.

序之间的联系,而且也没有指出俄狄帕与他们的思想的关联。

心理医生希拉里乌斯在战后的美国意味着什么不言而喻。心理医生在当时的文学作品里是一个维护主流社会秩序的典型形象,心理医生治疗病人的目的就是改造病人的思想,压制他们的真实情感,使他们认同主流社会。著名的《飞越疯人院》(One Who Flies over Cuckoo's Nest)里的精神病院和医生、护士,尤其是大个子护士,就代表了美国社会对人性的压抑以及官方机构对人的控制。而品钦把希拉里乌斯设计成曾经在纳粹集中营里为纳粹工作,就表达了心理医生作为社会秩序维护者的寓意。

俄狄帕向大学教授埃默里·博茨询问《信使的悲剧》的作者,博茨的回答是历史上的真实作者"他们死了","挑几个词。它们,我们能讨论"(Lot 49,161)。这显然是新批评所推崇的解读模式。而新批评是一种政治上保守的形式主义理论。新批评派的兰瑟姆、阿伦·塔特、克林斯·布鲁斯、罗伯特·沃伦都来自美国南方。在他们看来,美国南方生活传统为堕落的西方世界包括美国提供了秩序感和伦理、宗教的准则。T. S. 艾略特也是形式主义文论与保守主义政治思想结合的典范。20世纪40年代后,美国垄断资本主义制度日益稳固,自由主义的思想基础被进一步削弱,激进主义也日渐消沉。第二次世界大战后,整个社会弥漫着一股保守思潮,此时的风气是人们都急于到各种机构中去工作,去做体制人。新批评那种泯灭个性,企图在文本的艺术形式中得到理性与感性平衡的秩序,至少部分地反映了美国统治阶级在动乱的世界中依然占有稳定价值的自信心。①

---

① 赵毅衡:《新批评———一种独特的形式主义文论》,北京:中国社会科学出版社,1986年。

我们会发现当充斥城市的特里斯特罗标志加剧了俄狄帕的心理危机时,她先是回基尼烈找希拉里乌斯求助,希拉里乌斯被警察抓走后,她又返回圣纳西索去见博茨,并且接连几天同博茨和科恩进行学术上的讨论。以此再来看俄狄帕对自己是关在塔里的拉彭泽尔的想象,这就不仅仅表明了她被束缚的处境。塔既象征关押和被束缚,也寓意安全和保护。俄狄帕认为"是魔法把她困在那儿的,无以名状而邪恶,从外面(from outside)来造访她,毫无理由"(*Lot 49*,21—22)。还有她在思考隐喻(metaphor)的问题时也不自觉地使用了"在里面(inside)"和"在外面(outside)"这两个代表空间位置的词:"隐喻可以是向真理的挺进也可以是谎言,这取决于你位于何处:在里面,安全;在外面,迷失。"(*Lot 49*,129)如果说在小说的开端俄狄帕试图逃离囚禁她的郊区的封闭世界,那么当她在外面的世界经历了挫折之后又想躲回到那里。心理医生可帮助她重归正轨,文本解读和历史文献则可以避免直接面对现实问题。

  皮尔斯所代表的含义在小说里十分明显,正如评论者所一致认为的,他是美国资本进取精神的象征。尽管皮尔斯在故事的开头就已经死了,但他始终是故事里的不在场的在场。是皮尔斯的遗嘱开启了俄狄帕的追寻旅程;清算皮尔斯的财产也是俄狄帕的任务;俄狄帕是在圣纳西索发现的特里斯特罗,而圣纳西索可以说是皮尔斯创立的帝国。皮尔斯从圣纳西索投资地产业发家,他是这座城市的创始人。悠游达因银河电子管分公司是这里主要的就业来源,皮尔斯是它的大股东,俄狄帕去过的范戈索、上演《信使的悲剧》的汤克剧院、卖《信使的悲剧》的查普夫旧书店,等等,都是皮尔斯的产业,包括博茨教书的圣纳西索学院,皮尔斯也是其资助人。俄狄帕在其追寻的最后思考着皮尔斯的创业史,皮尔斯的奋斗被普遍化为美国经历的代表:"几星期前,她还致力于搞清楚尹维拉雷蒂留下的是什么,从未想过遗产竟是美国。"(*Lot 49*,178)这个遗产便是永不停止地追求财富的精神。用皮尔斯自己的话来说就是"让它保持弹跳"(*Lot 49*,178)。

俄狄帕和皮尔斯在墨西哥时曾遇见赫苏斯·阿拉巴尔,他曾经评价皮尔斯说:"他不折不扣就是那种我们要抵制的东西……但是你的朋友,除非他是开玩笑,就像印度人惧怕圣处女一样,让我觉得可怕。"(*Lot 49*,26)小说借赫苏斯·阿拉巴尔之口把皮尔斯比作处女,是在暗指皮尔斯代表的资本理性的纯粹性。皮尔斯拥有比肯斯菲尔德烟草公司50%的股份,这家公司使用人的骨头制作香烟的过滤嘴;而这些骨头一部分来自圣纳西索修建高速公路时夷平的公墓,另一部分则来自被意大利黑手党从皮耶塔湖打捞出的第二次世界大战美国士兵的骸骨。这些骸骨中有些还被用来装饰范戈索度假村的人工湖底以娱乐潜水爱好者。无论是17世纪的戏剧和书店,还是售卖纳粹制服的特雷梅英政府剩余物资商店,无论是航天高科技,还是第二次世界大战的士兵尸骨都被包容于资本的理性中。

那么,俄狄帕想要在执行遗嘱时赋予皮尔斯的产业以意义,也就是在为资本的积累、利润的追逐寻找道德意义。而当我们把这一点同反映俄狄帕思维过程的那些宗教性话语联系在一起时,便会发现它同舍伍德·安德森的《小镇畸人》(*Winesburg*,*Ohio*)中的《神性》("Godliness")这个故事的相似之处。虽然,俄狄帕的现代故事已经没有了杰斯·本特利(Jesse Bentley)的狂热和极端,但也同样表现出"美国经历中宗教狂热和物质渴求的紧密连接"[①]。这

---

① 见 Irving Howe 为该小说写的导言,Sherwood Anderson,*Winesburg*,*Ohio*,Shanghai:Shanghai Foreign Language Education Press,2001,pp.2—3。

种为世俗的事业找寻伦理道德和宗教支持的思维,也如同马克斯·韦伯在《新教伦理与资本主义精神》一书中所论述的现象。①皮尔斯的企业帝国圣纳西索曾经一度在俄狄帕眼中带有饱含启示和意义的光环。博茨告诉俄狄帕在梵蒂冈收藏的《信使的悲剧》的色情版可能是清教的斯可夫哈米特教派所为,目的是诋毁戏剧演出,而特里斯特罗在剧中就被描写为代表同上帝的秩序相对立的"野蛮的他者(the brute other)"(*Lot 49*,156)。得知此信息时俄狄帕的反应是"飘忽于深渊之上的眩晕感"(*Lot 49*,156)。这就像是加尔文主义的得救预定论,在俄狄帕眼里仿佛皮尔斯的事业应该证明他是被上帝拣选的。而共和党的保守主义的特点之一就是它浓厚的宗教色彩。凯西·绪普在她的研究文章中曾指出,以里根为首的新右派(the New Right)将自己看作是被拣选的人(the Elect)。②此外,新右派与来自东部的温和派不同,他们代表西部的新贵,其财富来自石油、采矿业、国防工业、房地产业以及娱乐业,他们支持冷战是因为国防开支使他们有利可图。③以此再看圣纳西索的悠游达因分公司,这就不免暗含着皮尔斯与共和党新右派之间的关系。而圣纳西索这个名字同纳西索斯(Narcissus)一词相近,表明小说将这种道德意义的寻求嘲讽为自恋式的行为。

综上所述,评论者们所认为的《拍卖第49批》的不确定性问题,并不是因为作者对于世界是否有统一的答案不能给出明确的答案。即便是后来后现代主义视角的研究把有关秩序和混乱的问题

---

① 马克斯·韦伯:《新教伦理与资本主义精神》,康乐、简惠美译,桂林:广西师范大学出版社,2010年。

② Casey Shoop, "Thomas Pynchon, Postmodernism, and the Rise of the New Right in California", *Contemporary Literature*, 53. 1 (2012): 59—60.

③ 刘绪贻、韩铁、李存训:《美国通史(第六卷):战后美国史1945—2000》,北京:人民出版社,2008年。

阐释为秩序与多样性,也还是不能摆脱这一阐释路径的痕迹。这种不确定性实际上是小说所要批判的思维模式,它的根源是对空间问题的错误认识。

第三节 反抗的空间

本节将讨论特里斯特罗的地下邮政系统所代表的不同空间的不同现实,是否就是多数后现代研究所认为的多元化和多样性,是否构成与主流社会秩序相抗衡的反抗空间。为搞清楚这个问题,我们需要分别考察作为一个有三百多年历史的地下邮政组织特里斯特罗和俄狄帕所遇见的战后美国社会各种使用特里斯特罗的人和组织。以往研究在论述这一点时,其实没有对它们进行明确的区分,如德怀特·埃丁斯认为小说的不确定性源于特里斯特罗的双重性——既是蕴含精神的启示也意味着魔鬼般的控制。[①]德怀特·埃丁斯对这两个特点的判断,其实分别是基于使用特里斯特罗的人和历史上的特里斯特罗这个地下邮政组织做出的。而认为特里斯特罗代表了后现代多元化和多样性的评论,则关注的是现代美国社会里使用特里斯特罗的人。

首先,根据俄狄帕搜集的有关特里斯特罗的历史资料及在此基础上勾勒出的特里斯特罗的历史,我们会发现特里斯特罗的政治立场正如约翰·达格代尔所指出的,并非那样明确[②],它并不是

---

① Dwight Eddins, *The Gnostic Pynchon*, Bloomington and Indianapolis: Indiana University Press, 1990, pp. 89—108.
② John Dugdale, *Thomas Pynchon: Allusive Parables of Power*, New York: St. Martin's Press, 1990, p. 138.

一些学者所认为的始终是追求"自由、宽松和多元的文化土壤"的代表。①在特里斯特罗的三百多年历史中,涉及的历史背景和事件包括神圣罗马帝国及其衰亡、宗教改革、三十年战争、法国大革命、1805年的奥斯特利茨战役(the battle of Austerlitz,第三次反法联盟战争的首次交锋,为拿破仑最辉煌的胜利之一)、欧洲1848年革命和反革命,以及美国内战。这其中以欧洲从神圣罗马帝国到1848年革命为背景的历史,实际上是资产阶级兴起和封建贵族及神权衰落的历史,这期间特里斯特罗并没有一个连贯明确的政治立场,而仅仅是扮演着"改变敌对双方势力"(to change oppositions)的角色——即为了反对而反对。

根据小说里的记录,特里斯特罗邮政组织创立的背景是尼德兰王国的奥兰治的威廉领导的脱离西班牙和神圣罗马帝国统治的斗争。当时神圣罗马帝国治下的图恩和塔克西斯家族垄断了整个帝国邮政业务,奥兰治的威廉废除了由神圣罗马帝国皇帝任命的邮政大臣莱奥纳德一世,由扬·欣卡特取代之。特里斯特罗邮政组织的创始人卡拉韦拉的特里斯特罗世家的埃尔南多·华金声称自己是扬·欣卡特的表亲,是奥黑恩的真正主人,是欣卡特真正的合法继承人。但是因为特里斯特罗是西班牙人,所以并没有得到多少支持。接着由于尼德兰革命的失败,神圣罗马帝国皇帝又再次任命奥纳德一世掌管图恩和塔克西斯邮政。特里斯特罗一直没能得到他认为应属于自己的职务,于是创立了自己的邮政组织,与图恩和塔克西斯作对。

---

① 王建平:《历史话语的裂隙——〈拍卖第四十九批〉与品钦的"政治美学"》,《外国文学评论》2010年第1期,第153—164页。作者认为,品钦通过切入历史话语的裂隙,确立对晚期资本主义社会的法律、社会和经济制度的批判,并预示了多元文化的图景和潜在的历史走向,蕴含着一种均衡的社会史观。

以往研究因为特里斯特罗称自己是被剥夺继承权的人（The Disinherited），就把这个组织等同于俄狄帕在旧金山看到的那些城市边缘群体。然而特里斯特罗的被剥夺同这些边缘群体的被剥夺并不相同，前者是属于当时封建贵族的权力纷争，而且特里斯特罗看重的是能否执掌图恩，而并不在意尼德兰信奉新教的资产阶级同天主教的神圣罗马帝国的封建帝国之间的斗争。就如约翰·达格代尔所指出的，特里斯特罗邮政组织的创立人不是封建帝国统治的反对者，而是其神权的要求者。①而且随着神圣罗马帝国的覆亡，图恩和塔克西斯的邮政垄断也受到重创，特里斯特罗邮政组织中的一部分成员试图同图恩和塔克西斯联合重新建立帝国体系："根据最近发现和破译的图恩和塔克西斯侯爵，武济耶的孔德·拉乌尔·安托万的日志，特里斯特罗邮政组织中有一部分人从来不承认神圣罗马帝国的消亡，而把法国大革命看作是一时的疯狂。既然同是贵族，他们感到有责任去帮助图恩和塔克西斯渡过难关。"(Lot 49，172)

尽管从1805年奥斯特利茨战役到1848年欧洲革命与反革命期间，特里斯特罗邮政组织似乎参与了像德意志国民议会这种具有资产阶级革命性质的事件，但是流亡到美国的特里斯特罗组织又"向那些寻求扑灭革命之火的人提供服务"(Lot 49，173)②。而在美国内战中，特里斯特罗邮政组织并不站在北方联邦政府的一边，因为"他们所做的就是改变敌对双方的势力对比"(Lot 49，173)。

如果单纯从皮尔斯所收藏的特里斯特罗组织伪造的邮票来

---

① John Dugdale, *Thomas Pynchon: Allusive Parables of Power*, New York: St. Martin's Press, 1990, p. 180.

② 这里的革命指美国内战。

看,它们的确如一些学者所分析的,是对官方历史构成的主流文化核心价值的解构:哥伦布发现新大陆、自由女神像、驿马快递与西进运动等,这些伪造的邮票对它们进行了戏仿,"在主流话语的内部制造裂隙和断点,呈现被遮蔽的历史"①。但是,这些伪造的邮票里也有母亲节三分纪念邮票,里面使用了美国画家惠斯勒的油画《母亲》,画中的鲜花被替换为有毒的植物——捕蝇草、颠茄和毒漆树,这种做法又暴露出特里斯特罗为了解构而解构,为了否定而否定的问题。这便不得不让人怀疑特里斯特罗对这些历史事件及国家象征的嘲讽,并不一定表示它就明确地支持被排除在主流价值之外的边缘群体如印第安人。因此,从历史的角度来看,研究者们所认为的特里斯特罗预示的多样性并不那么确定。

实际上,使用特里斯特罗的地下邮政系统的人和群体并不了解它的历史,而且这对他们来说也并不重要,就像俄狄帕在视野酒吧里碰到的彼得·平圭德协会成员迈克·法洛皮恩所说的,关于彼得·平圭德协会同俄国海军在旧金山湾的那场战斗究竟如何,有何意义,并不重要——"我们并不试图把它弄成圣典。当然这也使我们在圣经地带失去大量支持,在那儿人们或许指望我们获得巨大成功。那些老南部联邦的支持者。"(*Lot 49*,50)②而俄狄帕对于特里斯特罗历史的过分关注其实是逃避现实问题的一种方式。

列斐伏尔在其《空间的生产》一书中论述了西方历史上随着生产方式的变更出现的不同社会空间类型。他认为资本主义社会的空间属于抽象空间(abstract space),即资本积累的空间、财富和权力的空间。它的空间再现受知识与权力的束缚,仅仅留给再现的

---

① 王建平:《历史话语的裂隙——〈拍卖第四十九批〉与品钦的"政治美学"》,《外国文学评论》2010年第1期,第159页。
② 这里也是在影射美苏之间的对抗,彼得·平圭德协会是一个右翼组织。

空间十分狭窄的范围,导致空间使用者的沉默。也就是说,这种抽象空间是构想的空间对实际空间的控制。皮尔斯的圣纳西索是战后加利福尼亚经济发展对空间规划的产物,它体现的是资本与权力秩序的空间再现。那么,遍布于旧金山城市角落使用特里斯特罗的边缘群体则体现的是这种空间秩序中使用者的再现的空间,他们是美国战后城市危机也即资本与权力的空间规划结果的被动体验者。但是,再现的空间同时也是"通过它所关联的图像与符号而直接作为可生活的空间"①。因此,他们在城市各处留下特里斯特罗的标记,这些标记符号说明,他们在试图使这个统一规划的空间经由自身的日常生活实践成为具有独特含义的个性化空间。这个符号对这些不同的使用者来说象征着不同的城市景观和空间实践:"如果你知道它的含义,你便知道去哪里能发现更多详情。"(*Lot 49*,121—122)他们利用特里斯特罗的地下邮政系统组成了一个交流网络,它是与官方的空间话语不同的话语。这种非官方的空间话语不需要遵循标准的语法和逻辑:它既可能是奇幻的,例如梦中在金门公园里聚会的小孩,他们在看不见的火上暖手;又可能是违法的,如在城市海滩上吸毒的少年帮派;也可能是病态的,如在别人的窗口窥视者;还可能是暴力的,如在公共汽车的椅子上留下威胁口号 DEATH②的黑人。

这些同性恋者、少数族裔、疯子、无政府主义者、乱伦者、畸形人以地下邮政的方式在改变资本和权力的空间,但是这种反抗的空间的有效性仍存在问题。多样性必须是建立在与主流秩序相制衡的平等地位上,品钦的小说因此也常常出现各种官方机构和形

---

① Henri Lefebvre, *The Production of Space*, Donald Nicholson Smith, trans. Oxford: Blackwell, 1991.

② 全称是 Don't Ever Antagonize The Horn(绝对不要与号角为敌)。

形色色的民间团体。在《拍卖第49批》里,俄狄帕在悠游达因巧遇斯坦利·科特克斯,他是一个工程师组织的成员,这个组织通过特里斯特罗的邮政系统交流各自的发明,以此对抗悠游达因公司的专利条款(即要求所有被聘用工程师放弃自己发明的专利权)。然而,其成员约翰·内法斯蒂斯发明的内法斯蒂斯机器只是一个由人的意志来控制的荒唐发明。①此外,在俄狄帕遇见的组织里还有阿拉米达县死亡崇拜会。这个组织每个月从他们认为是"清白的、有品德的、能极好地适应社会的人"里选一个人,对其施以性虐然后再作为祭品杀掉。这种极端残暴的做法显然不可能提供什么积极有效的反抗途径,只能使参与其中的人更加坠入黑暗之中。塞缪尔·托马斯在其论著中选择了小说里的一个名为IA的组织进行分析。这个组织是一个绝望者的组织,它的成员都是对爱情失望的人。而且组织规定其成员从不见面,他们连彼此的姓名都不知道。塞缪尔·托马斯对他们的评价十分肯切:IA是建立在极端的否定性的基础上的,这是一种退化而不是革命,是后退而不是反抗。②

俄狄帕在其经历中也有这样的感受:"但这是一种有意的从共

---

① 约翰·内法斯蒂斯的发明是一个建立内心秩序的滑稽版本。它模仿的是19世纪英国物理学家詹姆斯·克拉克·麦克斯韦关于违反热力学第二定律(即孤立系统内的熵总是增大)可能性的设想,其工作原理是这样的:在这台机器里有一个麦克斯韦精灵(Maxwell's Demon),负责把气缸里移动速度较快的分子与移动速度较慢的分子区分开。因为速度较快的分子相应的温度较高,能量也较大,当精灵把这些分子聚集到气缸的一边时,就能利用盒子内出现的温度差来驱动一台热力发动机。为此,人们仅需要盯着麦克斯韦的照片,并全神贯注于想让精灵使之温度升高的一边即可。但是只有具有天分的人才能做到,这类人属于"灵敏者(sensitives)"。总之,这个精灵的存在最终取决于人的意念,就如意义的有无都取决于人内在的信念一样,它并不关乎人对外部世界的了解,只存在于一个封闭的系统内。

② Samuel Thomas, *Pynchon and The Political*, New York and London: Routledge, 2007, pp. 120—121.

和国的生活和系统的退出。无论是出于仇恨,出于对他们的选举权的漠视,还是出于漏洞或纯粹的无知,拒绝给予他们任何权益,这退出都是他们自己的、非公开的、私人的行为。"(*Lot 49*,124)虽然说俄狄帕对于意义的追寻不免带有主流意识形态的倾向,但是此番感受也不无道理。特里斯特罗毕竟是地下邮政系统,这种边缘性如果没能诉诸行动,而仅仅是退缩进封闭的圈子里,那么将永远被边缘化。而20世纪60年代正是一个行动的年代,这也许就是为什么品钦在小说里安排了伯克利大学里的学生运动的场景,这也是小说里代表希望的细节。而品钦对于20世纪60年代的激进运动的反思,将在《葡萄园》中得到体现。

  从以上分析的俄狄帕思维中的空间双重幻象可以看出,《拍卖第49批》通过呈现俄狄帕追寻意义的失败及对城市的误读,审视了现代主义向内转写作策略的问题,并强调了认识社会空间的重要性。而托马斯·品钦对社会空间的认知图绘的集中关注,在《性本恶》里得到了充分的展现。

第三章 《葡萄园》的空间化时间、幻想空间与政治主题①

品钦的《葡萄园》(1990)②以里根第二次赢得美国总统大选的1984年为背景,回顾了20世纪60年代新左派学生运动和反传统文化。小说展现了在大众媒体的视觉文化浸染中的后现代美国社会,自由主义激进政治理想的衰退和保守主义的回归。《葡萄园》对大众媒体的大量引用和模仿一直是学界关注的焦点,小说里的人物经常在观看电视、谈论电视,模仿电视和电影人物的说话方式、表情动作及思维方式,大众媒体的视觉文化已经深刻改变了人的认知和情感反应的方式。一些学者还指出,《葡萄园》甚至在叙述手法上也模仿了大众媒体,比如电视。布赖恩·麦克黑尔认为,

---

① 本章部分内容曾发表,见《空间化的时间:托马斯·品钦〈葡萄园〉的大众媒体记忆政治》,《当代外国文学》2015年第3期,第13—19页;《批评距离的消失:托马斯·品钦〈葡萄园〉的超级英雄与大众媒介景观》,《北京第二外国语学院学报》2018年第4期,第78—89页。

② Thomas Pynchon, *Vineland*, New York: Penguin Books, 1990. 此后出现的小说引文使用文内做注的形式。

小说里的不同区域(regions)即不同的故事片段,模仿了电视剧的不同类型,如有关索伊德·威勒部分的故事像情景喜剧,有关布洛克·冯德的部分像警匪剧等。①乔伊·厄尔·奥尔茨曼也认为小说的叙述结构和风格都模仿了电视,并称之为品钦的"电视风格(televisual style)"②。

但是在这部小说所体现的品钦对大众媒体的态度这个问题上,学界不仅存在着分歧,而且对于小说对大众媒体的展现也是褒贬不一。麦克黑尔认为《葡萄园》并非是对电视的简单批评,电视在小说里承担的是"本体论的多重化(ontological pluralizer)"的功能。电视本身呈现了许多截然不同的世界,本身就是对本体论的多重世界的模拟,而电视世界又与小说的文本世界形成多重世界的关系。因此麦克黑尔认为,通过再现电视的本体论的多重性(ontological pluralism)以及对其所处世界的多重化效果,品钦模拟了后现代文化的多重性特点,电视承担了认知图绘的功能。③伊丽莎白·简·沃尔·海因兹的文章认为,品钦对大众媒体是赞同的,因为它提供了不同于传统的线性历史观的新途径。④

麦克黑尔和埃内斯特·马蒂耶认为,小说对待电影和电视的态度是有区别的,电影在小说里代表60年代的革命理想,而电影被

---

① Brian McHale, *Constructing Postmodernism*, New York: Routledge, 1992, p. 135.

② Joey Earl Horstman, "'Transcendence Through Saturation': Thomas Pynchon's Televisual Style in *Vineland*", *Christianity and Literature*, 19 (1998): 343.

③ Brian McHale, *Constructing Postmodernism*, New York: Routledge, 1992, pp. 126—141.

④ Elizabeth Jane Wall Hinds, "Visible Tracks: Historical Method and Thomas Pynchon's *Vineland*", *College Literature*, 19.1 (1992): 91—103.

电视取代则代表革命的失败和对理想的背叛。[①]肖恩·史密斯则与他们的观点不同,他认为无论是电影还是电视都属于大众视觉文化,而小说要反映的正是后现代美国社会在这种视觉文化中日益与现实隔绝的状况,它束缚了人的想象力,剥夺了人寻求不同的政治秩序和文化的能力,它既是对人感觉上的控制也是政治上的控制。《葡萄园》通过描述人物在这种文化创造的拟像世界里的浸染,来揭示60年代民主理想的衰落。[②]

不过,即便是认为品钦在这部小说里对大众媒体持批判态度的学者,也依然对这种批判的有效性存有质疑。乔伊·厄尔·奥尔茨曼认为,小说通过展示电视对人物生活的渗透似乎是批判了电视对人的控制,但是这种批判存在问题,小说对电视从内容到形式的全面模仿,导致其缺乏深度和严肃性。《葡萄园》的读者被置于电视观众的位置,小说通过模仿电视似乎是在有意经营"肤浅时间经验(shallow time experience)",而不是发掘发人深省的"深度

[①] Brian McHale, *Constructing Postmodernism*, New York: Routledge, 1992, pp. 121–122. Ernest Mathijs, "Reel to Real: Film History in Pynchon's *Vineland*", *Literature Film Quarterly*, 29.1 (2001): 62–70. 马蒂耶在其文章中分析了小说的三位女性人物萨莎·特拉沃斯(Sasha Traverse)、弗瑞尼茜·盖茨(Frenesi Gates)和普雷丽(Prairie)(她们是三代人,萨莎是弗瑞尼茜的母亲,普雷丽是弗瑞尼茜的女儿),她们分别代表了电影历史的三个阶段以及三种看待现实的方式:好莱坞的黑名单时期、60年代纪录片时期、电视时期。世界产业工人组织成员萨莎相信行动可以改变现实;纪录片小组成员弗瑞尼茜相信她可以用镜头抓住真相;普雷丽生活在电视的时代,电视结合了好莱坞电影娱乐与地下纪录片的特点,成为新的影响力巨大的媒体。但是电视往往扭曲真相,它不能启发人物的行动力和创造力,只让他们适应商品化和安于现状。

[②] Shawn Smith, *Pynchon and History: Metahistorical Rhetoric and Postmodern Narrative Form in the Novels of Thomas Pynchon*, New York: Routledge, 2005, pp. 97–137. 肖恩·史密斯的专著对《葡萄园》里的大众媒体的分析可以说是这方面研究中最出色的。其他评论往往会脱离文本谈论媒体本身,导致文本变成了对大众媒体的分析的注解。而史密斯的研究结合弗雷德里克·詹姆逊、特里·伊格尔顿、西奥多·阿多诺(Theodor Adorno)、居伊·德波(Guy Debord)及让·波德里亚(Jean Baudrillard)有关大众媒体和文化工业的理论,对文本做了细致深入的阐释。

时间经验(deep time experience)",这说明品钦赞同电视的肤浅世界而不是批判它。①而且,奥尔茨曼不同意麦克黑尔有关电视有助于本体论的多重世界的观点,他认为正相反:小说没能提供多种选择反而让可能性缩减。而品钦之所以这么做,可能是因为他对现实的绝望,对60年代理想的怀念,而如今已经没有其他的出路。②同样,德博拉·L.马德森认为,小说虽然揭示出电视对现实的意识形态建构,对文化陈规和类型化身份的传播,但是小说审视大众媒体的方式便是把自己也变成一个媒体产品,这种叙述形式使得小说对美国社会的批判显得问题重重。在她看来,这也许是因为在品钦眼里没有所谓中立的立场,这也是后现代式寓言的模糊性的特点,即究竟意义都是被预设好的,还是真的存在另一种选择?③马克·罗贝兹的文章以为《葡萄园》这部小说对大众媒体的态度有两种:既有反对也有迎合。虽然一方面小说强调了大众媒体在导致60年代走向拟像仿真时代的衰落中所起的作用,但是另一方面,小说对大众文化从结构到内容的应用,使得它的任何对电视媒体的评价都是从电视媒体的角度提出的,社会现实与媒体虚构的界线被打破,因此很难确定小说是否真的具有批判性。④

笔者认为,对《葡萄园》中大众媒体的探讨,不能仅仅将其视为单纯的形式风格问题。而且,以往的研究对这部小说在风格和叙述上究竟怎样模仿了大众媒体,其实也并未进行详细的探究。因

---

① Joey Earl Horstman, "'Transcendence Through Saturation': Thomas Pynchon's Televisual Style in *Vineland*", *Christianity and Literature*, 47.3 (1998): 342.
② Ibid., p. 347.
③ Deborah L. Madsen, *The Postmodernist Allegories of Thomas Pynchon*, London: Leisester University Press, 1991, pp. 130—133.
④ Mark Robberds, "The New Historicist Creepers of Vineland", *Critique*, 36.4 (1995): 237—248.

此，本章将引入伯纳德·施蒂格勒对外化的记忆的探讨以及玛丽-劳雷·瑞安的虚拟叙述概念，并结合这部小说涉及的美国20世纪60年代的历史政治背景，分析小说的空间化时间和大众媒体幻象空间，探讨小说对大众媒体的描写和小说主题意义的关系，以便达到对《葡萄园》更为全面和深入的理解。

第一节 空间化的时间：大众媒体的记忆政治

《葡萄园》同《V.》和《拍卖第49批》一样，采用了追寻（quest）的情节模式。小说通过普雷丽寻找母亲弗瑞尼茜来追溯60年代的学生运动。然而，在此追寻过去历史的过程中，过去与现在的关系呈现出空间性而非时间性的特点：事件之间并非有时间性先后而是空间性并列；小说里代表过去的幽灵空间类死人村和影像资料组成的媒体空间，与现在的世界形成空间上的并列；人物对时间的感受是空间性的，从现在到过去不是时间上的线性追溯，而是从现在的空间进入过去的空间，进入影像资料的媒体空间和类死人村的幽灵空间。西蒙·德·布尔西耶在布赖恩·麦克黑尔的本体论的多重性概念和分析哲学的可能世界（possible worlds）的基础上，把《葡萄园》的这一特点看作是空间化时间的多重性（a plurality of possible spatializations of time），且指出在整部小说里品钦都使用了多个副词连缀的句型，以创造出多层交义的时空结构。[①] 伊丽莎白·简·沃尔·海因兹认为，《葡萄园》所呈现的历史体现的是清

---

① Simon de Bourcier, *Pynchon and Relativity: Narrative Time in Thomas Pynchon's Later Novels*, New York: Continuum International Publishing Group, 2012, pp. 199—203.

教主义的历史观,它不遵循传统历史撰写所依据的因果论和目的论逻辑,而是一种去时序化(de-chronologized)的事件理解方式。[①]笔者认为,这部小说对时间的空间化处理并不单纯只是为了体现后现代社会的本体论的多重性特点,它对线性历史的挑战也并不是要传达清教主义的历史观。本节将结合伯纳德·施蒂格勒对记忆的外化(exteriorization of memory)的论述,分析小说的空间化时间,指出其深层原因是遗忘与大众媒体记忆技术工业对记忆的外化所导致的过去与现在的断裂,此空间化时间揭示了激进的自由主义政治理想被保守主义控制下的社会秩序吸纳并被抽去历史内涵,从而使人丧失了批判和质疑能力。

伊丽莎白·简·沃尔·海因兹认为品钦在这部小说里为了展现一种非线性的历史采用了无过渡的叙述策略(transitionless narrative),在一个故事进行到另一个故事之前没有背景性的说明,只是简单地把它们并置在一起。通过这种叙述手法,"品钦超越了电影叙述所需要的连接两个画面之间的空白,而达到了一种对事件的类型学的无缝隙的处理,使它们形成非前后相继而是共处同一时空的格局"[②]。海因兹所举的例子是普雷丽在电脑上查看母亲弗瑞尼茜的资料和照片,尽管普雷丽已经结束了在电脑上查看资料和照片的动作,但是对过去的讲述还在继续:

> 在电脑图书馆里,静止无声的一和零已散入其他数百万个一和零当中储存起来。可是,两个女人仍在一个清晰的空间中存在着,继续沿灯光昏暗的校园向前走。拍这张照片的

[①] Elizabeth Jane Wall Hinds, "Visible Tracks: Historical Method and Thomas Pynchon's *Vineland*", *College Literature*, 19.1 (1992): 91—103.

[②] Ibid., p. 99.

时候,她们已经做了一年的朋友……那个动荡的时代把各种各样的人吸引到伯克利这样的城市,因为这里能为他们提供采取行动的机会,DL 就是这样。那时候,她正在 101 公路上来回巡行,寻找女子摩托队作为恐吓目标……(*Vineland*,115)

其实,品钦经常在其小说中使用电影的叙述手法,如像歌舞剧那样插入歌曲或卡通人物的表演、重视对光影的描写。同样,《葡萄园》在此处使用的叙述手法是模仿电影叙述的闪回(flashback),即通过画面的淡入/淡出(fade)或叠化(dissolve),影像从现在切换到过去。海因兹所举的例子是由现在时间的电脑屏幕镜头淡入过去时间的 DL 驾驶摩托车行驶在公路上的镜头。

又如,普雷丽问起 DL 如何与武志(Takeshi)认识时:

"对了!通过拉尔夫·韦温,没错。我年复一年地幻想着,要报复布洛克·冯德,想杀掉他——他用各种手段夺去了我所爱的那些人的生命,我觉得他该杀。我变得失衡,我为复仇的事痛苦,我的判断力受损。"起初,还以为拉尔夫是追星族。他总是穿西装,夹在观众当中,这引起了她的注意。终于有一天,在尤金的一家咖啡店里,他向她走了过来。当时她正在沮丧地盯着一个摆有四只橡皮明虾的盘子,显然已经发了好一阵子呆了。明虾是从街上一家玩笑店急匆匆端来的,刚做好,上面勉强涂满了一层西红柿酱。她发觉拉尔夫凑近她的盘子,瞪着里面的东西:"那东西怎么吃啊?"……(*Vineland*,130)

这个部分也是第一个镜头画面呈现的,是现在时间里的 DL 在对普雷丽讲述过去的事情,接着以淡入的方式接入第二个镜头画面,呈现出 DL 所讲述的过去事件的场景,即 DL 与拉尔夫在咖啡店里相遇,远景镜头是拉尔夫走向 DL 用餐的桌子,中景镜头是两人的对话。

之所以小说会给人造成一种海因兹所说的事件非时间性先后而是空间性并列的效果,是因为电影的闪回会使"时间被切片和分层,它既是过去又是现在,而过去在现在的我们眼前被呈现为可见的。我们正在观看闪回,所以时间假定为过去。但是我们'明白'放映的影片本身处于现在(胶片/真实正在我们永恒的当下展开)。观影者被置于一个时间点上的双重位置"①。同样地,《葡萄园》的读者也是被当成了观影者。当然,小说毕竟属于文字叙事,不可能完全变为电影的视觉化叙事,因此还是留有文字叙事的痕迹,如时间性的提示语、场景描写和背景性说明(而非无背景性说明)等。不过,电影的闪回通常被标志为主观时刻,具有自白的性质,它是对记忆、历史以及终极的主观真实的一种电影化再现,如传记性闪回、黑色电影与心理情节剧中的闪回。②与此不同,《葡萄园》对电影叙事的这种借用,却制造出了绕开回忆主体的眼光叙述过去事件的效果,第三人称叙述者只需承担单纯的摄像机功能,不必提供现在时间里的主体对过去时间里的主体的经历做怎样的思考,怀抱怎样的情感等心理过程的信息,读者只读到简单的事件陈述。而且,如果在经典的摄像机式叙述里,摄像机只是一个比喻性的说法,那么在这部小说里就更具有真实意义。

---

① 苏珊·海沃德:《电影研究关键词》,邹赞、孙柏、李玥阳译,北京:北京大学出版社,2013 年,第 195 页。
② 同上书,第 194—204 页。

弗雷德里克·詹姆逊的文章《时间性的终结》及专著《后现代主义或晚期资本主义的文化逻辑》都讨论了现代主义对时间的关注与后现代主义对空间的强调问题,并指出现代主义对深度时间的挖掘与主体的内心领域的紧密联系。①作家托妮·莫里森在其散文《记忆的所在》中探讨了黑人作家自传中的一个问题,她发现这些黑人作家囿于当时的社会价值取向和文化偏好,经常避免在自传中过多地描述自身经历的痛苦阴暗面。而且,在这些自传里只有事件的平直陈述而不涉及内心世界(interior life)。莫里森说她写作就是为了要"撕开遮住不可言说的恐怖之事的幕布,道出内心的记忆"。在莫里森看来,记忆必须要关涉内心领域(interiority),它是区别事件与真理(fact and truth)的关键:"事件(fact)可以独立于人的智性存在,但是真理(truth)却不能。"②而《葡萄园》恰恰就是通过避开人物眼光取消了回忆的内在性,通过电影化叙述的策略制造了一种无深度的回忆的效果。小说之所以做这样的设计,是

---

① Fredric Jameson, "The End of Temporality", *Critical Inquiry*, 29.4 (2003): 695—718. Fredric Jameson, *Postmodernism, or the Cultural Logic of Late Capitalism*, Durham: Duke University Press, 1999. 詹姆逊认为,后现代主义取消了现代主义的时间主题以及时间统辖的内心领域。后现代主义面临的是时间性终结的状况,其特征就是存在性时间被缩减为一种绝对的"当下"(present),詹姆逊在《时间性的终结》里,以动作电影为例,分析了这种简化为当下和身体文化的问题。另外,在《后现代主义或晚期资本主义的文化逻辑》中,詹姆逊引入波德里亚的拟像概念及居伊·德波的景观社会的概念,指出后现代主义拟像文化的逻辑是以空间而非时间感知为基础的,其效果是一种历史性弱化的无深度感。詹姆逊对后现代主义的分析,主要针对的是大众媒体的流行文化。琳达·哈琴(Linda Hutcheon)曾反驳詹姆逊的观点,她不同意詹姆逊把后现代主义等同于后工业社会的思路。琳达·哈琴认为后现代主义的优点就在于它并不试图掩饰其与消费社会的联系,而是从新的批判角度和政治意图来对之进行探究,并公开承认文化产品与社会政治环境之间的不可割裂性。其实,哈琴主要是从后现代历史元小说的角度来讨论这个问题的,与詹姆逊的观点并不矛盾。

② Toni Morrison, "The Site of Memory", *Inventing the Truth: The Art and Craft of Memoir*, William Zinsser, ed. New York: Houghton Mifflin Company, 1995, pp. 83—102.

因为承担回忆内在性的主体在大众媒体的影响下患上了遗忘症，丧失了对事件经历的解释分析能力，回忆变成了外在于主体的异化了的存在，导致过去与现在不能达到由主体的内在性所建立的时间上的延续，而成为空间性并存所体现的过去与现在的断裂。

在冲浪学院的学生骚乱事件中被杀并成为类死人的韦德，因为脑海中被当年充斥于各处的埃拉斯摩医生的电视广告影像所占据，已经不能记起自己被杀前的重要经历："在韦德死后沉睡的记忆里，埃拉斯摩医生的影像蔓延开来，花花点点地跳跃着，仁慈地覆盖了某件事，那是他在人生倒数第二站冲浪学院度过的日子里的一个重要部分，但是那些面孔和遭遇他不怎么……能……"(Vineland, 226)。实际上，韦德曾经被要求到埃拉斯摩医生的诊所接受讯问，小说对这段情节的叙述采用的是已成为类死人的韦德的视角，由于韦德的记忆十分模糊，我们无法知道埃拉斯摩的诊所的具体面目、运作方式及它与FBI的关系。除了仅知道韦德需要填写一些奇怪的表格外，我们也无法知晓韦德究竟经历了怎样的治疗和审问才变得深受负疚感的折磨和情绪异常。韦德已经不能对事件做出清晰有条理的呈现，他本人的视角也不能承担起对事件的理解、解释功能，这段经历呈现给读者的只是一些支离破碎的片段。

小说里的类死人本是社会不公正的受害者，"未报应的打击，未解救的苦难"(Vineland, 173)使得他们不能进入死亡世界而变成幽灵，他们滞留在活人的世界里直到冤屈昭雪才会离开。斯基普·威尔曼的文章认为，《葡萄园》表达了两种幽灵观，其一是雅克·德里达的哀悼(mourning)、继承(inheritance)和正义(justice)的观念。根据德里达的幽灵观，霸权必然会招引幽灵即被压迫者的回归，而与幽灵接近是一种记忆的政治，寻找幽灵有伦理上的意义,是寻求正义的尝试。《葡萄园》里的类死人和因果理算生意正体现了这一观念。① 笔者将在第二节对因果理算生意做集中的探讨,此处先分析类死人村的问题。小说塑造类死人这样的群体确实传达了小说对社会问题的讽刺,如越战和房地产开发等问题。同时,我们也需要注意到类死人与哥特小说或恐怖电影中的幽灵的不同之处。哥特小说或恐怖电影借以传达对社会正义的诉求所塑造的幽灵形象通常十分恐怖骇人,并且对复仇和讨债有着不懈的执着与专注。然而在类死人村,我们看不到那种极端暴力骇人的景象,这里的冤魂不向活人讨债或复仇,相反,他们看电视、举行聚会,像现实社会里的活人一样在意穿着并为银行信用问题烦恼。类死人村也与普通的社区没有区别,甚至有开发商在这里建房屋:"自越南战争结束后,类死人村的人口急剧增长,所以在类死人村里总是有活干。在影溪上面进山几英里的地方建起了一个购物和居民建筑群。"(Vineland,320)总之,这里显示出的是遵循着社会常规的幽灵生活,幽灵空间是一个被纳入社会秩序的空间。而这并非是因为这些幽灵已经宽恕了那些罪行,与这个世界达成了和解,如果是这样的话,他们就可以摆脱幽灵状态,顺利地进入死亡的世界。他们遭受的不公从来没有得到解决。这些幽灵最突出的一个特点就是对电视的沉迷,他们在电视中寻求慰藉:"就如他们在其他领域所做的那样,他们仅关注那些有助于消除阻止他们进入死亡世界的情感的慰藉。"(Vineland,171)自然,他们并不能从电视中得到真正的解脱与内心的平静。可以推断,由于注意力被

---

① Skip Willman, "Specters of Marx in Thomas Pynchon's *Vineland*", *Crique*, 51.3 (2010):199—204. 另一种是齐泽克(Slavoj Žižek)的幽灵观,即幽灵是用以掩盖真正社会矛盾的幻想人物,作者的理解是,幽灵思想在《葡萄园》里体现为美国政府的冷战思维、阴谋论及对反抗群体的妖魔化。

分散,在大众媒体提供的安抚中,他们内心的愤怒、复仇的诉求、索要补偿和寻求执行公正的渴望变得不再强烈。

遗忘不仅是对过去经历的遗忘,还是对社会秩序质疑能力的遗忘。在小说里,政治在后现代社会的大众媒体时代已经越来越变成了形象的政治。媒体形象和视觉修辞以视觉感染力和吸引力欺骗大众,使他们对事实和虚幻不加分辨。影像制造的政治幻景操纵着大众的情感和对现实的认知。当DL与同伴开车行驶在通往关押弗瑞尼茜及其他学生的改造营(Political Re-Education Program)的秘密通道上时,他们看到树立在道路两旁的大奖牌,每个奖牌上都有一位国家英雄的头像,其中一位名叫维吉尔·普娄斯,他曾是一名间谍,因暗杀古巴总统卡斯特罗失败被杀。而改造营的行政大楼"建在长长的一段高台阶上,一排排的白柱子叫人想起国家象征的建筑和不朽的庙宇,旨在安抚人心,制止太多的疑问,利用隐藏在成千上百万受核恐怖折磨的难民心中所剩的全部爱国之心。这座楼并非是心血来潮之作而是要让人难以忘怀的精心设计"(Vineland,255)。改造营曾经是空军烟雾试验场,在肯尼迪执政期间因越战成为国家安全保护区,作为疏散城市居民的避难所。带有国家英雄头像的牌子和行政大楼,其视觉形象传达的是冷战的意识形态,为美国政府干涉第三世界国家的民族解放运动做正当性的辩护。以庙宇的形象作为行政大楼的建筑美学,既树立起不可冒犯、毋庸置疑的权威,其神圣庄严的形象又能唤起人们内心的崇高感和信任感。可以想象,在核恐怖阴影笼罩下的大众,在疏散避难途中看到国家英雄头像的牌子和威严耸立的行政大楼时,体会到的是安全感和爱国主义情感,从而认同冷战的政策和思维。总之,它们与冲浪学院里俯视校园的尼克松纪念碑,都是一种通过视觉修辞和影像的操纵来影响公众的心理和认知,都是为了达到意识形态灌输的目的。

影像的政治操控作用更是在弗瑞尼茜对穿制服的男性的迷恋上得到了最为集中的体现。对于弗瑞尼茜从学生运动分子转变成FBI的间谍这个问题，N. 凯瑟琳·海尔斯将之归因于代沟及对家庭生活的排斥。弗瑞尼茜变成告密者是为了激怒她的左派父母。她的产后抑郁表明她对母亲角色的不适应，这导致了她彻底脱离家庭，走上间谍的道路。[①]实际上，N. 凯瑟琳·海尔斯有关代沟的观点并不具有说服力。相反，小说一直强调的是弗瑞尼茜与母亲萨莎之间的紧密联系。无论是在弗瑞尼茜同意布洛克·冯德陷害韦德的计划时，弗瑞尼茜渴望回到与母亲无话不谈的时光；还是在弗瑞尼茜抛弃家庭成为间谍后，经常借执行任务的机会到父母的住所附近徘徊；还是在机场碰到员工罢工时，执意不越过纠察线。这些表明的都不是弗瑞尼茜对其左翼家庭的厌恶，而是怀念与认同。至于她对家庭生活的排斥，这需要与弗瑞尼茜对精神超越的追求这一问题相联系，由于本书并非对这方面问题的探讨，因此不再赘述，在此只分析弗瑞尼茜对穿制服男人的欲望在此过程中所起的作用。

莫莉·海特从女性主义批评的角度解读弗瑞尼茜的转变以及她的欲望特点。她认为做告密者是具有成为他者倾向的举动，也体现了女性在男性身份建构中的必要性。因此，弗瑞尼茜为了满

---

① N. Katherine Hayles, "'Who Was Saved?': Families, Snitches, and Recuperation in Pynchon's *Vineland*", *The Vineland Papers: Critical Takes on Pynchon's Novel*, Geoffrey Green, Donald J. Greiner and Larry McCaffrey, eds. Normal: Dalkey Archive Press, 1994, pp. 14–30.

足欲望必须让自己居于告密者的弱者位置。①笔者认为弗瑞尼茜对联邦检察官布洛克·冯德和其他穿制服的男性的迷恋,并不是为了要说明莫莉·海特所认为的性别身份问题,而是用性别关系的问题作为权力关系的隐喻。②弗瑞尼茜的欲望问题需要放置在小说对大众媒体的探讨这个前提下来分析,而不能孤立地看待,就如肖恩·史密斯所指出的,这其中涉及影像的作用。③穿制服的男性既代表了权威,又表明了权力的男权性质,然而小说的侧重点是以男性权威形象对女性的诱惑来隐喻形象政治对公众的操控。这里的女性与男性是用以代表控制与被控制的概念。

弗瑞尼茜其实清楚媒体形象与现实之间的偏差,从事电影业的父母在20世纪50年代好莱坞黑名单时期的经历就已使她体会到被电影所遮蔽的政治:"弗瑞尼茜从儿时起就受政治的熏陶,但后来她和父母一起在电视上看老电影的时候,第一次把遥远的形象跟她的真实生活联系在一起。(现在看来,)好像她把一切都误解了,她太过注意电影里面直白的情感和温和的冲突,而那些电影向来不屑于展示的其他东西,一些更为微妙的剧情,却在时刻上演着。这是她所受的政治教育中重要的一步。"(*Vineland*,81—82)然而媒体塑造的穿制服的男性形象的审美性魅力使她忘记了其背

---

① Molly Hite, "Feminist Theory and the Politics of *Vineland*", *The Vineland Papers*: *Critical Takes on Pynchon's Novel*, Geoffrey Green, Donald J. Greiner and Larry McCaffrey, eds. Normal: Dalkey Archive Press, 1994, pp. 135—153.

② 尽管莫莉·海特也指出,在布洛克·冯德想象通过性行为羞辱韦德以及他有关疯女人的噩梦这两个事例中,隐含着性别与权力(gender and power)的含义,而且它们也确实说明布洛克·冯德有着根深蒂固的白人男权观念。但是,由于莫莉·海特过于强调小说的侧重点是性别身份问题,才会得出布洛克·冯德的行动计划最后被撤销是因为他拒绝成为被支配的他者的错误结论。

③ Shawn Smith, *Pynchon and History*: *Metahistorical Rhetoric and Postmodern Narrative Form in the Novels of Thomas Pynchon*, New York: Routledge, 2005, p. 115.

后隐藏的权力的真实面目。在一段情节中,弗瑞尼茜打开电视观看警察剧并手淫,紧接着,两位帅气的全副武装的美国执法官出现在她家门前。事实上,两位警察送来了她的工作津贴,它表明的是弗瑞尼茜与权力之间的真实关系,即被利用、被操纵。布洛克·冯德善于经营自己的公众形象,他在媒体镜头前应付自如,小说还特别提到他的长相十分上镜。肖恩·史密斯指出,布洛克·冯德戴着时髦八角形眼镜框,梳着肯尼迪发型,这一形象刻意经营着自由主义政治和反传统文化的支持者形象。[①]而弗瑞尼茜被布洛克·冯德的魅力吸引,其代价是同伴的死亡和自己对学生运动的背叛。

以此再来看小说设置的年代。可以看出,小说呈现的形象政治也影射了20世纪80年代执政美国政府的里根总统。自电视诞生以来,总统的媒体形象日益成为重要的政治宣传工具,肯尼迪在竞选中打败尼克松,就是因为在双方辩论的首次电视直播中,肯尼迪的年轻形象得到了人们的青睐。曾是好莱坞演员的里根更是深谙扮演总统角色之道,"里根政府留给后来执政者的一项重要遗产便是表演、舞台技巧及媒体形象对执政的重要性"[②]。

除了人在形象政治的影响下丧失分辨事实的能力之外,大众媒体也通过对社会批判力量的吸收消解了其对立性。哈雷耶特修道会(the Harleyite order)[③]是小说里由一群叛逆青年组成的摩托党,他们以极端的行为和反主流的张扬的生活方式表达对体制和

[①] Shawn Smith, *Pynchon and History: Metahistorical Rhetoric and Postmodern Narrative Form in the Novels of Thomas Pynchon*, New York: Routledge, 2005. p. 114.

[②] Keith V. Erickson, "Presidential Rhetoric's Visual Turn: Performance Fragments and the Politics of Illusion", *Visual Rhetoric: A Reader in Communication and American Culture*, Lester C. Olson, Cara A. Finnegan and Diane S. Hope, eds. Los Angeles: SAGE Publications, Inc., 2008, pp. 357-374. 作者在这篇文章中讨论了美国总统在执政中所采取的公众形象建构策略。

[③] 此名字取自哈雷(Harley)摩托车。

权威的蔑视:"修女们①虽然追求的是违反道德的生活,但绝对纯洁(purity)。他们还像以前一样吸毒酗酒,进行象征性的(symbolic)或真正的暴力活动,性方面放纵得据说让格伦迪夫人皱眉,而且对各级当权者毫无保留地痛恨。"(Vineland,359)索伊德·威勒本寄希望于借助他们的帮助,为自己夺回被联邦调查局没收的房子,但是他们在参加了一场电视节目秀之后,忙于各种演出和商业活动,已经无暇去帮助他,并认为索伊德·威勒的事情已经不重要了。

小说里现在时间的20世纪80年代美国正处于电视业的黄金时期,文化工业成为美国的主要产业。到了90年代,"如果不是得益于大众文化工业,美国将会遭遇比80年代更严重的贸易赤字。福特汽车公司也许竞争不过德国和日本,但是麦当娜可以"②。在小说里,就连苏联船员阿列克谢都要求普雷丽带他去见喜爱的摇滚乐队,足见美国文化工业的巨大魅力。迷幻药、性和摇滚乐都曾是60年代反传统文化的拥护者所推崇的激烈经历,他们通过对解放感官、释放本能的追求,对抗中产阶级压抑保守的理性原则和道德规约。然而,哈雷耶特修道会的事例以及马乔·马斯③所说的已经变成娱乐工业产品的摇滚乐,却揭示出反体制一旦被大众媒体利用,变为可供消费的青春叛逆和张扬个性的时尚异端形象,不仅其政治含义被抽空,而且反体制者也变成了忙于经营叛逆形象的文化工业明星,忘记了反叛的真实意义。而实际上,从对他们的介绍中,就已流露出叙述者对这些叛逆青年的嘲讽,"纯洁""象征性的"和"毫无保留地",这些用词都暗讽了这个组织的自我标榜和虚

---

① 这个由男性组成的组织装扮成修女是因为税收问题。
② Randall Bennett Woods, *Quest for Identity: America Since 1945*, New York: Cambridge University Press, 2005, p. 477.
③ 在《拍卖第49批》里是女主人公俄狄帕的丈夫。

张声势。而且,以摩托车作为团体的核心价值观的载体,以摩托车崇拜作为与主流价值观对立的价值表述,这本身就是消费文化拜物教的变相体现。总之,任何对体制的反叛都被消解了,反体制反而需要不断地制造新的形象和花样,以满足市场的需求,异端成了资本包容力的证明。

由于这种遗忘症,《葡萄园》里的大部分人物丧失了对事件的理解分析能力,在大众媒体视觉文化的影响下,他们对自身经历的认识要么是如评论者们所注意到的以大众媒体话语为意义框架的理解方式,要么是电影画面式的肤浅处理。例如,寻找母亲的普雷丽用动画片里的小飞象来形容自己的无助。索伊德·威勒带着婴儿普雷丽逃往葡萄园市,他想到离开他们的弗瑞尼茜:"但他心里清楚,他抱着褓褓中的婴儿逃走时,心里的想法和所有痛苦的电视迷一样:完了,都结束了,该看广告和下集预告了……"(*Vineland*,42)总之,人物对事物的感知和理解总是以大众媒体为指导,经验丧失了其意义的丰富性,因为与大众文化固定类型相认同而变得简单化。

当普雷丽与DL、武志离开女忍者隐修院时,普雷丽想起自己在这里的经历:"它已是老录影带了"(*Vineland*,190)。DL为了躲避拉尔夫·韦温离开所生活的城市及熟悉的一切:"在梦中以灰重的色彩重现"(*Vineland*,133)。这种对过去的图像化和视觉化,意味着印象式而非思辨式的理解模式。索伊德·威勒想起与弗瑞尼茜的婚礼场面,他将弗瑞尼茜的脸定格:"她抬起头注视他,目光从帽边下擦过来。他想着:至少要记住现在,把它珍藏在忘不掉的地方,记住这阳光下她的脸庞——对,她如此安静的眼睛,她嘴巴欲张未张的模样……"(*Vineland*,39)在这个美好的定格画面背后是弗瑞尼茜抛弃索伊德·威勒和女儿普雷丽的痛苦事实,但是过去经过这样的电影剪辑后，人可以无须面对真相。同时，这种视觉化的回忆造成一种仿佛记忆并不属于回忆者的效果，弗瑞尼茜把与布洛克·冯德合谋陷害韦德的经历看成是一场电影："弗瑞尼茜明白她在生活中迈出了无法逆转的一步，走到了另一边。现在，她就像吸了不大熟悉的毒品，如幽灵般跟随着自己，看电影一样旁观着自己的一切。既然这一步无法再回头，那她现在就该心安理得，在另一个相邻的世界里安然无恙地生活，懂得如何进入那个世界的人可不多，所以她可以从那儿轻轻松松地观看正在开演的戏。"（*Vineland*, 237）弗瑞尼茜把经历视作电影，这么做意味着主体自身是观看荧幕影像的观众，过去不再是自己曾经参与其中的经历，这种对记忆的客体化可以使她不必对过去承担责任，经历成为一种外在于主体的异化了的存在。

《葡萄园》通过电影化叙述以及对人物在大众媒体影响下遗忘状态的展现，揭示出记忆和经历不为主体掌控的问题，这就是为何小说会给评论者造成缺乏深度的印象。评论者们所认为的《葡萄园》的缺乏深度，比如奥尔茨曼所说的肤浅时间经验，其实仅是单纯从对大众文化肤浅性的惯常看法中所得出的结论。

这种无主体的记忆更是在记忆工业技术（mnemotechnology）对记忆外化的境况下进一步加剧。由米切尔和哈森编辑的《媒体研究批评术语》于 2010 年出版，其中收录了伯纳德·施蒂格勒的文章《记忆》[①]，这篇文章讨论了记忆工业技术。自古以来，人类就一直借助外部的记忆承载物（memory-bearing object），如石刻、壁画、遗物、书籍等，来记录历史、储存过去。柏拉图曾称这种外化的记

---

① Bernard Stiegler, "Memory", *Critical Terms for Media Studies*, W. J. T. Mitchell and Mark B. N. Hansen, eds. Chicago: The University of Chicago Press, 2010, pp. 64—87.

忆为记忆减退(hypomnesis)。随着现代科技的发展,记忆支持(memory support)和记忆存储(memory storage)成为记忆工业技术,即对记忆进行系统性的组织的技术。伯纳德·施蒂格勒认为,这种规模化的组织记忆的技术能导致记忆的丧失。当人们把认知的功能交给了外部的记忆技术设备后,人们也就将越来越多的知识代理给了这些技术装置及文化工业,由此,知识就变得可被控制、被程序化、被模式化以及被销毁。这种记忆的外化使得记忆问题成为一个政治性的问题,因为记忆已变成了社会控制的对象。外化的记忆促进的是阿多诺和霍克海姆批判的文化工业,以及德勒兹论述的控制型社会,它们都将人无产阶级化,把人变成仅仅是消费者,被动地接受统一包装的标准化了的商品和媒体信息。

普雷丽踏上寻母的历程,但是她却没有去寻找实体的人,而是观看有关弗瑞尼茜的电脑资料以及24fps拍摄的电影等。帕特里夏·A.贝格也认为《葡萄园》里的人物依赖外在的影像资料来代替回忆的功能,个体的回忆已经不起作用,这说明品钦想以此揭示建立在电子幻景基础上的生活的空洞性和虚假性。① 但是小说以这种方式追寻历史,并非是由于帕特里夏·A.贝格所说的是普雷丽自觉的选择。② 普雷丽的眼光在整部小说中甚至都不是中心意识,对情节不承担构建性和组织性的作用。因此,小说所要关注的焦点也不是贝格所说的展现普雷丽如何编织出母亲的形象的

---

① Patricia A. Bergh, "(De)constructing the Image: Thomas Pynchon's Postmodern Woman", *The Vineland Papers: Critical Takes on Pynchon's Novel*, Geoffrey Green, Donald J. Greiner and Larry McCaffrey, eds. Normal: Dalkey Archive Press, 1994, pp. 2—3.
② Patricia A. Bergh, "(De)constructing the Image: Thomas Pynchon's Postmodern Woman", *The Vineland Papers: Critical Takes on Pynchon's Novel*, Geoffrey Green, Donald J. Greiner and Larry McCaffrey, eds. Normal: Dalkey Archive Press, 1994, p. 6. 贝格认为普雷丽选择由电脑、电影和照片组成的影像碎片,是因为她鄙视传统的寻找实体人的模式。

过程。

《葡萄园》里人物对外在影像资料的依赖,反映的是施蒂格勒所论述的记忆的外化的问题。正是由于记忆从主体移至外在的记忆存储设备,才会形成小说里过去与现在的空间性并列的现象。成为 FBI 告密者的弗瑞尼茜和福兰士(Flash)的档案从电脑中被删除,虽然其直接原因是里根政府施行的削减开支政策,但是他们之所以不是被解雇,而是档案被删除,是因为他们在 FBI 里本就没有被认可的公开身份。曾是盗窃犯的福兰士以及其他同为告密者的人,都是因为有案底(谋杀、伪造支票等)抓在 FBI 的手里而被控制和利用,尽管小说没有对他们的工作做具体的展现,但是从缉毒探员海格特对这种地下生活的描述:"很冷,冷得你根本不想去了解……"(*Vineland*, 31);以及叙述者对弗瑞尼茜的一段心理活动的叙述:"他们一味纠缠在一系列小小的诱捕活动中,无穷无尽,日趋肮脏,规模日微,回报日减。那些猎获目标跟设圈套的人相比,弱小得简直不堪一击。所以,在国家利益的幌子下面,肯定还隐藏着对付他们的真正动机,只不过不那么显山露水"(*Vineland*, 72),可以知道他们所做事情的肮脏性质,以及他们的身份的低贱和被无情利用的境况。在官方的眼里,这些人只是"装饰的一部分,跟所有他管和管他的人都只是垂直表墙上的怪兽滴水饰而已"(*Vineland*, 73)。他们被命令去干这些肮脏的勾当,因为他们被认为是肮脏的人,不值得尊重也不配有体面,被利用完之后就可以被抛弃。解雇意味着正式的身份,其执行也有一套正式的程序,如正式通知、薪水结算等。而这些没有身份的告密者,只需要删除他们的档案,冻结其津贴支票的兑现即可。删除档案表明 FBI 对他们的存在及牵涉的秘密进行掩盖和否认的意图。一旦资料销毁,这段历史在法律的意义上就查无对证,成为无法寻回的过去。

过去的记忆不仅被销毁，历史和记忆也被按照官方的意识形态重新阐释和界定。电影导演希德·里弗塔弗和厄尔尼·特里格曼迫于压力与缉毒探员海格特达成一项电影拍摄交易，计划拍摄一部反映20世纪60年代生活的怀旧电影。尽管海格特说影片内容将包括"政治斗争、毒品、性、摇滚乐"(Vineland, 51)，可以肯定影片并非是对这些问题的深入探讨，而仅是为了迎合市场预测的"怀旧浪潮"(Vineland, 51)。而且正如弗雷德里克·詹姆逊所论述的，怀旧电影并非是对历史内涵和社会现实的重现，而是风尚潮流的肤浅模仿①，怀旧反而是历史性的消退。自70年代后保守主义在美国占据优势，保守主义势力利用"沉默的大多数"在经历60年代的动荡之后对秩序的渴望，宣扬一系列的传统道德准则，反对女权运动、同性恋及黑人民权运动。海格特宣称这部电影要表达的主题是："不论是那个时候还是现在，对美国真正造成威胁的，都是非法滥用毒品"(Vineland, 51)。电影的内容很应景，正赶上大陪审团调查好莱坞毒品问题，因此大受欢迎。希德·里弗塔弗和厄尔尼·特里格曼成了名人，还在里根的竞选演讲中被提及，这都表明好莱坞在官方意识形态宣传中的参与。

以赛亚·二·四打算建暴力公园，为人们提供模拟实战游戏服务，其中的一项游戏主题名为第三世界历险："搞一个热带丛林障碍训练场，可以抓着摆绳荡过去、跳到水里对着当地游击队员模样的靶子一通扫射……"(Vineland, 19)肖恩·史密斯指出此实战游戏可能指涉的是20世纪80年代西尔维斯特·史泰龙(Sylvester Stallone)主演的《第一滴血》系列电影。第二次世界大战后，美国

---

① Fredric Jameson, *Postmodernism, or The Cultural Logic of Late Capitalism*, Durham: Duke University Press, 1999, p. 19.

从维护政治自由与右翼法西斯作战,转向为维护自由市场资本主义而抵制苏联和干涉拉丁美洲和东南亚国家的民族解放运动。但70年代后期到80年代,第三世界国家如菲律宾、伊朗、南非、阿根廷和智利等,要么在进行解放运动,要么是美国扶植的军人政权被推翻。同时,一些原本被视为安全的殖民地国家也因为革命变成了社会主义国家。美国感到其军事帝国的地位正在受到威胁,而这些与1979—1980年发生的伊朗人质危机一起激起了美国的军国主义情绪,并为保守主义势力实行军备扩充政策获得了支持。里根上台后进行了一系列扩充军备、增加军备开支的举措,并于1983年提出被称为"星球大战"的主动战略防御计划(Strategic Defense Initiative proposal)。保守主义认为,新军国主义(new militarism)可以使美国重建民族自信,走出越战伤痛,而在这一时期所拍摄的战争影片如《猎鹿人》《现代启示录》《第一滴血》等,都反映了保守主义的主张。《第一滴血》的男主人公兰博的照片被大量刊登在杂志和报纸上,扮演者史泰龙还在白宫受到里根的接见。在这些战争片里,代表国家荣誉的战士的力量和勇气都得到了考验,美国战士被塑造为捍卫自由理想、解放被压迫人民的英雄。而对其他国家的人物角色则采用非人化或脸谱化的处理方式,以此来为他们实施的暴力进行辩护。① 可以推断,以赛亚·二·四的生意方案是在对当时社会潮流和消费者需求的充分了解的基础上构想出的。

---

① 有关美国20世纪80年代的战争电影的论述可参看 Michael Ryan and Douglas Kellner, "Vietnam and the New Militarism", *Hollywood and War*, *The Film Reader*, J. David Slocum, ed. New York: Routledge, 2006, pp. 239—255; Ernest Giglio, *Here's Looking at You: Hollywood, Film and Politics*, New York: Peter Lang, 2010, pp. 193—210; 徐海龙,《好莱坞电影的意识形态与文化(1967—1983)》,北京:首都师范大学出版社,2013年。

以赛亚·二·四的名字①是他的爱好和平的嬉皮士父母所取,其和平含义与他所策划的暴力游戏的反差,不仅是一种讽刺,也折射出20世纪60年代到80年代美国政治气候的变化以及60年代理想的衰落。

嬉皮士兼摇滚乐手索伊德·威勒因受到检察官布洛克·冯德的威胁,而被迫进行一年一度的媒体公开跳窗表演,并且可以领到一张精神残疾补贴支票。这一事件一方面如国内学者王建平在其文章中所说的是里根时代对20世纪60年代所做的扭曲的历史再现②;另一方面也揭示出对秩序与权力的反抗经过媒体的话语控制后已经被剥夺了其威胁力,被无害化了。对于观看电视新闻的观众来说,看到的只是一场一年一度的滑稽闹剧,无法获悉事实的真相。作为表演者的索伊德·威勒对整个事件并没有掌控的权力,疯狂表演的整个过程都被媒体所控制,包括跳窗的时间、地点、道具、拍摄、警察与医护人员的安排、表演的播出和报道等。跳窗表演的时间和地点并非索伊德·威勒所计划的酒吧而是指定好的;直到索伊德·威勒表演完毕之后才发现窗户玻璃被更换为了糖制的玻璃;报道时对事件的叙述将之定性为"当地最佳笑料得主病人索伊德·威勒"(*Vineland*,14),主持人以轻松娱乐的方式播报这条新闻,之后播放慢镜头与往年的表演镜头对比,并有物理学教授、心理医生及田径教练进行分析。三位专家对事件的分析,也就是对事件的性质进行了框定,这个事件仅是表演者的生理和心理

---

① 此名字暗指《旧约·以赛亚书》第二章第四节的句子:"他必在列国中施行审判,为许多国民断定是非。他们要将刀打成犁头,把枪打成镰刀;这国不举刀攻击那国,他们也不再学习战事。"
② 王建平:《〈葡萄园〉:后现代社会的媒体政治与权力谱系》,《外国文学评论》2009年第3期,第71页。

问题,而不是政治问题。索伊德·威勒只是这个被设计好的过程里嵌入的一个环节而已,他和他的行为被媒体话语规范、界定和阐释。怪诞行为只是打破某处的玻璃,对社会秩序并不构成真正的威胁,安排警察在场也说明事态发展随时都可被控制在允许的范围之内,跳窗提供的娱乐与欢笑反而衬托了社会的包容度与开明度。

回忆内在性的丧失、记忆和认知被记忆存储技术代理,这样一来,过去与现在之间不再有现代主义意识流小说中记忆的自发性和不受阻而产生的流动性。以此再来看《葡萄园》里人物对时间的空间性感受,如 DL 对因果理算生意的看法:"从低级嘈杂的今日海岸阴郁地向时间内陆伸流的千千万万条血腥的小溪"(*Vineland*,180);武志对因果理算的描述:"一头扎进去!扎进到时间的废物坑里去!"(*Vineland*,173);普雷丽看电脑资料时感到自己进入了另外一个空间里:"普雷丽进入里面,在这座鬼气森森的房子里,受母亲那白色轮廓窃窃私语的鬼魂指引,走进一个又一个房间,找了一份又一份资料。"(*Vineland*,114);以及韦德梦到自己乘坐火车,"平躺在一张冰床上,两个同伴照看着我,一直在尽力找当地愿为我进行验尸的验尸官,一站接一站地找……出门在外坐火车走了太多年,我们驶入的每个辖区,都提前得到清楚的通知,每一次都有持武器戴帽子的人站在月台上,挥手让我们继续走。他们是想发誓没看到我们……"(*Vineland*,365)它们并不仅仅是对时间的形象化的比喻说法,或是说明大众媒体对虚拟世界和真实世界界限的混淆。它们与类死人村形成呼应,都是小说通过将时间空间化,以空间的静止性和凝固性取消时间的绵延性和流动性,来揭示过去被遗忘、被监控的状况。

第二节　批评距离的消失：大众媒体幻象空间里的超级英雄与大众媒介景观

在上一节中，我们分析了《葡萄园》如何通过空间化的时间揭示自由主义政治理想的衰落。本节将从大众媒体幻想空间的角度分析小说的两个重要人物——女忍者 DL 和因果理算师武志，以及围绕他们展开的第二条情节线，以说明他们如何进一步揭示了大众媒体浸染的后现代美国社会批评距离的消失，同时也证明小说对大众媒体的模仿并未削弱其批判性。

DL 和武志既是普雷丽寻母历程中的保护者，也是带她进入过去空间的引导者。小说还将 DL 与 24fps 小组成员弗瑞尼茜设置为彼此双生的关系：作为好友的两人在成长经历和面对人生遭际的抉择中形成对照的关系，尤其是 DL 在日本东京暗杀布洛克·冯德并误伤武志的事件，重复了弗瑞尼茜参与布洛克·冯德的计划陷害韦德的事件。此外，DL 和武志之后开办的因果理算生意相对于小说里过去与现在的断裂状况，隐含着重建时间延续性的努力。而且，他们的故事所包含的因果观相当于是为小说提供了一个伦理道德批评框架。总之，这部小说似乎通过塑造这两个人物为其碎片化的情节赋予了秩序感和意义，而以往评论也是这么理解的。例如，苏珊·施特雷勒针对认为小说缺乏清晰结构和连贯性的批评，提出小说实际上通过在人物和情节事件上的平行对照设计获得了连贯性，其中最主要的弗瑞尼茜和 DL 的故事的平行对应几乎贯穿于整部小说，两人的故事所体现的如何勇敢面对自身行为后果的问题,突显出品钦对个人选择和责任感的关注。① 斯基普·威尔曼把因果理算看作是传达了小说哀悼和正义的主题。约翰·A.麦克卢尔认为《葡萄园》通过采用多样文化元素如佛教、武术等表达一种多重世界观(idea of pluralistic cosmos),这些文化元素为我们提供了多样化的生活方式、价值观,以及社会和思想革新的资源。② 戴维·科沃特则认为因果理算是艺术的隐喻③,品钦从未完全脱离现代主义的神话思维,《葡萄园》对神话的引用为小说创造了时间上的深度。④

  以上这些研究的论述其实隐含了一个前提,即把 DL 和武志看作是小说的现实世界里的人物。然而我们需要注意到的是,与其时间的空间化相对应,《葡萄园》这部小说故事世界的建构包含了多重世界,既包括人物生活的现实世界也包括大众媒体构成的虚拟世界,还包括属于现在时间的世界和属于过去时间的世界,小说的张力正来自这多重世界之间亦真亦幻的关联。而 DL 和武志这两个人物的塑造跟小说要审视的大众媒体世界密切相关。因此,我们需要从大众媒体的幻想空间的角度来审视他们,这样他们在小说里的意义和功能才能得到正确的理解。

  首先,仔细观察可以发现的是,小说塑造的女忍者 DL 的形象

---

① Susan Strehle, "Pynchon's Elaborate Game of Doubles in *Vineland*", *The Vineland Papers: Critical Takes on Pynchon's Novel*, Geoffrey Green, Donald J. Greiner and Larry McCaffrey, eds. Normal: Dalkey Archive Press, 1994, pp. 101-118.

② John A. McClure, *Partial Faiths: Postsecular Fiction in the Age of Pynchon and Morrison*, London: University of Georgia Press, 2007, pp. 48-59.

③ David Cowart, *Thomas Pynchon and the Dark Passages of History*, London: University of Georgia Press, 2011, p. 101.

④ David Cowart, "Attenuated Postmodernism: Pynchon's *Vineland*", *The Vineland Papers: Critical Takes on Pynchon's Novel*, Geoffrey Green, Donald J. Greiner and Larry McCaffrey, eds. Normal: Dalkey Archive Press, 1994, p. 8.

明显地模仿了好莱坞科幻电影里的超级英雄,其超凡的忍术技艺达到了神奇的程度,如隐身术、催眠术和在人不知不觉中即可致命的震颤掌。同样,因果理算师武志则像是现代世界里的魔法师,他的因果理算术以及他与 DL 跟类死人的联系,更像是存在于超自然世界中。而事实上,他们在小说的现实世界中的出场就带有奇幻的特征:普雷丽与 DL 相遇时是在镜子中看到的她;索伊德·威勒与武志相遇是在喀鼠拿航空公司的飞机上,当时发生了神秘的隐身飞行物入侵的事件,它就像是 UFO 事件,而这条飞往夏威夷的航线也非常不可思议,例如它的航班时间表无法预知,抵达目的地的乘客名单常与出发时的名单不符等。总之,他们出现在小说的现实世界里,就像是大众媒体幻想空间里的人物穿越到了现实空间里。因此布赖恩·麦克黑尔所说的这部小说里大众媒体所导致的本体论的不稳定和世界边界的互相渗透(destablized ontology and the permeability of world boundaries)的效果①,并非只是因为人物在大众媒体影像充斥的世界中分不清真实与虚幻。

那么《葡萄园》这部小说做这样的设计,是否就说明如前述质疑作品的那部分学者所说的,对大众媒体的模仿削弱了其批判性?②其实,这部分研究所隐含的观点同本节前述梳理的那部分研究一样,尽管它们认为 DL 和武志的塑造是对大众媒体的模仿,但它们仍然是把 DL 和武志看成是小说现实世界里的人物。玛丽-劳雷·瑞安在其文章与专著中曾论述过后现代小说中的虚拟叙述

---

① Brian McHale, *Constructing Postmodernism*, New York: Routledge, 1992, pp. 118—125.
② 其中德博拉·L. 马德森也曾指出 DL 和武志带有电视风格的超级英雄(TV-style superheroes)的性质,见 Deborah L. Madsen, *The Postmodernist Allegories of Thomas Pynchon*, London: Leisester University Press, 1991, p. 132。

(virtual narration)①。她认为,通常意义上的真实叙述(real narration)强调浸入式(immersion)的文本理解模式,即读者把文本作为模仿和通向一个世界的窗口来理解,这包括想象性地进入小说世界、对事件的信以为真和感情带入。与此不同,虚拟叙述是以间接的方式,通过文本真实世界(the textual actual world)②里的反射物体来描述事件或状态,充当反射物体功能的可以是镜子、文本、照片、电影,或电视节目。虚拟叙述在文本的真实世界里插入了一个虚拟世界。③瑞安在一篇文章中分别以威廉·吉布森

---

① Marie-Laure Ryan,"Allegories of Immersion: Virtual Narration in Postmodern Fiction", *Style*, 29.2 (1995): 262—287; Marie-Laure Ryan, *Narrative as Virtual Reality: Immersion and Interactivity in Literature and Electronic Media*, Baltimore and London: The Johns Hopkins University Press, 2001.

② 文本的真实世界(textual actual world)的概念来自瑞安对可能世界(possible worlds)的概念应用在文学理论中的讨论。从20世纪70年代中期开始,戴维·刘易斯(David Lewis)、托马斯·帕维尔(Thomas Pavel)、卢博米尔·多勒泽尔(Lubomir Dolezel)、安伯托·艾柯(Umberto Eco)、玛丽-劳雷·瑞安等学者受到分析哲学中的"可能世界"这个概念的启发,将之引入对小说世界的真理性问题的探讨中。他们认为,小说创造的世界具有独立于真实世界的本体论地位,读者要沉浸其中就需要调整他们的认知方式。瑞安和其他认知叙事学学者戴维·赫尔曼(David Herman)等人从认知角度进一步提出了"故事世界"的概念,它指"大脑对被叙事以明确或隐含的方式唤起的世界的再现,无论这一叙事是用印刷文本的形式,还是其他的形式,如电影、漫画小说、手语、日常对话,甚或是光想象但并没有成为有形的艺术品的传说故事"(Herman, 106)。可见,故事世界这个概念主要是从读者反应和现象学的角度,说明读者在阅读中把作品当作创造的一个世界来理解。详细参见 David Herman, *Basic Elements of Narrative*, Chichester: Wiley-Blackwell, 2009; Marie-Laure Ryan, "From Parallel Universes to Possible Worlds: Ontological Pluralism in Physics, Narratology, and Narrative", *Poetics Today*, 27.4(2006): 633—674; Marie-Laure Ryan, *Possible Worlds, Artificial Intelligence, and Narrative Theory*, Bloomington and Indianapolis: Indiana University Press, 1991; Marie-Laure Ryan and Jan-Noël Thon, eds. *Storyworlds Across Media: Toward a Media-Conscious Narratology*, Lincoln: University of Nebraska Press, 2014。对于可能世界相关研究的梳理,可参看玛丽-劳雷·瑞安为叙事学网站 The Living Handbook of Narratology 编写的词条"Possible Worlds"(http://www.lhn.uni-hamburg.de/node/54.html)。

③ 瑞安还认为虚拟叙述把一个具有更高层的现实的世界移入了一个较低层现实的世界。但笔者认为这种高级、低级的区分并不恰当,这里其实涉及的仅是布赖恩·麦克黑尔所说的不同的本体论层的问题,并无等级高低的差别。

(William Gibson)的《虚拟之光》(*Virtual Light*)、阿兰·罗布-格里耶(Alain Robbe-Grillet)的《在迷宫中》(*In the Labyrinth*)、博尔赫斯(Jorge Luis Borges)的短篇小说《交叉小径的花园》("The Garden of Forking Paths")等作品为例,分析了虚拟叙述的不同情况。瑞安还指出,虚拟叙述的一个功能就是自我指涉,即提示它所描述的镜中世界、屏幕中的世界和文本中的世界的虚构性质,它们与包含它们的文本的真实世界构成本体论的多重性。①

虽然如布赖恩·麦克黑尔和其他学者所说,在《葡萄园》中我们会看到大众媒体所构成的虚幻世界与现实世界的对比,而且时常出现像患有电视瘾的海格特把媒体幻景当真实,或普雷丽在长时间观看有关母亲的影像资料后分不清现实与虚幻的情况。但是,因为这部小说在呈现文本中的媒体世界时使用了虚拟叙述,所以研究者们并不质疑小说以此对大众媒体的问题所做的批评。由于虚拟叙述的存在,即便人物会混淆媒体世界和真实世界,读者仍然可以区分出由虚拟叙述所建立起来的本体论多重世界的界限。然而,《葡萄园》与瑞安所举例的后现代小说的不同之处就在于,DL和武志虽然在小说文本的真实世界里属于非真实性的人物,但是小说并没有使用虚拟叙述来为他们界定出不同的本体论层,这就使得读者会把他们与其他人物当作是处于同一个本体论层来看待,这也是为何研究者们质疑作品批判性的缘故。

这部小说之所以做这种模糊性的处理,是因为小说要呈现出后现代美国社会已经整个地被景观化,已经变成如居伊·德波所

---

① 这里我们能够看到瑞安的理论对麦克黑尔理论的吸收,只不过瑞安认为麦克黑尔没能解释作品里的本体论多重世界的界限是如何被打破和突显出来的,而她认为是通过运用虚拟叙述的策略。

论述的景观社会(society of the spectacle)①。也就是说,形象文化、视觉文化已经不再局限于一些结构化、正式化的观看设置中(如电影院),而是遍及日常生活空间,大众媒体只是它的一个最具代表性的方面。而景观(spectacle)使得真实与虚幻、真实与非真实之间的界限变得模糊甚至颠倒。我们会发现,这部小说里与 DL 和武志的故事相关的场景几乎都带有景观社会幻想空间的性质。喀扈拿航空公司的每一架客机的内部都被改造成了夏威夷风格的餐厅,里面挂满夏威夷的植物,并有一个迷你瀑布,乘客座位更换成了夜总会的桌椅,飞机上播放着夏威夷主题的电影和夏威夷音乐。这些布置自然不是要呈现夏威夷的真实风貌,而只是满足游客对这个地方的幻想,即娱乐、美食和风光,它们共同构成了旅游的空间。普雷丽巧遇 DL 是在意大利黑帮头目拉尔夫·韦温的宅邸所举行的婚礼上,这一场景会让读者想起好莱坞黑帮电影《教父》里的婚礼场景。DL 所在的女忍者静修院是小说里一个类似于乌托邦的所在。静修院坐落于远离喧嚣的山林悬崖上,来寻访的人都要经过一段从下到上的曲折路程。这个地理位置的设定显然暗含着超脱于世俗生活之上的意思。叙述者在描述 DL 与武志离开静修院时,用了一系列的位置变化副词:"开车离开静修院,离开在冷杉林

---

① 居伊·德波指出,景观社会是形象(image)的社会,景观社会生产的是外观(appearance)。他从人类社会生产力发展历史的角度分析景观社会的形成,景观社会是经济统治社会生活以来产生出的第三个新形态:存在(being)、拥有(having)、形象(appearing)。外观拜物教(the fetishist appearance)同商品拜物教一样掩盖了人的社会关系和阶级关系。景观社会是分离(separation)和权力的专门化(specialization of power)进一步加剧的结果。分离指劳动者在生产过程中的异化——劳动者与自己所生产的产品相分离。而这种异化导致人们对世界总体性认识的丧失。在景观社会里,异化的严重性体现为景观取代了人的真实欲望。当商品完全统治了社会生活时,景观社会形成,景观是商品拜物教的最终体现,有形的世界被供人选择的形象取代。详细参见 Guy Debord, *Society of the Spectacle*, unauthorized, a Black & Red translation, Detroit: Black & Red, 1970。

上方的那座山岭,带着DL,沿着车辙留下的泥槽从海边云朵的上方的山岭,回到乡间公路上,回到干线上,回到州际高速公路的入口……"(Vineland,166)这个从上向下的运动对应着DL离开她向往的超脱凡俗的境界并卷入尘世纷争的过程。小说里也提到静修院与俗世不可避免的联系,它也做生意,如开设"初级忍术周末班"、为东方文化的崇拜者提供幻想马拉松等,还有财经顾问和律师。①尽管如此,静修院在小说里的乌托邦空间性质仍然是其主要特征。静修院的院长罗切莉收留DL、治好了武志的致命伤、为普雷丽提供避难所和她母亲的资料、讲寓言式的教诲,仿佛一切问题都可以在此得到解决。

　　DL在日本东京从井白师傅那里学会了忍术,成长为出色的女忍者,之后又在日本东京暗杀布洛克·冯德时巧遇武志。但是,日本在小说里从来不是现实意义上的存在,而是一个充满东方异国情调的地方。武志出场的场景与日本科幻电影《哥斯拉》极其相似,他正在调查一起联合企业的科研楼群被巨型怪兽摧毁的事件,他的导师羽祖米经营着奇怪的"人寿及非人寿"保险公司,这起案件就是羽祖米交给他的。神奇的忍术、教导了超级英雄的神秘的东方师傅、奇异的因果理算师职业、《哥斯拉》,所有这些元素更像是西方对一个东方国家的异域色彩式的拼凑,以及对东方文化的幻想。而DL进行暗杀计划的春之院妓院的幻想空间的性质不言而喻:妓女们的装扮(如在拍卖夜穿的女学生校服)、室内的灯

---

① 塞缪尔·托马斯在论著中对女忍者静修院的分析也注意到了这一点,并认为这表明品钦对60年代反文化的批评——反文化人士"在里根的80年代为分得一杯羹出卖了自己"(144)。但尽管存在这些问题,作者认为这并不表明静修院对其理想的背叛,生意的收入得以使它有成为一个反叛的政治社群的稳固基础。参见Samuel Thomas, *Pynchon and the Political*, New York: Routledge, 2007, pp. 131—150。

光——"拍卖房间里有它自己的颜色,一帮干第二职业的灯光师傅把浅橙色和粉红色的灯光,打在姑娘们和她们那抓人眼球的服装上"(*Vineland*,136),这些都是妓院满足顾客制造幻想的手段。福柯就把妓院视作差异空间,他认为它创造的幻想空间反而使得真实空间变得虚幻。①

这些幻想空间就像是为超级英雄的行动搭建的电影布景,使得有关他们的每个故事片段都带上了虚幻的色彩,它们所起的作用就相当于虚拟叙述,读者在阅读它们时仿佛是在阅读文本中的电影,它们是这部小说的故事空间里的电影空间。布赖恩·麦克黑尔和乔伊·厄尔·奥尔茨曼都曾指出《葡萄园》的故事片段像电视或电影,但是这并非是小说对大众媒体的简单模仿,而是如波德里亚在其《美国》一书中所论述的,美国作为拟像社会,走出电影院,整个国家都像是电影,美国的生活方式呈现出了虚构的所有特征。②由此再来看 DL 和武志的作用以及以往研究所认为的由他们所构成的小说的意义框架,就可知道小说其实并没有把他们看作是真正解决问题的答案。

首先,超级英雄 DL 的神奇功夫在 60 年代新左派学生运动中从来没有起到过实质性的作用。弗瑞尼茜的外祖父母,世界产业工人联合会成员杰斯·特拉沃斯和尤拉·贝克尔在 20 世纪三四十年代的罢工经历,与 1969 年冲浪学院的学生骚乱和 24fps 纪录片小组相对比就可以看出,60 年代的新左派学生运动的性质与老左派的革命不同。老左派的革命主体是工人阶级,包括矿工、伐木工人、码头工人、农场工人等。虽然被称为新左派,冲浪学院和 24fps

---

① Michel Foucault and Jay Miskowiec,"Of Other Spaces",Diacritics,16.1 (1986):22—27.

② Jean Baudrillard,*America*,Chris Turner,trans. London:Verso,1988.

却表明,新左派将其政治运动的地理基础和群众基础局限在大学和中产阶级大学生中。60年代的新左派学生运动有其明确的目标,即反对越战。程巍在其论著《中产阶级的孩子们:60年代与文化领导权》中指出,新左派中产阶级大学生最初加入黑人民权运动时获得了参与感和全局感,这些被屈辱和被杀害的形象在中产阶级大学生内心唤起了人类受迫害的意识。但随着对民权运动的深入,中产阶级大学生发现自身的政治要求与黑人民权运动者的政治要求并不完全一致。白人中产阶级大学生是想从体制中脱离出来实现自由,而黑人民权运动者是想进入体制以实现平等,黑人民权运动者并不怀疑体制本身的合法性,而是觉得这种体制没有实现其有关平等的许诺。SDS的成立标志着他们的政治意识的形成,中产阶级大学生由黑人民权运动转向反战运动,说明他们对自身利益的认识。因此,黑人民权运动分子很少参加白人中产阶级大学生的造反运动。而且,自朝鲜战争以来,一直到越南战争,黑人地位的提高与黑人士兵在战场上的出色表现息息相关。[①]在《葡萄园》里,冲浪学院学生与美国黑人分会的会谈这一细节也暗示了这一点,莱克斯·斯纳弗尔一再向黑人分会代表团表示学生将与他们站在一边,但是代表团却要求莱克斯·斯纳弗尔把他的保时捷跑车送给他们。此外,这些反战的中产阶级孩子因为有大学的庇护,所以可以逃避兵役,而下层阶级的孩子却由于无法躲避兵役,承担了战争的代价。[②]冲浪学院和类死人村并非仅仅是时间上

---

① 关于白人中产阶级大学生和黑人民权运动者的不同政治要求的详细论述,参见程巍:《中产阶级的孩子们:60年代与文化领导权》,北京:生活·读书·新知三联书店,2006年,第287—301页。
② 戴维·斯泰格沃德,《六十年代与现代美国的终结》,周朗,新港译,北京:商务印书馆,2002年,第164—171页。

的距离,更重要的是空间上的距离,而这也表明新左派学生并不代表无产阶级,尽管他们宣称自己是为了人民。

小说中老左派革命与60年代新左派学生运动的最突出的差别体现在直接真实的身体伤害上,这是小说模仿好莱坞电影设置DL这样的超级英雄的关键所在。DL相当于学生与体制对抗的化身,但是DL的战斗与杰斯·特拉沃斯和尤拉·贝克尔的战斗在本质上是不同的。杰斯·特拉沃斯、尤拉·贝克尔以及其他世产会的工人常常在街头演说、游行示威与罢工中和镇压他们的工贼、打手、自卫队及警察发生流血冲突。他们需要面对枪弹的危险,或是时常陷入被抓进监狱的境地,杰斯·特拉沃斯的双腿还被压断。与此相对照,弗瑞尼茜在拍摄游行中遇险,她在心中呼唤超人和人猿泰山的出现,DL便出现将她救出险境。DL一袭黑衣黑色头盔的装束、设计夸张的摩托车以及戏剧般的出场,立即使得整个事件蒙上了明显的电影色彩而变得不真实。同样,DL在改造营解救弗瑞尼茜的整个过程也十分神奇,她无须与看守和警卫发生正面冲突,只需要隐身和消除警卫的记忆即可。肖恩·史密斯分析说,DL及时赶到这一情节,嘲讽了电影里英雄在关键时刻出现的套路,这种电影俗套式的营救颠覆了抗议游行的历史真实性,叙述的焦点从政治现实变成了想象,而本来是真实的空间立即带上了仿真的光环。肖恩·史密斯还认为这种对电影俗套的模仿是用来折射弗瑞尼茜对现实的电影认知方式。[①]如果单纯就弗瑞尼茜这个人物来看,确实如此。但是,如果把它与小说对老左派工人运动和新左派学生运动的差别的探究相联系,那么DL作为超级英雄的意义就不

---

① Shawn Smith, *Pynchon and History: Metahistorical Rhetoric and Postmodern Narrative Form in the Novels of Thomas Pynchon*, New York: Routledge, 2005, pp. 113—114.

止这一点。

真实的暴力、真实的危险和真实的身体伤害,突出的是工人革命体现的阶级对立的残酷现实。在20世纪30年代的经济大萧条中,苦难、贫穷与匮乏是最为直接的身体体验,这些都是无法被浪漫化的。小说叙述者对杰斯·特拉沃斯和尤拉·贝克尔经历的这段历史的描述,也是小说中唯一一处没有使用大众媒体话语,而仅以朴素直白的语言叙述的地方。暴力的实在性和残酷性同时也表明工人革命的严肃性和对体制构成的真实威胁。相反,作为超级英雄的DL在中产阶级大学生与体制之间制造出了一个中间地带,就如大众媒体的幻想空间一样,在这个空间里暴力变成了中介化了的暴力。DL的神勇和超能力使得暴力被戏剧化和审美化,轻而易举消解了现实的残酷性。

新左派的学生运动并非不存在流血与死亡,但是暴力并不是其主要的形式。《葡萄园》中24fps成员兹佩和迪莎转而参加俄勒冈中部的一个炸弹制造公社,是对当时更加激进,喜欢恐怖行动的气象员组织(Weatherman)的影射。但是,气象员组织也是在运动尾声才从SDS中分裂出去的,原SDS里的中产阶级大学生成员预感到危险纷纷脱离了SDS。而且事实证明,气象员组织代表的极左派也只是一小群制造毫无意义的破坏事件的恐怖分子。总之,如程巍在其书中论述的:"没有充分证据证明60年代造反大学生喜欢使用暴力,或过度使用了暴力,尽管他们口口声声说要使用暴力。革命对他们来说,意味着狂欢和放长假,意味着体验生命的一种方式。"[①]他们的暴力更多地体现在语言恐怖主义上,如24fps的

---

① 程巍:《中产阶级的孩子们:60年代与文化领导权》,北京:生活·读书·新知三联书店,2006年,第37页。

宣言"我们要为法西斯猪猡(警察)建造一个公正的地狱。消灭一切呼噜猪叫的东西"(Vineland，197)。程巍在对1968年巴黎大学生的五月风暴的分析中还指出,运动中的街垒并不是用来作战的,它为的是给运动增添一些革命浪漫主义气氛,而其实用性仅限于用来躲避催泪弹。大学生们并不打算与手持盾牌、警棍、催泪弹和步枪的军警展开一场真枪实弹的血腥巷战,街垒战仅具有象征意义,是战斗姿态,而非战斗本身,为的是营造浪漫的革命氛围并使造反者看起来更像革命者。①而60年代美国的新左派学生运动的形式也主要是口号、静坐和焚烧征兵卡。总之,暴力只是象征性的。

同样,DL的战斗就是一种象征式的战斗。超级英雄的无敌实则反映的是叛逆学生的天真脆弱,以及对其与体制对立姿态的质疑。虽然,在冲浪学院学生成立摇滚共和国的想法和举动中——"有一件事曝光了:冲浪学院从一开头就是地产开发商精心策划的一笔交易,根本不是学府,只不过伪装成了送给人民的礼物——等折旧五年后,就会按计划在崖边配建度假设施。鉴于这个原因,孩子们决定以人民的名义把它收回来。"(Vineland，209)在24fps小组对摄像机揭露真相的信念中,我们能够看到他们理想主义式的真诚和严肃认真。但是,他们对体制并不能构成真正的威胁。冲浪学院的学生骚乱的发生十分偶然,而且当运动协调人看到那里的情形后非常失望,"他们只能摇摇头、眨眨眼,恍如大梦初醒。这些孩子们不仅没人考虑真正的形势,甚至连糊里糊涂赶形势的人也没有"(Vineland，205)。韦德变成运动的领导者仅是因为他的

---

① 程巍:《中产阶级的孩子们:60年代与文化领导权》,北京:生活·读书·新知三联书店,2006年,第29—30页。

身高高度，并不是因为理论高度和对局势的洞察力。他把这项工作当作是有趣的角色扮演，学生像追星族一样追随他，这些都表明冲浪学院的学生运动既毫无计划性也并无对局势的分析。在此事件的整个过程里，这些学生所做的事情就是成立摇滚共和国、吸大麻、狂欢、改变服饰与装扮，如女生穿迷你裙、男生留长发。这些都使得冲浪学院的学生运动更像是孩子的游戏而不是严肃的政治运动。而24fps成员手中的摄像机与杀死韦德的枪相比，立即变得像孩子手中的玩具，小说也经常用"孩子"这样的词指称这些中产阶级大学生。运动没有被迅速镇压下去只是因为"他们暂时得以逍遥的原因也许就是那书本式的不堪一击——干吗要为那么容易就拂入海中的东西操心呢？简直容易得像抹去桌上的饭屑一样。不过另一方面，这地方又离圣克利门蒂和其他敏感地带较近，还是令人担忧。"(Vineland，208)这段带有官方思维风格的叙述，表明了学生的天真与官方的深思熟虑。

希望用摇滚乐、大麻和摄像机来像超级英雄一样拯救世界，这本身就是一种孩童式的梦想。超级英雄制造出的中介性的幻想空间，实际上也可以用以避免直面残酷的现实，就如弗瑞尼茜用摄像机来逃避自己酿造的悲剧一样。小说在这里也是在质疑新左派学生是否真的如看上去那样，与他们的中产阶级父辈那么对立。这也说明尽管小说是关于自由主义政治理想的衰落，但它并没有如乔伊·厄尔·奥尔茨曼所认为的那样把60年代理想化，而是审视了其问题。英雄的无敌从来不能解决真正的问题，韦德的死、弗瑞尼茜的背叛、学生运动的失败、学生被关进改造营，等等，这些残酷事实是DL根本无法挽救的。

冲浪学院事件之后，DL在日本东京暗杀布洛克·冯德失败并误伤武志的事件，是对弗瑞尼茜参与布洛克·冯德的计划陷害韦德的事件的重复。DL化装成弗瑞尼茜的样子与长相酷似布洛克·冯德的武志相会并对之实施复仇,是重新演绎弗瑞尼茜本该对布洛克·冯德做的事情,即弄清楚她与布洛克·冯德其实分属对立的阵营,应该拒绝与之合谋;DL误伤无辜的武志重复了弗瑞尼茜对韦德的陷害;DL在宾馆房间里被黑帮头目拉尔夫·韦温的魅力吸引和说服,同意暗杀计划,重复了弗瑞尼茜与布洛克·冯德在汽车旅馆里的约会和陷害韦德计划,就连暴风雨的天气也是相同的。表面上看,暗杀失败的原因是布洛克·冯德提前得到了情报,并巧遇武志,武志成了他的替身,实质上,暗杀的失败是由于超级英雄的神勇只存在于电影的幻想空间里,真正的矛盾冲突是不能靠这样的途径来解决的。这就是为何小说把这一事件安排在了作为幻想空间的日本东京和春之院妓院,DL的神奇忍术并不能对既定体制构成真正的威胁,属于现实空间里的事情不可能在幻想空间里得到解决。

后来DL与武志在类死人村做起了因果理算的生意,因果的理念在他们的故事里贯穿始终。DL打伤武志,逃回到女忍者静修院向罗切莉院长寻求帮助,罗切莉要求她承担起自己行为的后果。由于她酿成的错误,DL必须为武志当一年零一天的搭档,以平衡她的因果账目。罗切莉用静修院的医疗室里的穴疗仪治好了武志,她所做的相当于弗瑞尼茜的母亲萨莎本该做的。而且如苏珊·施特雷勒所说的,为自己的行为负责的DL与推脱、逃避责任以及抛弃丈夫和孩子的弗瑞尼茜相比,两人的行为形成伦理道德上的对比。但是,就如超级英雄的无敌一样,因果理算同样也是无效的,它们都只能存在于幻想的空间里。

首先,与无法挽回的韦德的死亡相比,武志的致命伤在女忍者静修院这个幻想空间里总是有挽回的可能,有神奇的针灸仪器治愈他,使他免于一死。而只有在电影的幻想空间里,悲剧才总是可以被阻止,错误才总是有补救的机会。DL与武志在之后一起工作的经历中彼此了解并成为恋人,这种大团圆的结局也通常只发生在电影的幻想空间里,尤其是当我们把它与小说里的现实空间里的事件相联系时。其次,DL和武志的故事以及因果观,实质上是把现实世界里的社会政治问题转变成了个人关系的问题,个人的伦理道德责任代替了社会政治问题,这并不是最终的解决办法,因为它不是某个私人恩怨所能涵盖的。韦德的一番话就证明了这一点:"他只是仪式上的扣扳机者,只是个傀儡,就像弗瑞尼茜一样。曾以为我在一级一级向上爬,对吗?爬向最终了断——先是莱克斯,上面是你妈妈,然后是布洛克·冯德,然后——可这时候一片漆黑,我本来觉着看见了顶上的那扇门,现在却不见了,因为门后的灯熄灭了。"(Vineland,366)

因果理算从来没有真正解决小说里的问题。虽然小说没有对这门生意的运作做细致的呈现,但是武志回答类死人鲍勃·度朗的复仇要求时曾说过一番话——"去弄钱吧,比复仇容易","传统因果理算有时要耗时几百年,死亡才是驱动其节奏的力量——一切事物的运行都与生死的周期同步。然而,这种速度太慢了,人数凑不够,终究无法形成一块市场,于是就出现了以因果期货为依据的分期付款和借贷体系。现代因果理算取缔了死亡这一道手续"(Vineland,174—175)。据此可以看出,因果理算生意并不能解决导致类死人悲剧的社会政治问题,它的魔法是无效的。我们也看到,直到小说的结局,类死人仍然滞留在活人世界和死亡世界之间。杀人的布洛克·冯德突然就被某种神秘力量送入了死亡世界,这种魔幻式的处理手法也显示出因果观的幻想性质。

同样,因果理算作为重建时间延续性的努力,也是对小说里过去与现在断裂状况的想象性解决方案。从这个意义上讲，类死人村和印第安传说中的死亡世界，也带有大众媒体幻想空间的性质，它们都是小说为了创造一个大团圆式结局的幻象，而将矛盾和问题暂时搁置和隔离的地方。而代表大团圆结局的特拉沃斯—贝克尔家庭聚会的地点，被小说设置在了离类死人村和地狱的不远处，这便是在暗示这种大团圆的不真实。综上所述，DL和武志以及他们所代表的意义和秩序其实是小说对大众媒体幻想空间的反讽式模仿。

詹姆逊曾在其《后现代主义或晚期资本主义的文化逻辑》一文中指出，后现代社会的一个特点便是批评距离的消失。在20世纪50年代末到60年代初期，发达资本主义国家开始进入晚期资本主义时代，这一时期的特点是后现代主义的产生，原先不属于资本生产领域的文化领域被纳入资本主义的经济体系，文化领域失去其独立自主性的地位，文化的对立性和批判性被资本的逻辑所吸收，反抗形式本身已隶属于对反抗形式加以吸纳的体制系统。人们失去了资本范畴之外的批判位置，无法再在自身与所对立的体制系统之间建立起一个批判的距离。[①]这一问题在《葡萄园》里就体现为无处不在的大众媒体视觉文化。通过本章的探讨可以看出，《葡萄园》对大众媒体的描写并没有削弱其批判性。为评论者所诟病的小说经营的肤浅时间经验，实则是由于小说要展现大众媒体政治导致的无主体的记忆，它与记忆工业技术对记忆的外化共同构成了小说时间的空间化局面。而通过把社会矛盾的解决设置为大众媒体幻想空间的想象性解决，小说更进一步揭示了后现代美国社会批判性力量被资本全面吸收以及批评距离消失的状况。

---

① Fredric Jameson, "Postmodernism, or the Cultural Logic of Late Capitalism", *The Jameson Reader*, Michael Hardt and Kathi Weeks, eds. Massachusetts: Blackwell, 2000, pp. 224—228.

第四章 《性本恶》：城市空间认知图绘的困境[①]

继《葡萄园》(1990)出版的19年后，托马斯·品钦的新作《性本恶》(2009)[②]讲述的侦探故事再次回到1970年，再次审视这段60年代终结和70年代保守主义政治占据优势的历史。自这部小说问世以来，学界罕有对其展开的学术研究，国外大多数研究都是一些书评，它们称赞品钦在这部作品中表现出了其作品一贯的风趣，以及他对60年代的精彩呈现。其中，罗布·威尔逊认为，这部小说描写了"非平地的边缘人与正统的被拣选者之间争夺美国之魂的战争"[③]，并简要评价了小说里的事件和人物。肖恩·麦卡恩认为，"品钦借助侦探小说的手段，探讨了贯穿其所有作品的道德和形而

[①] 本章部分内容曾发表，见《城市空间认知图绘——托马斯·品钦的〈性本恶〉对硬汉派侦探小说的改写》，《国外文学》2016年第1期，第114—123页。

[②] Thomas Pynchon, *Inherent Vice*, New York: Penguin Books, 2009. 本章此后出现的小说引文均使用文内注释。

[③] Rob Wilson, "On the Pacific Edge of Catastrophe, or Redemption: California Dreaming in Thomas Pynchon's *Inherent Vice*", *Boundary 2*, 37.2 (2010): 217—218.

上学的困境"①。2012年出版的《剑桥托马斯·品钦指南》一书中收录了托马斯·希尔·肖布的一篇学术文章,他在这篇文章中将《拍卖第49批》《葡萄园》和《性本恶》看作是加利福尼亚小说系列并对它们做了分析。其中,他对《性本恶》的讨论主要集中于它的政治主题,即"对中产阶级生活和价值观的反文化式批判"。肖布还认为,品钦在这部作品中流露了他对现实的失望。②在《外国文学评论》2014年第2期上,我国学者但汉松发表了一篇专门论述该小说的学术文章。③

对于该作品研究的匮乏可能有三个原因:一、《性本恶》的故事属于侦探小说这种通俗文学的类型,相较于品钦的其他作品,尤其是《万有引力之虹》这样技巧新颖、风格多变、百科全书式的后现代主义小说,它显得平淡无奇。一位书评人就曾这样评价这部小说:"呈几何级数增长的枯燥乏味,任何把这部小说与前期作品的比较都是白费力气,《拍卖第49批》的活力已经减退为一种毫无生气的单调。"④二、借助侦探故事揭露社会罪恶一直是这类作品惯常表现的主题,对于已经司空见惯了影视作品和侦探故事里描绘的人性丑恶和黑暗世界的当代读者来说,这部小说似乎并无什么新颖之处。三、这部小说的主题和社会政治寓意都十分明显,似乎并未留

---

① Sean McCann, *The Common Review*, 8.3 (2010): 55.

② Thomas Hill Schaub, "*The Crying of Lot 49* and Other California Novels", *The Cambridge Companion to Thomas Pynchon*, Inger H. Dalsgaard, Luc Herman and Brian McHale, eds. Cambridge: Cambridge University Press, 2012, pp. 30—41.

③ 但汉松:《洛杉矶、黑色小说和60年代:论品钦〈性本恶〉中的城市空间和历史叙事》,《外国文学评论》2014年第2期,第24—38页。但汉松也是这部小说中文译本的译者,本章中小说的中文引文参考了此译本,见托马斯·品钦:《性本恶》,但汉松译,上海:上海译文出版社,2011年。

④ Robert Murray Davis, "*Inherent Vice* by Thomas Pynchon", *World Literature Today*, 84.2(2010): 70—71.

下多少需要深入阐释的地方。小说里涉及的案件都是在影射20世纪70年代新右派的保守主义政治对美国社会的监控,对黑人民权运动、反战运动和反传统文化的压制,都意在表明60年代的自由主义政治理想退让给70年代保守主义推崇的私有财产和中产阶级因循趋同式文化的残酷现实。小说有时还借人物之口讽刺当时的政府机构,如黑帮分子帕克称FBI为"黑手党背后的黑手党(the Mob behind the Mob)"(*Inherent Vice*,245)。被杀灭口的毒贩子厄尔·德拉诺的朋友皮匹曾说过最好别跟"管事的有权机构(agencies of command and control)"(*Inherent Vice*,265)做交易,因为"他们迟早会撕毁所有约定,这些幕后操控者根本没有信任和尊重可言"(*Inherent Vice*,265)。小说对放高利贷的艾德里安·普鲁士的描写,更是将讽刺矛头直接对准了新右派的共和党以及时任加州州长的里根。支持共和党的艾德里安·普鲁士成为洛杉矶警察局的雇佣杀手,"专门集中对付政治分子——黑人和墨西哥裔活动家、反战人士、校园爆炸犯,还有各类赤色分子"(*Inherent Vice*,323)。在他杀掉威胁要曝光里根丑闻的皮条客后,他感到自己终于"发现了自己的人生事业,重新获得了身份"(*Inherent Vice*,323)。

尽管如此,笔者认为,在这个通俗易懂的侦探故事和直接明了的主题背后,我们需要关注和探讨小说以洛杉矶为后现代大都会的象征,在呈现一个反乌托邦的城市图景过程中,表达城市认知图绘的必要性和城市的不可知困境。本章将结合弗雷德里克·詹姆逊的认知图绘概念以及与硬汉派侦探小说传统的比较,从两个方面对此进行分析:一、小说的空间形式与其描绘城市认知图绘之间的对应关系,及这其中体现出的品钦对侦探小说传统的改写。二、侦探调查案件过程中遭遇的城市的不可知困境,这个不可知困境与小说主题的关系,以及小说尝试提出的解决途径即社群的重要性。

第一节 空间形式与城市的认知图绘

无论是有关《性本恶》的书评还是学术文章,都提到这部小说对以雷蒙德·钱德勒(Raymond Chandler)为代表的硬汉派侦探小说(hard-boiled detective fiction)的沿袭[①],即便是有所变化也仅是风格上的变动而已,如"多重情节和次要情节、狄更斯式的众多人

---

① 但汉松把它称作黑色小说(noir fiction),参见但汉松:《洛杉矶、黑色小说和60年代:论品钦〈性本恶〉中的城市空间和历史叙事》,《外国文学评论》2014年第2期,第24—38页。这个名称是依据迈克·戴维斯(Mike Davis)的《水晶之城——窥探洛杉矶的未来》(*City of Quartz: Excavating the Future in Los Angeles*)(林鹤译,上海人民出版社2010年版)一书里的称谓,但是,准确的名称应该是硬汉派侦探小说(hard-boiled detective fiction),它与黑色小说并不完全相同,因为黑色小说的主人公不一定是侦探。硬汉派侦探小说指兴起于美国20世纪二三十年代的侦探小说流派,它不同于欧洲尤其是英国的传统侦探小说,它们大都刊载在低级(pulp magazine)杂志上,面向的是工人阶级男性读者。这类小说都以城市为背景。经典侦探小说的侦探通常是凭借高超的推理能力和过人的头脑破案的,而硬汉派侦探更多的是行动式的英雄,他不得不随时面对危险,应付黑帮和腐败的警察,案件的解决往往取决于他能否坚持活到最后。达希尔·哈米特(Dashiell Hammett)(1894—1961)是硬汉派侦探小说的创始人,雷蒙德·钱德勒(1888—1959)则将之树立成了经典,且使得洛杉矶成为这类侦探小说的永恒标志,其余代表作家还有詹姆斯·M. 凯恩(James M. Cain)(1892—1977)等。由于这些作者基本都在好莱坞电影业从事编剧的工作,他们的小说被搬上荧幕,成就了风靡于20世纪四五十年代的黑色电影(noir film)。关于硬汉派侦探小说的介绍可参见 Heather Worthington, *Key Concepts in Crime Fiction*, New York: Palgrave Macmillan, 2011, pp. 121—129。关于它的详细介绍以及论述可参见 Julian Symons, *Bloody Murder—From the Detective Story to the Crime Novel: A History*, Hamondsworth: Penguin Books, 1974; J. K. Van Dover, *Making the Detective Story American: Diggers, Van Dine and Hammett and the Turning Point of the Genre, 1925—1930*, London: McFarland & Company, Inc., Publishers, 2010; David Fine, *Imagining Los Angeles: A City in Fiction*, Reno & Las Vegas: University of Nevada Press, 2004。

物、间不容息的行文风格"①。但汉松在他的文章中进一步指出,这部小说与雷蒙德·钱德勒的小说一样,都是通过侦探的调查来绘制社会总体性的认知图绘。②品钦的《性本恶》确实与硬汉派侦探小说很相近,而且小说还借侦探多克之口提到了菲利浦·马洛(Philip Marlowe)和山姆·斯贝德(Sam Spade)这两位著名的硬汉侦探,以此向这些侦探小说致敬。但是,这种相似性却并非看上去那么简单,这个问题需要进一步的探讨。本节分析《性本恶》与经典侦探小说和硬汉派侦探小说在对待故事空间问题上的异同,并从认知图绘的角度考察这部小说的空间形式,以证明为何《性本恶》才是真正以认知图绘为目的的侦探小说。

一、经典侦探小说与硬汉派侦探小说的故事空间

虽然在经典侦探小说里,阿瑟·柯南·道尔(Arthur Conan Doyle)的福尔摩斯(Sherlock Holmes)探案系列以大城市伦敦为故事空间,且福尔摩斯被塑造为典型的都市侦探,但是经典侦探小说,又称黄金时期侦探小说(golden-age detective fiction)③,其中大多数偏向于选择相对封闭的空间和乡村作为故事空间,这是由于

---

① Sean McCann, *The Common Review*, 8.3 (2010): 54—55.
② 但汉松:《洛杉矶、黑色小说和60年代:论品钦〈性本恶〉中的城市空间和历史叙事》,《外国文学评论》2014年第2期,第31—33页。
③ 通常埃德加·爱伦·坡(Edgar Allan Poe)被看作是传统经典侦探小说的鼻祖,1918—1939年这段时期是传统侦探小说的黄金时期,因此人们会用黄金时期侦探小说(golden-age detective fiction)统称这类作品。经典侦探小说的叙述者通常为侦探的伙伴,情节围绕如何解开凶案谜团展开,因此这类作品也被称作"谁干的"(whodunit)。这些小说里的侦探经常是像上帝般的天才人物,他们凭借科学的推理、细致的观察、收集证据和询问等手段找出凶手。而犯罪嫌疑人通常为多个互相关联的人物,且多属于中产阶级或上层阶级。通常来说,仆人等一般不被设定为嫌疑人。

这一时期侦探小说内在隐含的保守思想使然。黄金时期侦探小说的一个突出特点便是其对既定社会秩序的维护,它们给读者呈现了一个井然有序的世界,罪恶只存在于某些个人或有限的范围内,这些破坏了既定秩序的犯罪行为必然会受到惩罚,侦探就是社会的代理人和秩序的保护者——"受害者、凶杀、调查,都具有一种神圣的仪式的性质。故事要确立的是社会的稳定性,及罪行得到惩罚的必然性"①。相对封闭的空间和场所,如大雪封山中的旅馆、火车车厢、寄宿学校、度假小岛等,就是罪恶之有限的一种体现。而乡村之所以也会受到这时期侦探小说家的钟爱,是因为这里有相对缓慢的变化、稳定的社会结构和仍在延续的习俗,这里使人们感到仿佛一切都未曾改变。诗人奥登就认为乡村是侦探故事发生的最佳地点:"必须得是个非常美好的地方(the Great Good Place)","乡村要比城镇好,生活富裕的地方要比贫民窟好"。奥登的理由是,只有在如此单纯的地方,"尸体必须不仅因为是尸体而令人震惊,而且也因为它是如此格格不入,就像是客厅地毯上狗的排泄物"。②雷蒙德·钱德勒把侦探故事搬回城市,这一做法就被奥登诟病。因此,在黄金时期的侦探小说里,通常会有时间表和建筑平面图,它们代表着日常生活的规律,谋杀则是对此平静的日常秩序的破坏。在20世纪初的社会动荡尤其是第一次世界大战的灾难中,这类作品满足了其读者对稳定秩序的渴望。但是到第二次世界大战后,这类侦探推理故事所提供的稳定感和安全感变得摇摇欲坠。然而,在人们经历了各种信仰价值体系的崩塌和社会的剧

---

① Julian Symons, *Bloody Murder—From the Detective Story to the Crime Novel: A History*, Hamondsworth: Penguin Books, 1974, p. 17.

② W. H. Auden, "The Guilty Vicarage", *The Dyer's Hand and Other Essays*, New York: Vintage Books, 1968, p. 151.

烈变迁后,这种秩序感变得越来越像遥远的童话。一些作者开始另辟蹊径,创作不同的侦探小说类型,20世纪二三十年代的美国硬汉派侦探小说便是一支异军突起的重要力量。①

与经典侦探小说相对照,从对故事空间的不同设定,以及由此折射出的对罪恶范围的不同认识、对社会秩序的不同立场上讲,品钦的《性本恶》确实是继承了硬汉派侦探小说的写作路径。硬汉派侦探小说的作者大都在好莱坞从事编剧工作,洛杉矶这座城市成为他们的作品的故事空间。这座城市绵延的海岸线是走私酒和掩蔽赌博船的理想地点,它与墨西哥的临近又便于非法运输酒和毒品这类活动,这是一个滋生腐败和罪恶的地方,充斥着地下赌博、收取保护费、官员腐败和黑帮暴力。在这些作家的笔下,带着愤世色彩的侦探小说将洛杉矶旧时的推销神话(booster myth)②变成了反神话。③ 在这个黑暗的世界里,侦探不再是以自己的智慧来恢复社会秩序,他不再为读者提供问题总是可以解决、社会本质上是良好的保证,他变成了一个社会批判者,且不断地陷入一系列的杀与被杀的冒险中,案件的侦破仅取决于他能否足够坚毅地走到最后。④

同样地,《性本恶》这部小说也是将故事设定在了洛杉矶的城

---

① 还有一类是倾向于关注凶手的心理动机和犯罪对人造成的影响,如帕特里西娅·海史密斯(Patricia Highsmith)的天才雷普利系列。

② 洛杉矶是一座靠地产投机商、土地分包商、城市推销者和铁路大亨的竭力推动,以及两条进入南加州铁路的汇合发展起来的城市。19世纪80年代和90年代,这些人利用了西班牙传教历史元素,竭力打造了充满历史和浪漫气息的城市形象,以吸引投资者和游客,促成了洛杉矶的繁荣。详见 David Fine, *Imagining Los Angeles: A City in Fiction*, Reno & Las Vegas: Nevada University Press, 2004, pp. 3—50;迈克·戴维斯:《水晶之城——窥探洛杉矶的未来》,林鹤译,上海:上海人民出版社,2010年。

③ David Fine, *Imagining Los Angeles: A City in Fiction*, Reno & Las Vegas: University of Nevada Press, 2004, pp. 81—84.

④ Ibid., p. 119.

市空间里,并采用了雷蒙德·钱德勒的侦探小说的片段式情节结构(episodic plot)。与传统的经典侦探小说固定封闭的故事空间不同,这种片段式情节如流浪汉小说一样体现的是空间的变换性和流动性,以此对应于其所想呈现的犯罪已是普遍存在的城市景象。经典侦探小说的故事空间的固定性和封闭性,一方面表明的是如前所述的犯罪的有限性;另一方面突显的是时间线索和因果链的一环扣一环,这样情节可紧紧围绕凶案调查和推理展开,节奏紧凑。严密的推理既为读者提供了智力上的乐趣,又证明了一个完全可以由人的理性所掌控的有序世界,这便是这类作品的魅力所在。

而在《性本恶》中,我们看到侦探多克不断地前往城市的各个地方,虽然这些活动是为了调查案件,如多克到米奇·乌尔夫曼的别墅看能不能找到关于其下落的线索;去亚洲风情俱乐部和妓女珍德碰面并打听米奇·乌尔夫曼失踪当天的情形[①];去当红的帆板乐队(the Boards)的别墅看望还活着的科伊(这个乐队的萨克斯手);去克里斯基罗顿研究所看米奇·乌尔夫曼是否被关在那儿;到拉斯维加斯找在那儿避风头的帕克,等等。但是线索其实并不是这些调查活动的重点,它们常常仅是在对每次调查活动的描述中被一两句话简单交代而已,如在克里斯基罗顿看到一根米奇·乌尔夫曼佩戴带过的领带,在阿瑟·奎多(加州警戒者成员)的家里看到射杀格伦的加州警戒者的制服和面罩,等等。小说的情节变得松散,时间线索被淡化,叙述重点转移到了多克在这些地方的所见所闻:帆板乐队和他们的乐迷过着痴迷电视和毒品的颓废生

---

① 珍德在米奇·乌尔夫曼开发的峡景地产(Channel View Estates)里一个按摩店(Chick Planet)上班,这里遭到了袭击,米奇·乌尔夫曼的手下格伦(Glen)被打死,米奇·乌尔夫曼也随即失踪。

活,他们的别墅如何的奢华又俗气;克里斯基罗顿研究所里环境舒适、设施高档,有直接从京都搬运过来再拼装成的禅意花园,有钱的病人和他们的看护在花草树木间徜徉;在拉斯维加斯的公路上,开车的人们都是一副亡命赌徒的模样;拉斯维加斯赌场经理的办公室居然很有亲和力,墙上挂着儿童画,还养着绿色植物。总之,多克更像一个城市的漫游者,他所到之处无一不在表明整个社会秩序已经问题重重,到处是阴谋、犯罪和黑色交易。

尽管有这些相似点,品钦的《性本恶》与雷蒙德·钱德勒的硬汉派侦探小说之间依然存在本质上的不同。钱德勒小说的片段式情节结构并不是真正意义上的以空间的变动不居来绘制城市认知图绘为目的。凯西·绪普在她分析弗雷德里克·詹姆逊的文章中认为,詹姆逊针对钱德勒的两篇评论文章折射出詹姆逊的后现代社会认知图绘的思想的变化。第一篇文章[①]对应于詹姆逊在《政治无意识》这本著作里所表达的思想,即确信能够认识社会的总体性(social totality)。而第二篇文章[②]对应于詹姆逊在《后现代主义或晚期资本主义的文化逻辑》一文里的思想,即后现代超空间里的迷失,总体性变成了一个不确定的概念,而且对社会总体性的绘图具有意识形态性,不过她认为詹姆逊并没有放弃社会总体性的可能。绪普认为,这一转变正好类似于经典侦探小说向硬汉派侦探小说的转变,即前者相信存在一个纯粹的可以全面观察城市的外在位置,它代表了空间的清楚明了;而后者的侦探调查活动体现的是认

---

① Fredric Jameson, "On Raymond Chandler", *The Poetics of Murder: Detective Fiction and Literary Theory*, Glenn W. Most and William W. Stowe, eds. New York: Harcourt Brace Jovanovich, Publishers, 1983, pp. 122—148.

② Fredric Jameson, "The Synoptic Chandler", *Shades of Noir*, Joan Copjec, ed. New York: Verso, 1993, pp. 33—56.

知的局限性和世界的不确定性。绪普指出,正是这种相似性使得詹姆逊认同雷蒙德·钱德勒笔下的侦探马洛。① 显然,依据绪普的论述,可以推断出钱德勒的侦探小说表达了认知图绘的思想,进而可以得出《性本恶》与硬汉派侦探小说相似的结论,而但汉松在他的文章中的论述正是以绪普的研究为依据的。

凯西·绪普的文章对詹姆逊的思想的解读中存在的问题,将在第二节进行细致的讨论,在此先集中分析雷蒙德·钱德勒的小说是否表达了詹姆逊的认知图绘的思想。1983年,弗雷德里克·詹姆逊在"马克思主义与文化阐释"会议上首次提出认知图绘的概念,其文章于1988年与其他会议文章一起集结出版。②在这篇文章中,詹姆逊分析了资本主义三个发展阶段的空间的不同特点,以及与此相对应的不同的文学再现方式,即现实主义、现代主义和后现代主义。其中,晚期资本主义时期后现代社会的空间特点是碎片化、断裂性和主体在空间中的迷失——"我们作为个体插入一系列极度不连续的多重现实中"③。詹姆逊提出认知图绘的概念,是为了应对资本主义进入后现代阶段的新情况,他借这个概念提倡一种具有教育和认知功能的新美学。这个概念是凯文·林奇城市经验的思想和阿尔都塞的意识形态概念的结合。林奇在其《城市的形象》(*The Image of the City*)一书里探讨了城市异化的问题,即人在城市中难以准确绘制出其空间地图。詹姆逊认为,可以把林

---

① Casey Shoop, "Corpse and Accomplice: Fredric Jameson, Raymond Chandler, and the Representation of History in California", *Cultural Critique*, 77(Winter 2011): 205—238.

② Cary Nelson and Lawrence Grossberg, eds., *Marxism and the Interpretation of Culture*, Urbana and Chicago: Illinois University Press, 1988.

③ Fredric Jameson, "Cognitive Mapping", *Marxism and the Interpretation of Culture*, Cary Nelson and Lawrence Grossberg, eds. Urbana and Chicago: Illinois University Press, 1988, p. 351.

奇的空间分析应用到对社会总体性的分析中,它是阿尔都塞的意识形态概念的空间类似物,因为意识形态是指"主体对其真实存在状况的想象性再现"。因此,不能够绘制出自身在社会结构中的位置对人的政治意识的影响,就相当于不能够绘制城市空间对人的城市经验的影响。而认知图绘的功能就是"对个体在巨大而不可再现的总体性中的位置的呈现,这个总体性(totality)是城市作为一个整体的结构的总和"①。詹姆逊在发表于1984年的《后现代主义或晚期资本主义的文化逻辑》②一文里,在讨论后现代超空间时又再次重申了认知图绘的思想,之后他于1992年出版的《地缘政治美学:世界系统中的电影与空间》一书里对间谍片的分析也反映了这一思想。③从詹姆逊对认知图绘的论述可以看出,与利奥塔所提倡的局部叙事和拒斥宏大叙事不同,詹姆逊强调了在后现代社会把握社会总体性的必要性。同时,这种对社会总体性的认识,与城市地理空间的认知图绘是紧密相关的,认知图绘是社会空间和地理空间的融合。虽然詹姆逊并没有进一步解释为何要将社会空间与地理空间相联系,但是这个概念隐含的空间观与列斐伏尔和福柯的空间批评思想不谋而合,他们都强调了空间的社会政治性、空间与权力关系和意识形态的联系。

由此概念再来看品钦的《性本恶》与雷蒙德·钱德勒代表的硬汉派侦探小说的本质区别。首先,钱德勒的侦探故事里的案件性

---

① Fredric Jameson, *The Jameson Reader*, Michael Hardt and Kathi Weeks, eds. Massachusetts: Blackwell, 2000, p. 230.
② 这篇文章经过修改后又与其他后现代文化的文章一起以同名专著出版。见 Fredric Jameson, *Postmodernism, or the Cultural Logic of Late Capitalism*, Durham: Duke University Press, 1999.
③ 詹姆逊认为间谍片对阴谋的着迷,是一种社会总体性认知图绘的扭曲形态。Fredric Jameson, *The Geopolitical Aesthetic: Cinema and Space in the World System*, Bloomington and Indianapolis: Indiana University Press, 1992, pp. 9—84.

质实际上仍然是个人性的犯罪(private crime),它才是其小说的真正焦点,而马洛在查案过程中所经历的社会腐败更多的是起到故事背景的作用,并不是小说的焦点。马洛的真正威胁是来自小说里的蛇蝎美女(female fatale)①式的人物,即对马洛有着致命吸引力的女人。虽然詹姆逊在评论雷蒙德·钱德勒的文章中讲到了侦探的认识功能:"需要创造一个能将社会作为一个整体来把握的人物,其日常工作和生活方式能够把彼此分隔的部分联结在一起"②,以及"毫无疑问,这一特别的社会总体性的'绘图'是一个完整而封闭的语义符号系统(complete and closed semiotic system):由'办公室'这一类型统一起来"③。这似乎印证了凯西·绪普的观点,但是詹姆逊同时也指出钱德勒小说的双重情节(double plots)中的个人性的犯罪才是其作品的主要情节,而社会腐败则是分散读者注意力的次要情节。④至于詹姆逊所说的办公室象征的统一思想所含有的意识形态,与他对认知图绘的主张其实并不矛盾,笔者将在第二节对此展开讨论。

其次,即便钱德勒的侦探小说有对城市腐败问题的描写,也并

---

① 蛇蝎美女是硬汉派侦探小说和黑色电影所塑造的典型女性形象,她们智慧、强悍,主动去获取想要的东西,属于不达目的不罢休的危险女人,也因此付出了代价。通常她们是小说里的真正罪犯,是阴谋的核心。蛇蝎美女表达的是男性对于女性日益增长的经济独立和性独立的恐惧。参见 Heather Worthington, *Key Concepts in Crime Fiction*, New York: Palgrave Macmillan, 2011, pp. 121—129 以及苏珊·海沃德:《电影研究关键词》,邹赞、孙柏、李玥阳译,北京:北京大学出版社,2013 年,第 188—194 页。

② Fredric Jameson, "On Raymond Chandler", *The Poetics of Murder: Detective Fiction and Literary Theory*, Glenn W. Most and William W. Stowe, eds. New York: Harcourt Brace Jovanovich, Publishers, 1983, p. 127.

③ Fredric Jameson, "The Synoptic Chandler", *Shades of Noir*. Joan Copjec, ed. New York: Verso, 1993, p. 44.

④ Fredric Jameson, "On Raymond Chandler", *The Poetics of Murder: Detective Fiction and Literary Theory*, Glenn W. Most and William W. Stowe, eds. New York: Harcourt Brace Jovanovich, Publishers, 1983, pp. 143—144.

不是认知图绘这个概念所包含的社会政治经济意义上的审视。钱德勒本人曾表达过他对情节连贯度的不屑："这或许使得结构有些奇怪,我对此并不在意,因为我基本上对情节问题不感兴趣。"①而这种对时间因素的轻视,却被研究者们误认为是钱德勒对社会空间认知图绘的重视。在对侦探小说的研究中,斯蒂芬·奈特的《犯罪小说的形式与意识形态》是最具洞见的论著之一,奈特在这本书里分别分析了西方侦探小说历史上的代表作家,包括爱伦·坡、柯南·道尔、阿加莎·克里斯蒂、雷蒙德·钱德勒等,细致入微地剖析了他们作品的语言风格、情节模式、人物塑造、叙述技巧,以及这些形式风格中所隐含的意识形态。奈特深入分析了钱德勒小说的第一人称叙述,主人公侦探马洛是小说的叙述者,这在侦探小说里是比较独特的叙述方式。②奈特指出,钱德勒自称是客观的风格(objective style)实际上"持续强调的是侦探的视角,以及突显出他的敏感和鉴别力"③。马洛私下的叙述声音(private voice)与他在实际办案过程中与人对话所使用的公开声音(public voice)的差别,揭示出他与外界现实接触时的不自在,及在独处时向看不见的读者讲述事件所拥有的控制的自在感。它体现的是向内的知识分子式的自我保护(inner-directed, intellectualizing self-defense),以补偿其对外部世界的恐惧和无力感。④

---

① Raymond Chandler, *The Ramond Chandler Papers*, Tom Hiney and Frank MacShane, eds. New York: Atlantic Monthly Press, 2000, p. 78.
② 经典侦探小说通常采用第三人称叙述或由侦探的好友或搭档做叙述者的第一人称叙述。齐泽克曾在《斜目而视》这本书里从精神分析的角度探讨过这些叙述方式的不同。参见 Slaboj Zizek, *Looking Awry: An Introduction to Jaques Lacan Through Popular Culture*, Cambridge: MIT Press, 1992, pp. 48—66。
③ Stephen Knight, *Form and Ideology in Crime Fiction*, Bloomington: Indiana University Press, 1980, p. 140.
④ Ibid., pp. 142—143.

以此反观钱德勒小说的片段式情节会发现,它并非是服务于认知图绘的建立,空间在此所承担的功能实则是表达主体的异化问题:"每个新的场景都以仔细地在洛杉矶的地图范围内标出位置开始。时间不如其在克里斯蒂的作品里那么重要,重要的是第一人称主人公与其所处环境及里面的人物的遭遇,记录这些联系的滴答走的时钟现在已无关紧要,因为他人对于身体上定位的主人公来说无一例外地都是一种威胁。"[1]齐泽克也曾指出,从存在的角度看,经典侦探并不介入其观察的世界,他的位置具有外在性;而硬汉侦探丧失了使他能够分析假象并驱散假象魔力的与现实世界之间的距离,骗人的游戏危及了他作为一个主体的身份。[2]因此,钱德勒小说里所体现的侦探与其故事空间的关系,就不是意在致力于对城市的社会政治角度的观察,它更多体现的是奈特所指出的"防卫式的逃避(defensive withdrawal)"[3]的个体境遇。

二、洛杉矶——反乌托邦城市

硬汉派侦探小说是通过凶案所体现的个人生活悲剧来颠覆洛杉矶的推销神话——人们的野心、贪婪或欲望促使其犯下罪行,个人的加州梦变成了噩梦。戴维·法恩还指出,在这些小说里,惨剧发生的地点通常都位于海边,海洋和高速公路的汇合处是谋杀、自杀、死亡事件反复出现的地方。在美国文学中,公路通常象征着自

---

[1] Stephen Knight, *Form and Ideology in Crime Fiction*, Bloomington: Indiana University Press, 1980, p. 143.
[2] Slaboj Zizek, *Looking Awry: An Introduction to Jaques Lacan Through Popular Culture*, Cambridge: MIT Press, 1992, pp. 62—63.
[3] Stephen Knight, *Form and Ideology in Crime Fiction*, Bloomington: Indiana University Press, 1980, p. 138.

由和流动性,但是海岸公路却象征着一切的尽头,海洋与道路的汇合处象征的是再无回头可言,路的尽头便是梦想的尽头。①

那么,品钦的《性本恶》对20世纪70年代保守主义政治的讽喻则是聚焦于塑造一个反乌托邦的城市来实现的。与钱德勒的硬汉派侦探小说相对照,《性本恶》关注的焦点始终是社会腐败问题。黑帮头目兼地产大亨米奇·乌尔夫曼受20世纪60年代嬉皮士运动的影响,打算金盆洗手捐赠财产,为人们盖免费住所以偿还罪恶,却因此被FBI抓去精神疗养院洗脑;米奇·乌尔夫曼的手下雅利安兄弟会一位成员格伦,因知晓与FBI和洛杉矶警察局关系甚密的犯罪集团金獠牙(Golden Fang)的秘密,被加州警戒者射杀;瘾君子兼摇滚乐手科伊(Coy)被洛杉矶警察局(LAPD)安排吸毒过量假死后,受训成为一名红色分队(the Red Squad)②和PDID(Public Disorder Intelligence Division)的线人;毒贩子厄尔·德拉诺因参与此事被杀灭口;金獠牙企业的布拉特诺德③也是因为知道秘密过多而被暗杀。警察文森特因违反了警察局里的潜规则被枪杀。显然,这些案件都不是个体性的犯罪。

尽管,我们在硬汉派侦探小说里也会看到充斥着黑帮和犯罪组织的城市地下世界,硬汉派侦探也时常要应对腐败的警察和政府官员,然而硬汉派侦探小说对于社会犯罪问题并未从整个社会制度体系的角度去看待。在《性本恶》这部小说里,所有案件的线索最后都会暴露出像FBI和LAPD这样的政府机构与黑帮、犯罪

---

① David Fine, *Imagining Los Angeles: A City in Fiction*, Reno & Las Vegas: University of Nevada Press, 2004, p. 89.
② 美国警察局中的特别情报部门,专门针对各种工人运动、无政府主义者和社会主义活动分子。此注解来自但汉松所译的《性本恶》中文版第137页。
③ 表面上是牙医,其实也是这个组织的成员,从事贩毒活动。

集团及艾德里安·普鲁士这类冷酷杀手之间的联系。米奇·乌尔夫曼接受洗脑治疗的精神病院克里斯基罗顿属于金獠牙集团；制造科伊吸毒过量致死假象的毒品来自金獠牙；科伊是在金獠牙的克里斯基罗顿接受的戒毒治疗；警察文森特是由 LAPD 吩咐艾德里安·普鲁士与帕克杀死的；走私货币的金獠牙纵帆船曾经参与过美国政府在海外的一系列反共活动："当她（指金獠牙纵帆船）在加勒比海再次出现时，执行的是针对菲德尔·卡斯特罗的间谍任务，而卡斯特罗当时正活跃在古巴山区。后来，她更名为'金獠牙'，又在危地马拉、西非、印尼等地的反共计划中起到了作用。她经常以运货的名义将当地的'麻烦制造者'带走，这些人后来再也没有出现。'深度审讯'这个词经常在文件里出现。她从'金三角'给中央情报局带去海洛因。她在那些敌国海岸线上监听来往的无线电通信，然后把情报转给华盛顿特区的相关部门。她给反共游击队送去武器，包括那些倒霉的'猪湾'战士。"（*Inherent Vice*, 95）

不仅如此，这些案件里的政府机构和犯罪组织之间的联系都与政治相关。这也与硬汉派侦探小说形成一种对照。通常，在硬汉派侦探小说中，警察的腐败以及黑帮等有组织的犯罪都与非法牟取暴利有关。硬汉派侦探小说的一个源头就是 20 世纪 20 年代晚期至 30 年代早期流行的黑帮小说（gangster novels），在这些故事中，黑帮分子是城市叛逆者的完美化身，是能够在人人生存困难的大萧条环境中崛起的英雄，这类题材的作品塑造了小人物的暴富成功和失势跌落的悲剧故事。①但是，《性本恶》里的黑帮头目米奇·乌尔夫曼并没有被打击，他只是被规训重返黑帮，他可以继续

---

① David Fine, *Imagining Los Angeles: A City in Fiction*, Reno & Las Vegas: University of Nevada Press, 2004, pp. 82—83.

做他的地产大亨,炒地皮卖高价房,可以与妻子在公众场合亮相以维护保守主义推崇的中产阶级家庭形象,但就是不可以做一个嬉皮士。而科伊的假死也并不能给腐败官员和犯罪集团带来什么金钱利润。这种政府机构和犯罪集团的关联、地上世界与地下世界的关联揭示出的问题是,警察与罪犯、正义与邪恶并非是互不相容的对立面,它们实际上是同一枚硬币的两面,罪恶就是这个社会体系本身的内在组成部分,这便是小说的名字"性本恶(inherent vice)"的含义。多克对案情深入了解后,曾经在一个餐馆里对着托马斯·杰斐逊的头像说:"可如果爱国者和暴君是同一批人,那怎么办?"(Inherent Vice,294)后来在放高利贷的艾德里安·普鲁士的办公室,多克由于被注射加了PCP①的毒品产生幻觉,他看到一个可怕的长着尖尖的金色獠牙的东西,它对他说:"我是不可思议的复仇力量,当他们中的某个变得麻烦之极,而所有别的制裁手段都无效时,就会求助于我。"(Inherent Vice,318)这些都表明合法与非法、公开与秘密、地上与地下,都是社会控制的不同手段而已,邪恶的金獠牙只不过是这个体系的另一张面孔,它的肮脏与罪恶也是这个体系本身就具有的性质。

因此,《性本恶》的侦探多克与社会秩序的对立比之于硬汉侦探小说要更加尖锐,多克在城市中的调查活动本身就是对这个秩序的威胁,而不仅仅是硬汉侦探所挖掘出的个人秘密或上流社会的家庭丑闻。多克、嬉皮士、致力于环境保护的越战退役军人、冲浪者、通过迷幻药进行灵魂之旅的巫师等,他们所居住的戈蒂塔海滩,就成为与市中心的洛杉矶警察局和权贵精英居住的或南或北的山麓别墅对抗的最后一块飞地。瓦尔特·本雅明的文章《波德

---

① 天使粉,化学名叫"苯环己哌啶",是一种强力麻醉药中的活性成分,有强致幻效果。

莱尔笔下的第二帝国巴黎》中的游荡者一节,曾论述到城市人群的问题。本雅明认为,城市人群的一个功能就是藏匿——大城市里个人踪迹的消抹。而侦探在城市中追寻人的踪迹(trace),既代表了社会控制,又代表了对个体的拯救。① 本雅明对踪迹和侦探的看法,主要针对的是当时的资产阶级在大都市消除个体差异性的生活中如何竭力保持特殊性的问题。②而《性本恶》的两个属于失踪案的中心案件——多克在洛杉矶四处查访米奇·乌尔夫曼和科伊的下落——代表的是在保守主义政治日益占据统治地位的境况下对个体的拯救。在这部作品里,城市的人群代表的是在社会秩序掌控下的主流价值和生活方式。他们是多克在高速路上看到的大多数:"只看得到他们一致赞同看见的东西,当他们在高速公路上开车上班时,他们相信的是电视,相信的是早上的报纸,有一半的人会读报。他们梦想能变得聪明起来,梦想真相会使他们自由。"(*Inherent Vice*,315)他们是多克在餐馆、美食街、日落大道、音乐城看到的消费者和明星的追逐者;是多克在城市中随处可见的支持保守主义的"尽职又沉默"(*Inherent Vice*,130)的年纪较大的男人,他们反感那些无忧无虑的嬉皮士和快乐的瘾君子。

因此,在这部小说里,隐没在城市人群中就意味着妥协和被同化。米奇·乌尔夫曼在失踪后,有许多人报告说见到过他:

---

① Walter Benjamin,*Selected Writings*:*Volume 4 (1938—1940)*,Howard Eiland and Michael W. Jennings, ed. Edmund Jephcott and Others, trans. Cambridge: the Belknap Press of Harvard University Press, 2003, pp. 3—92. 本书对本雅明思想的理解还参考了 Carlo Salzani,"The City as Crime Scene: Walter Benjamin and the Traces of the Detective",*New German Critique*, 100 (2007): 165—187.

② 本雅明认为当时资产阶级家庭住宅的内部装饰和对物品的态度就反映出这种保留个人踪迹的愿望。

在此期间，人们在各地都看见了米奇。在卡尔弗市拉尔夫超市的肉制品区，有人看到米奇偷菲力牛排，还是开派对用的那种包装。在圣塔安妮塔，有人看到他和一个叫"矮矮"或"快快"的人正认真地讨论问题，还有的说，是同时和这两个人。在洛斯莫奇斯的酒吧里，有人看见他一边看《入侵者》（是以前的某一集，配音是西班牙语），一边给自己写紧急备忘录。在从希斯罗到火奴鲁鲁的 VIP 机场休息室，有人看见他在喝一种用葡萄和谷物随意混酿的酒，这种东西自从禁酒年代结束后就没出现过了。在湾区的反战集会上，有人看见他请求各种各样的武装执法人员干掉自己，以结束他的痛苦。在约书亚树保护区，有人看见他在嗑佩奥特仙人掌。还有人看见他升上天空，迎着肉眼无法看到的晕环，朝着一艘外星飞船飞去。(Inherent Vice, 76)

这里涉及的身份辨识问题，折射出的是在因循趋同文化盛行之下，人的相似性和可替换性，人的身份只能依赖于外表特征。科伊假死后接受间谍训练以便适应需要多重身份的工作，他被教导说："为什么要把这个当成死亡？为什么不是投胎转世？每个人都希望能有不同的人生。这就是你的机会。"(Inherent Vice, 300) 显然，这种身份的多样性实质上是自我的丧失，同时也证明了品钦在其作品中一直以来对所谓后现代多样性的质疑。多克在帆板乐队的别墅看到那里的人都变成了僵尸，这个灵异事件隐含的寓意正如罗布·威尔逊所说的，是"发生突变的平民，成为像科伊·哈林根一样的去政治化的活死人"①。这里的人"对所有无法归类并贴标签的人怀有严重的不适,甚至是恐惧"(Inherent Vice,129),这就是最好的证明。

米奇·乌尔夫曼从城市里失踪到重新出现,科伊从假死到以新的多重身份出现在城市的各个场所,这个从看不见到看见的过程就是被规训的过程。看见并非是他们在城市人群中的可辨识,而是指从社会秩序的角度来看,他们已经被改造重回正轨,所以可被允许成为城市人群中的一员出现在城市中,而多克对他们的寻找正是要保留他们作为真正的个体的踪迹。这两起案件以及帆板乐队成员变成僵尸,都表明60年代激进政治运动的衰退,以及所有抵抗的被收编,美国社会已经处于保守主义的控制下,如多克所担心的:"迷幻的六十年代就像是闪光的小括号,也许就此终结,全部遗失,复归于黑暗中……一只可怕的手也许会从黑暗中可怕地伸出手来,重新为这个时代正名,简单得像拿走瘾君子的大麻,放到地上永远踩灭。"(Inherent Vice,254—255)

在这部小说里,品钦引入了失落的大陆利莫里亚(Lemuria)这个空间意象来象征后现代都市洛杉矶。这个空间意象在小说中出现了五次。第一次是在第七章,那是传奇冲浪者圣弗利普冲浪的地方②。第二次也是在第七章,多克为了寻找前女友莎斯塔的下落去咨询巫师维伊·费尔菲德,维伊·费尔菲德让多克吃下一张写了字的纸,多克便经历了一番灵魂之旅,他看到了一座古城的废

---

① Rob Wilson,"On the Pacific Edge of Catastrophe, or Redemption: California Dreaming in Thomas Pynchon's *Inherent Vice*",*Boundary 2*, 37.2 (2010): 219.
② 冲浪对于冲浪者来说不仅是运动更是精神上的超越,圣弗利普相信《圣经》中所说的"行在水上"是指冲浪,他还曾从澳大利亚的一个冲浪者那里买到过一块耶稣冲浪板(the True Board)的残片。

墟，陪伴他的是利莫里亚—夏威夷的半神卡姆基。第三次是在第
十一章，多克过去曾与莎斯塔按照索梯雷格的显灵板显示的地址
去找迷幻药，当时下起了倾盆大雨，索梯雷格预言说大雨是利莫里
亚重现的征兆。多克去那个地点发现在那里耸立起了金獠牙企业
的大楼。第四次是在第十八章，多克前往艾德里安·普鲁士的 AP
金融公司，在路上看到一个巨大的黑色海角，他想起了索梯雷格关
于利莫里亚的故事："他想到索梯雷格提到的沉没大陆，会不会是
它又回来了，又有谁会注意到呢？……利莫里亚会给他什么好处
呢？尤其当他们发现很久很久以前他们被放逐离开了这个地方，
现在早已记不得它了。"(Inherent Vice，315)第五次是在小说的结
尾，一帮神秘人物乘坐金獠牙的船在海上潜逃，这艘船驶入了圣弗
利普冲浪的地方，船上的人弃船逃跑。可以看出，利莫里亚在小说
里有着双重含义，它既可能象征圣弗利普代表的精神顿悟或别样
的可能性；它又指金獠牙和 AP 金融公司所代表的黑暗现实，金獠
牙的船驶入的地方对应于利莫里亚沉没之处，也含有末日的意思。
而按照利莫里亚这五次出现的顺序，它的含义是从乌托邦逐渐变
成反乌托邦，这便是洛杉矶这座城市的现实写照。当然，在小说的
结尾处还是通过多克的内心独白对城市的未来寄托了希望："等待
这浓雾被阳光驱散，等待另外的东西这次出现在那里。"(Inherent
Vice，369)

三、空间形式、认知图绘与社会总体性

从《性本恶》对一个反乌托邦城市的呈现中可以看出，这其中
蕴含了对社会总体性的关注。这部小说的片段式情节结构与雷蒙
德·钱德勒小说的片段式情节结构的区别就在于，它将钱德勒小

说的片段式情节结构发展成为一种意在绘制认知图绘的空间形式（spatial form）。约瑟夫·弗兰克的空间形式的概念，指的是读者在阅读现代主义作家的作品时需要将所有的因素，如意象、用典、人物等，组合在一起才能理解作品的含义，这种共时性就是空间性的艺术形式。①与之相似，《性本恶》的空间形式也是把作品作为一个体系来空间化。但是，《性本恶》的空间形式与弗兰克所说的空间形式的不同之处在于，现代主义作品的空间形式实质上仍然是对时间的关注，詹姆逊在对现代主义的讨论中就指出："伟大的现代主义作品的'空间形式'（这个描述归功于约瑟夫·弗兰克）更多的是与弗朗西斯·耶茨的记忆宫殿象征的记忆的整合力量相通，而不同于后现代的断裂的令人困扰的空间体验。《尤利西斯》里的一天中的城市的共时性记录更多的是关于断断续续有互相关联的记忆的描述……"②

《性本恶》的共时性则是与城市的地理空间和社会空间密切相关，其空间的变换流动最终是为了建立起对城市整体结构的认识。洛杉矶是一座典型的后现代都市，与传统的城市不同，它是一个没有中心的扩散性和碎片化的城市。水平性就是它的特点，这是自其发展早期以来地产开发商的棋盘式城镇开发的产物。洛杉矶没有遵循传统城市从一个密集的中心向边缘扩张的方式，而是采用了许多城镇同时发展的方式，汽车是最适应这种类型扩展的交通

---

① Joseph Frank,"Spatial Form in Modern Literature", *The Sewanee Review*, 53.2(1945): 221—240; Joseph Frank,"Spatial Form in Modern Literature", *The Sewanee Review*, 53.3(1945): 433—456; Joseph Frank,"Spatial Form in Modern Literature", *The Sewanee Review*, 53.4(1945): 643—653.
② Fredric Jameson, *Postmodernism, or the Cultural Logic of Late Capitalism*, Durham: Duke University Press, 1999, p.154.

工具。①与此同时,洛杉矶又因为种族和阶级形成的空间隔离②成为后现代社会生活的碎片化、原子化的缩影。巨大的空间和隔离分裂的现实使得洛杉矶在后现代理论家的眼里成为后现代之地。詹姆逊有关后现代超空间里的迷失和认知图绘的紧迫性的思想都与洛杉矶相关,他的后现代超空间的提出就是源自他在洛杉矶市中心的鸿运大饭店的一次经历。

如果我们将多克的所到之处在洛杉矶的地图上一一标出,就会发现,这些地点几乎将这座城市的大部分(除了内陆部分的一块)都圈了进去③:从位于西北部文图拉县奥哈伊(Ojai)的克里斯基罗顿研究所、多班加峡谷(Topanga Canyon)里的帆板乐队的别墅、圣莫尼卡山区(Santa Monica Mountains)的米奇·乌尔夫曼的宅邸,以及贝尔·艾尔(Bel Air)的神秘宅邸(这些都属于高档住宅区),到靠北部的市中心区的洛杉矶警察局办公大楼、位于日落大道的金獠牙公司贴满金叶子的大楼和邻近艾利逊公园(Elysian Park)的权贵精英克罗克·芬维与多克会面的俱乐部,到西海岸中部的戈蒂塔海滩④,到市中心南部靠近中南大街(South Central)和瓦茨(Watts)的 AP 金融公司,再到西南部克罗克·芬维别墅所在的帕洛斯韦尔德半岛(the Palos Verdes Peninsula)和亚洲风情俱乐部所在的圣佩德罗(San Pedero)深水港,甚至还有离洛杉矶不太远的拉斯维加斯。它们共同构成了洛杉矶的全景图。

---

① David Fine, *Imagining Los Angeles: A City in Fiction*, Reno & Las Vegas: University of Nevada Press, 2004, p. 8.
② 有关这一点的详细介绍可参看迈克·戴维斯:《水晶之城——窥探洛杉矶的未来》,林鹤译,上海:上海人民出版社,2010年。
③ 这里指的是大洛杉矶,自 20 世纪 20 年代以来,洛杉矶就一直在向西发展。由此可知为何品钦会省去大洛杉矶东边内陆的那部分地区。
④ 品钦杜撰的地方,其原型是洛杉矶的曼哈顿海滩(Manhattan Beach)。

在描绘这个全景图的同时，城市的权力关系网络也在其中得以呈现，它将小说里的各个人物和各股势力联系起来，构成了社会结构的整体图景。雷蒙德·威廉斯在《现代小说中的乡村与城市》一书中评论狄更斯的小说对城市的描写的特点是："各式各样和显然互不相干的事物、人物，与最终会被看作是一个决定性的系统的并存——所有显现的个体事实背后都隐藏着共同的境遇和命运。"①这个评价其实同样适用于品钦的《性本恶》。侦探多克在城市中的调查活动，其作用就是将这些城市空间中不同阶层、不同种族的人联系在一起。这些黑帮分子、退伍军人、白领上班族、黑人激进民族主义分子、政客、检察官、警察、毒贩子、放高利贷者、嬉皮士、灵修者、冲浪者、妓女、电影明星、富家女、律师、医生、大学教师，等等，在城市中的不同地方过着各式各样的生活，但是一个权力网络将他们全部联系在一起，并揭示出他们的共同命运。

这就是詹姆逊所说的对个体在总体性中的位置的呈现。侦探多克的调查就是一个既是地理空间的也是社会空间的描绘过程，这便是詹姆逊所说的认知图绘的思想。

第二节　城市的不可知：认知图绘与个体的局限性

上一节我们分析了《性本恶》的故事空间的性质和空间形式，以证明这部小说是以认知图绘为目的的侦探小说。本节将讨论侦探调查案件过程中的认知图绘困境，即城市的不可知问题，进一步

---

① Raymond Williams, *The Country and the City in the Modern Novel*, New York: Oxford University Press, 1975, p. 154.

分析认知图绘的主体位置、其中反映出的个体的局限性，以及小说尝试提出的解决途径即社群的重要性，同时也说明《性本恶》的城市不可知与硬汉派侦探小说所体现的世界的不确定性问题有着本质上的区别。

如前所述，黄金时期侦探小说所体现的世界完全可知的思想，是靠其固定和封闭的空间来实现的，这类作品所提供的建筑平面图和空间位置图，表明的是与这一思想相一致的空间的明晰性。与之相对照，《性本恶》的城市空间总是表现出不能被完全洞穿和解码的特点。多克办公室门上贴着一张巨大的眼球的画，这个眼球表示的是侦探承担的认知功能——"private－I"也是"private－eye"。然而，城市在侦探眼光的审视中并非完全可知。首先，洛杉矶的城市空间常戴着欺骗性的面具，存在着表面与隐藏的真相之间的鸿沟。洛杉矶警察局的玻璃大楼制造的是一种透明的假象："它坐落在那些意图美好的旧时建筑中，看上去与它们很相适宜且温良无害（harmless），就像高速公路旁的连锁汽车旅馆一样毫无凶险（sinister）之处。但是，在那些中立的（neutral）灰色窗帘背后，在泛着荧光的走廊尽头，却充满了各种各样古怪另类的警察历史和警察政治……"（*Inherent Vice*，137）坐落在奥哈伊山区以精神灵修闻名的克里斯基罗顿研究所，其舒适宜人的环境包括树木、散步小道、喷泉、游泳池、禅园等，给人美好单纯的错觉，里面却进行着对偏离正轨者的规训和惩罚，它代表着社会系统对人的精神控制。米奇·乌尔夫曼的别墅是一种反式设计，卧室在一楼，厨房和娱乐休闲区设置在楼上。卧室可直接被来访者观看或是更易接近，这仿佛表示其主人的婚姻毫无问题。但是，卧室里挂着的那些画有乌尔夫曼各个情妇裸体肖像的领带，以及他的妻子与灵修导师之间的微妙关系，都表明这个家庭仅是徒有其表。权贵克罗克·芬维的俱乐部有一张壁画,画的是1769年波托拉(Portola)远征到达一条河的拐弯处,此处离后来洛杉矶的市中心很近,画上的人的表情仿佛是在说:"这是什么?这是否就是未知的天堂?上帝是不是用他的手指划出并祝福了这块极美的河谷,并将它特意留给我们?"(*Inherent Vice*, 343—344)波托拉远征是历史上第一次有记载的西班牙对美洲大陆的探险活动,它为西班牙在现为加利福尼亚州的地方建立殖民地开辟了道路。而后来信奉新教的盎格鲁—撒克逊人取代了信奉天主教的西班牙殖民者,没收了他们的土地之后,成为新的主人。在19世纪80年代和90年代,一些投机商利用西班牙天主教在此传教的历史,编织了一个城市崛起的神话以吸引游客、定居者和投资者。当时还兴建起不少西班牙殖民时期风格的建筑,以制造出浪漫的怀旧的效果。在《性本恶》这部小说中,米奇·乌尔夫曼的峡景地产建造的房屋、克里斯基罗顿研究所的主楼,就是西班牙殖民时期风格的建筑,俱乐部的房间里也有西班牙殖民时期风格的家具。那么,这幅壁画里所表达的加州梦的含义,其实背后隐含的是殖民者的土地争夺历史。而且,克罗克·芬维在此和多克会面是为了就金獠牙的毒品交涉问题进行谈判,芬维还对多克说:"我们是不可撼动的,我们永远都不可撼动。看看这里。房产、水权、石油、廉价劳动力——所有这些都是我们的,而且会一直是我们的。而你们,你们又到底是什么?不过是在这阳光灿烂的南方大地上来来去去的众多过客里的一员……我们永远都不会缺少你们这样的人,这种供给是无穷无尽的。"(*Inherent Vice*, 347)可见,事实上天堂并非是向所有人开放的,这无疑也是对所谓天堂的讽刺。同样,那些多克所光顾的公共空间,包括餐馆、酒吧、商店、热闹的街道等,是人们通常可以被准许进入和观看的地方,代表着一个可见的城市;而小说里那些正在进行着各种秘密交易和犯罪活动的私人住宅和机构，代表的是另一个人们通常所看不见的城市，只有像多克那样经过乔装打扮之后才能进入。

其次，即便多克能够通过各种途径和办法进入这些空间里，他也无法完全破解里面隐藏的秘密。洛杉矶警察局内部究竟还存在什么腐败问题？克里斯基罗顿还关着其他什么人也在被迫接受可怕的精神治疗？克罗克·芬维这样的上流社会精英与金獠牙集团之间是什么关系？从金獠牙的船上逃跑的人究竟是什么人物？库奇和华金在亚洲风情俱乐部里和日本黑帮在商谈什么生意？金獠牙集团都有哪些生意？它的股东都是谁？是谁住在那个神秘的像城堡一样的宅邸里？艾德里安·普鲁士为洛杉矶警察局还干了什么事？这些多克都无法知晓。米奇·乌尔夫曼、科伊和警察文森特的事情只不过是城市罪恶的冰山一角，更何况多克也没办法找出这几起案件的幕后主使人。在这部小说里，也有像亚洲风情俱乐部、金獠牙公司大楼、贝尔·艾尔的神秘宅院和艾德里安·普鲁士的 AP 金融公司这样的空间，它们的外表就已透露出其黑暗的本质。例如，亚洲风情俱乐部的样子"在视觉上表达了无数来自环太平洋各地的人汇聚于此进行秘密交易"（*Inherent Vice*，80）；金獠牙公司大楼的外形就像一颗巨大尖利的怪兽獠牙。尽管如此，多克对里面的犯罪活动不仅无能为力，更无从揭露。多克探访前三处地方的时间都是夜晚。而他去 AP 金融公司的时间虽然是在白天，但是艾德里安·普鲁士的办公室里光线昏暗——"市中心闷热浑浊的日光透过他身后的窗户照射进来，这种光不可能来自任何稳定或者纯粹的拂晓…… 在这种光线下，很难看透任何人"（*Inherent Vice*，316），所以与夜晚是同样的效果。黑夜的含义既是深重的罪恶，又指空间的被遮蔽、不透明和混沌，秘密和阴谋不能被侦探的目光所穿透。此外，在小说里整座城市自始至终都被大雾所笼罩,它既是城市污染问题的真实写照,同时又与黑夜一样,也是对城市被罪恶所吞没、60年代理想之光熄灭的隐喻。

但是,这种城市的不可知并不表明凯西·绪普及但汉松所说的认知图绘的不可能[①],它实则反映的是个体的局限性的问题。无论是在其《政治无意识》一书中,还是在《后现代主义或晚期资本主义的文化逻辑》一文里,詹姆逊并没有对认识社会总体性产生怀疑,他所分析的后现代超空间里的迷失,是指后现代社会里新的空间组织方式,使得身处其中的人不能以惯常的空间认知方式来把握它。这也是对后现代社会状况的隐喻,即后现代社会的新特点需要我们重新调整认知方式,以便把握它的总体性。而这与绪普所说的硬汉派侦探小说反映的世界的不确定性实质上并不相同。而且,詹姆逊的社会总体性认知图绘的思想,也并不说明他认同经典侦探小说的纯粹的观察城市的外在位置,即便是在绪普所指出的《政治无意识》这本书里也同样并非如此。这在认知图绘思想所继承的阿尔都塞的意识形态的概念里便可看出。意识形态这一概念所隐含的思想便是人总是处于世界之中,总是存在"个体的局部位置与他/她在阶级结构整体中的位置之间的差别,个体的现象学上的感知与超越个体思维和体验的现实之间的差别"[②]。詹姆逊就指出,那个完全可知的位置只属于拉康所说的"理应知情的主体(the subject supposed to know)",它是一个结构上的空白,并不能定位于任何具体的个体。因此,詹姆逊所说的主体的内在位置与

---

① Casey Shoop, "Corpse and Accomplice: Fredric Jameson, Raymond Chandler, and the Representation of History in California", *Cultural Critique*, 77(Winter 2011): 207.

② Fredric Jameson, "Cognitive Mapping", *Marxism and the Interpretation of Culture*, Cary Nelson and Lawrence Grossberg, eds. Urbana and Chicago: University of Illinois Press, 1988, p. 353.

硬汉派侦探小说表面上相同,但其含义本质上并不相同。詹姆逊在评论雷蒙德·钱德勒时虽然用到了"绘图(map)"一词,但它只是一般意义上的文学对现实的再现的意思,也不同于认知图绘这个概念,这些差别将在下面对经典侦探小说、硬汉派侦探小说和品钦的《性本恶》的比较中进行论述。总之,认知图绘这一概念本身就指出了个体把握总体性的局限,但这并不是否认认知图绘本身的意义。

经典侦探小说都会以谜团的最终解开和凶手被揭露,给故事一个圆满的结局。但在《性本恶》中,多克根本无法通过锁定某个个体来将案件彻底了结。在小说的结尾,多克打死了艾德里安·普鲁士和其同伙帕克,但讽刺的是,多克从警察比格福特(Bigfoot)的口中得知,洛杉矶警察局早就想除掉艾德里安·普鲁士,因为他知道的信息太多且要求的好处也越来越多。说到底,做雇佣杀手的艾德里安·普鲁士也只是个拿钱替人办事的傀儡,帕克和被灭口的格伦这些小角色也都是替罪羊。多克只不过是为那些真正大权在握的幕后操纵者解决了秘密可能泄露和被不断索取好处的麻烦而已。《性本恶》的无终结之感是源自它所要揭示的是整个社会制度系统的问题,因此这就不能通过单个罪犯被解决来实现,那样的终结之感反而是对社会秩序的维护。也正是因为这样,对于社会总体性的把握才是如此的重要,单个问题的原因从不在这个问题之内而是存在于整个结构中。

固然,硬汉派侦探小说也体现了城市的不可知问题:"侦探还在破案,但是世界现在已大得超过了他的认知所能涵盖的范围——硬汉侦探也确实被他所描绘和讲述的故事世界所包含。他不再是处于外部,像福尔摩斯那样用缜密的思维将线索有序排列,而是亲身体验调查案件对身体和认知的影响,如暴徒的殴打或蛇蝎美女的吻，不过更加突出的是处于其视野之外的世界的不确定性和抽象性。"[1]雷蒙德·钱德勒的小说也描绘了城市空间的欺骗性[2]，而且可以看出，硬汉派侦探小说确实摒弃了经典侦探小说里侦探的绝对外在的位置，也即齐泽克所论述的经典侦探的"理应知情的主体"[3]的位置。但是，硬汉派侦探小说却并未放弃经典侦探小说的侦探位置所隐含的精神与物质、主体与客体分离的思想。这在前文所论述过的钱德勒小说的第一人称叙述中便可看出。硬汉侦探丧失了那个纯粹外在的位置，但这没有使得这类作品去质疑这个主体位置的意识形态性，而是转向了描述个体异化的问题，它通过赋予侦探叙述者地位，以叙述权威来实现经典侦探所拥有的认知权威，这其实是经典侦探小说主体与客体二元对立的一种变形。弗雷德里克·詹姆逊就在其第二篇评论钱德勒小说的文章里指出过，钱德勒小说存在精神与物质对立的思想[4]。因此，钱德勒的作品的片段式情节没有能够实现先锋性，还是掉进了斯蒂芬·奈特所说的"浪漫的个人主义（romantic individualism）"的窠臼里。[5]而这种精神与物质、主体与客体的分离，便导致其对城市空间的看法落入列斐伏尔所说的空间的双重幻象[6]里，所以其对社会

---

[1] Casey Shoop, "Corpse and Accomplice: Fredric Jameson, Raymond Chandler, and the Representation of History in California", *Cultural Critique*, 77(Winter 2011): 209.

[2] 即空间作为上流社会的虚伪的隐喻，可参见 David Fine, *Imagining Los Angeles: A City in Fiction*, Reno & Las Vegas: University of Nevada Press, 2004, p. 124。

[3] Slaboj Zizek, *Looking Awry: An Introduction to Jaques Lacan Through Popular Culture*, Cambridge: MIT Press, 1992, p. 62.

[4] Fredric Jameson, "The Synoptic Chandler", *Shades of Noir*, Joan Copjec, ed. New York: Verso, 1993, pp. 33—56.

[5] Stephen Knight, *Form and Ideology in Crime Fiction*, Bloomington: Indiana University Press, 1980, p. 149.

[6] 关于空间的双重幻象，本书已在《拍卖第49批》一章中做过详细论述，在此不再赘述。

问题的描写才没能发展成为对社会总体性的认知图绘的考察。这便是品钦在《拍卖第 49 批》中,通过俄狄帕在城市进行的调查活动中寻找生活意义的失败所审视过的问题。

在《性本恶》这部小说中,多克与硬汉侦探的一个显著不同之处,就是他并非是孤胆英雄,小说自始至终都给我们呈现出多克与周围人的情感联系①,而且他在办案的过程中也一直都需要他们的帮助。多克的好友丹尼斯曾扮作摄影师与多克一起去帆板乐队的别墅调查;前同事兼好友佛瑞兹用阿帕网(ARPAnet)帮他收集查询信息;里特姨妈会告诉他一些房地产内幕消息并给他忠告;索梯雷格时不时地会给他一点超自然问题的建议,并带他见她的精神导师;索梯雷格的男友和朋友为多克提供了他们在格伦被枪杀时偶然拍摄到的一段视频;多克的女友、地区助理检察官佩妮,为他拿出了警察文森特一案的档案;空姐卢尔德斯和蒙特拉,帮多克打扮并带他去亚洲风情俱乐部;开办豪华轿车服务公司的提托,在拉斯维加斯跟多克一起在各个赌场寻找帕克,并且帮他逃过 FBI 探员的追逐;甚至提托的姐夫还曾与多克交换车以误导警察,等等。多克在最后去与克罗克·芬维约好的购物中心交还毒品时,特意带上了丹尼斯,因为他感到自己特别需要朋友的支持来"强化自己对于南加州购物中心的免疫力,让自己拥有没有欲望的欲望,至少不要去想那些在商场里看见的东西"(*Inherent Vice*, 348)。

与硬汉侦探的孤独和与他人的疏离不同,这部小说一直在强

---

① 经典侦探小说的一条定律是侦探不可以有情感的介入,齐泽克认为这是由于经典侦探所处的位置与精神分析师一样,所以经典侦探从来都不是叙述者,经典侦探严禁泄露侦探的心思,必须藏匿侦探的推理过程,直到最后出现胜利的结局。参见 Slaboj Zizek, *Looking Awry*: *An Introduction to Jaques Lacan Through Popular Culture*, Cambridge: MIT Press, 1992, pp. 60—62。

调这种人与人之间的联系以及侦探对建立这种联系的渴望。因为城市的不可知是无法仅凭个人的力量去解决的,社会的罪恶也无法仅靠单个人去对抗,这里突显的是群体或社群的重要性,这便是为何这部小说要塑造一个戈蒂塔海滩的社群和一个嬉皮士侦探的缘故。孤单的个体只会加深其分化隔离和原子化。孤胆英雄的悖论是,其最终肯定的是以个人主义为基础的私有化思想,这正是保守主义所推崇的价值观,里根上台之后所实行的新自由主义经济政策也正是以此为基础。

硬汉侦探在故事的结尾通常都会退回到自己的办公室里,这个如个人堡垒般的办公室是其脱离世俗的象征。而在《性本恶》的结尾,多克开车在公路上行走,在大雾弥漫中他渴望与他人建立起联系:"多克好奇的是,今夜有多少自己认识的人被困在这大雾中,有多少被大雾困在家里的人正坐在电视机前,或是躺在床上刚刚睡着。总有一天——他猜史巴奇可以证明这一点——车载电话会变成标准配置,甚至还会有车载电脑。人们可以相互交换姓名和地址,讲述各自的故事,成立联合会,每年组织一次聚会,每次都在高速公路不同出口附近的酒吧,共同追忆那个大家临时团结在一起,相互帮助,走出浓雾回家的夜晚。"(*Inherent Vice*, 368)

从以上所分析的《性本恶》与经典侦探小说和硬汉派侦探小说对待空间问题的差别中可以看出,这部小说继承了硬汉派侦探小说的流动性空间,以避免经典侦探小说由固定封闭空间实现的世界完全可知及其对既定社会秩序的维护。同时,它将硬汉派侦探小说的片段式情节彻底发展成为以城市认知图绘为目的的空间形式,对整个社会制度系统进行了审视。而且,《性本恶》对个体局限性和社群的必要性的强调,也避免其陷入精神与物质、主体与客体分离所造成的空间双重幻象里。

结　语

　　随着品钦研究进入剖析作品社会历史政治内涵的阶段,对品钦小说里空间的考察,能够更好地揭示品钦的后现代小说对现代主义创作模式的反思和对战后美国社会问题的思考。正如本书正文中所探讨的,就《V.》《拍卖第49批》《葡萄园》和《性本恶》这四部小说来说,通过分析它们所蕴含的社会控制的空间性、空间的社会政治性、空间与权力关系的紧密关联,以及空间化叙事策略等,我们能够更加全面深入地理解这些作品对现代主义向内转策略在把握后现代状况方面的局限性的揭示,对认识社会总体性的必要性的强调,对后现代多样性的谨慎态度,以及它们的后现代技巧与其社会政治含义的相关性等。

　　本书对《V.》和《拍卖第49批》这两部具有形而上学色彩的小说中斯坦西尔编织的V的神话所暴露的殖民主义思想、俄狄帕追寻先验意义的失败和对代表城市底层人群的特里斯特罗的误读的分析,使我们看到现代主义神话叙事和向内转的手法不能有效地认识城市的复杂性。品钦从空间的角度揭示了这其中的深层原因,即人物思维方式隐含的精神与物质二元对立所导致的空间双重幻象,也因此致使小说里的被压迫和边缘群体被理解为世界衰败熵化的表征、意义和秩序的敌人,及死亡的代言人。从空间角度切入的意识形态分析比之于单纯的语言符号解构的阐释,能够挖掘出小说批判人物思维方式的深层含义。

同时,通过分析《V.》里城市空间的资本秩序导致的主体分解和人在城市里的空间异化,《拍卖第 49 批》里城市的种族和阶级的空间隔离问题,以及《性本恶》里城市认知图绘的描绘,也能看到品钦对统一叙事的警惕并非是对总体性视角的否定。他一方面批判了妄想症对意义和秩序的渴望可能掩盖的意识形态性;另一方面也肯定了妄想症建立联系的倾向所隐含的认知图绘的积极意义。这其中的微妙差别取决于观察城市的主体位置。无论是以抽象同一来赋予现实世界有意义的秩序,还是以经典侦探的理性目光掌控城市,统一叙事所预设的外在于城市的视角,其空间的清晰性实则是一种幻象。而采用内在于城市空间的视角,表面上显出的是空间的不完全可知,但这种对个体局限性的承认却避免了主体和客体的分离。总之,品钦从未放弃审视整个社会制度系统的努力。

绪论里提到了麦克黑尔的后现代本体论多重景观概念,此概念虽然指出了后现代小说的空间特点为不同空间的不同现实,然而也存在对后现代多样性的简单化理解。通过分析品钦这四部小说里城市的空间异化、空间隔离和社会的景观化,并结合战后美国社会政治语境,可以发现这种不同空间的不同现实并非是平等的关系:由资本秩序决定的资本主义社会的抽象空间,其构想的空间对实际空间的控制仍然占据主导地位,作为空间使用者的各种群体未能形成与此主导秩序相抗衡的反抗空间,这也正反映了战后美国社会从 20 世纪 50 年代到七八十年代的政治现实。由此,也能避免单纯从解构游戏的角度对多样性和多元化的简单化阐释。

本书将注意力引向了品钦的小说中以空间来解构现代主义对时间的关注,这种解构的目的之一是揭示这种时间策略存在的对空间的错误认识,但这并不是对时间的纯粹贬低。对《葡萄园》这部小说的分析,揭示了后现代社会大众媒体所造成的时间的空间化的不良后果。弗雷德里克·詹姆逊认为后现代面临的是时间性终结的状况,时间变为当下和身体,其对空间的关注实则是历史性弱化的无深度感。固然《葡萄园》里也有对此历史性消退的呈现,但更重要的是这部小说对此问题有独到的认识:它考察了大众媒体对回忆的内在性的取消以及记忆的外化作用,这使得我们对后现代时间的空间化有了更多和更深入的了解。而通过分析小说在叙述手法上对此空间化的时间的模仿,能够避免单纯从大众文化肤浅性所得出的小说缺乏深度时间经验的结论,并可帮助解决在小说对大众媒体的批判这一问题上存在的分歧。

以上总结的品钦小说的几项重要议题,其实贯穿于品钦的所有创作中,本书没有讨论的其他大部头作品,从西方社会历史和资本主义历史的角度对这些议题进行了更为深入的考察。由于本书篇幅所限,在此无法展开分析,仅做一个初步的简要概述。品钦的小说并不遵循线性的因果链,它们挑战了人们对时间和历史的线性的、目的论、决定论式的理解方式。①一方面,品钦的小说以空间的变换流动和时间的断裂打破了时间的连续性和世界的统一稳定;另一方面,其时空结构表现出一种时间的空间化特点,而这种空间化策略对线性时间、线性历史的挑战,并不是研究者们所认为的对后现代多样性的简单肯定。

首先,这些小说通过解构线性时间和因果律,反思了自启蒙运动

---

① 如 Steven Weisenburger, Thomas Schaub, David Cowart, Amy J. Elias 等,详见 Steven Weisenburger, "Gravity's Rainbow", *The Cambridge Companion to Thomas Pynchon*, Inger H. Dalsgaard, Luc Herman and Brian Mchale, eds. Cambridge: Cambridge University Press, 2012, p. 49; Thomas Schaub, *Pynchon: The Voice of Ambiguity*, Urbana: Illinois University Press, 1981, p. 11; Amy J. Elias, "History", *The Cambridge Companion to Thomas Pynchon*, Inger H. Dalsgaard, Luc Herman and Brian Mchale, eds. Cambridge: Cambridge University Press, 2012, pp. 123—135.

以来支撑西方资本主义社会的进步发展观以及科学理性对世界的掌控。它们在局部情节的巧妙设计上,或者将进步与发展的困境表现为封闭空间里无意义的时间链条;或者将进步发展的毁灭性表现为男性阐释主体眼中变形变装女性象征的断裂的时间;父辈与子辈关系的断裂代表的断裂的时间,或是父辈牺牲子辈代表的没有未来发展的时间。同时,它们在故事世界的时空结构上,又以时间的空间化即过去与现在形成空间上的并列,揭示被线性时间代表的进步发展观遮蔽的罪恶与苦难。这个空间化的时间与小说里反复出现的因果报应概念(karma)、降灵会情节和灵媒形象相连,体现了齐泽克《意识形态的崇高客体》一书里讨论的本雅明的救赎观,即拯救文明社会繁荣的牺牲者和被进步历史抛弃的过去。① 此外,《为了那天的到来》(*Against the Day*, 2006)这部小说还进一步探寻了与进步发展观和科学理性掌控世界的思想相关联的时空观,即牛顿经典物理学的绝对时空观。② 小说通过剖析统一

---

① 齐泽克的《意识形态的崇高客体》讨论了本雅明对历史的思考。本雅明提出了两种时间:一种是统治阶级的时间,它是空洞的、均等的连续的时间,它把历史设想为一个封闭的连续的前进过程,历史是关于辉煌成就和文化财富的历史;另一种时间是被压迫者的时间,它是不连续的要求偿债的时间,是要求被窒息的过去之维以失败之物和被灭绝之物的形式获得救赎的时间。本雅明认为,历史唯物主义必须借助神学的救赎观才能赢得胜利。齐泽克将本雅明的历史观与弗洛伊德关于潜意识处于时间之外的主张相关联,他认为对过去之维的征用便意味着重复。品钦小说里的鬼魂主题正体现了齐泽克讨论的观点。参见 Slavoj Žižek, *The Sublime Object of Ideology*, London: Verso, 1999, pp. 131—149。

② 启蒙思想的一个重要来源是 17 世纪由伟大的科学家牛顿确立起来的经典物理学。经典物理学提供了世界图像的力学描述,所有自然现象都可以归纳为力学定律,它以牛顿关于力学和天文学的综合研究为顶峰,牛顿力学被看作是此后两个世纪经典物理学的总框架。著名英国物理学家麦克斯韦(James Clerk Maxwell)在 19 世纪 70 年代出版的《不列颠百科全书》第九版撰写的"物理科学"条目中规定了用力学纲领解释的科学为物理学,首次明确了 17 世纪以来逐步形成的"世界的机械论图像"的历史地位。直到 19 世纪末,绝对时空观、物体间的机械作用和一个本质上是决定论的静止宇宙的经典世界观都占据着主导地位。相关背景可参看彼德·迈克尔·哈曼:《19 世纪物理学概念的发展——能量、力和物质》,龚少明译,上海:复旦大学出版社,2000 年;Egil Asprem, *The Problem of Disenchantment: Scientific Naturalism and Esoteric Discourse, 1999—1939*, Boston: Brill, 2014。

时间的作用、绝对时空观里的上帝①隐含的绝对外在的主体位置的思想,以及审视绝对抽象时空化身的铁路与帝国事业和资本扩张的重要关系,揭示了绝对时空观对资本主义体系的确立和发展的重要性,说明它实际体现的是资本与权力对世界的掌控。②

作为解谜叙事与追寻叙事的混合体,品钦的小说与侦探小说的不同点在于,追寻主体不能够建立起事物之间的因果关联,不能将收集的信息整合成一个由因果链串起的有机整体。尽管现存研究指出,品钦的小说推翻了因果律和逻辑性这类概念,但是,研究者们并未进一步探究品钦的小说试图揭示的事物之间的联系究竟

---

① 牛顿在其著名的《自然哲学原理》一书中讨论了绝对空间和绝对时间的概念。他认为存在绝对的真实的数学的空间,它是无限的、同质的、连续的,完全不依赖于我们试图测量它所凭借的任何可感知的对象和运动。根据牛顿的论述,空间拥有一种"绝对"存在,超越于各种物体具体的空间关系之上。空间就如一个容器,上帝在创造世界的时候把物质世界放在其中。同样,牛顿认为存在"绝对的、真实的、数学的时间,依其本性均匀地流逝,与一切外在事物无关"。绝对时间也像一个各种事件在里面发生的容器或舞台,而且时间和空间没有联系,彼此独立。空间和时间对牛顿来说有至关重要的宗教含义,它们意味着全能上帝的无所不在和永恒存在。当牛顿谈及绝对空间中运动的物体时,他指的是它们在上帝中的运动。绝对空间不仅是上帝无所不在,而且也是上帝进行认识和控制的无限场所,他甚至把绝对空间描述为神的感觉中枢。参见埃德温·阿瑟·伯特:《近代物理科学的形而上学基础》,张卜天译,长沙:湖南科学技术出版社,2012年,第208—226页。

② 牛顿的时空观对西方文明产生了深远的影响。资本主义的确立和发展需要对社会生产进行高效的管理组织,而绝对时空观的绝对性、抽象性和外在性(即不受其中任何事物的影响),正为可计算性、精确化和统一化的资本主义生产体系提供了框架。它的一个重要体现便是以绝对时空观为哲学基础的统一时间或标准时间。西方世界的工业革命、商业贸易活动、各种制造业大型工厂的生产活动、劳动力的报酬计算、海外殖民地的扩张,等等,都离不开计时仪器的不断革新以及格林尼治标准时间的确立。著名物理学家斯蒂芬·霍金指出,绝对时间和空间的概念意味着,时间相对于空间是完全分离和独立的,人们可以准确测量两个事件之间的时间间隔,不管测量者是谁,这个时间都是完全一样的。吉登斯(Anthony Giddens)也指出标准化、同步化的世界时间网络剥离了地方与时间,把世界的不同地方纳入了一个抽离地方差异的抽象空洞的空间里。总之,时间因为统一时间的建立,与自然过程和不同地点的人类事务相分离,而这个抽象的时空支撑着西方逐步建立起的资本主义和殖民主义体系。参见 Stephen Hawking, *A Brief History of Time*, New York: Bantam Books, 1998, p. 18; Anthony Giddens, *The Consequences of Modernity*, Stanford: Stanford University Press, 1990, pp. 17—20。

是一种怎样的关联,最多或是认为品钦小说的特点就是不确定性和含混,或是从解构主义的角度归结为后现代多样性的狂欢,这些小说挑战了历史和叙事的连续性和终结感,拒绝整合碎片。①

其实,从《拍卖第49批》开始,品钦小说里支离破碎的时空表面之下都会隐藏着一个由权力和资本组成的隐秘秩序。在《拍卖第49批》里,是俄狄帕的前男友皮尔斯在圣纳西索创立的企业帝国;在《万有引力之虹》里,是包括德国染共体和英国帝国化学公司等在内的跨国公司;在《为了那天的到来》里,是大财阀斯卡斯代尔·维伯;在《性本恶》里,是金獠牙集团、洛杉矶警察局和克罗克·芬维代表的上流社会精英;还有在这些小说里经常出现的被笼统指称为"他们"的权力掌控者。而品钦的小说质疑因果律,正是要揭示这个隐秘的秩序无法按照因果律的线性思维来理解,它遵循的并非是线性的逻辑,资本的系统已经超出了理性认知的范围。由此再来看《万有引力之虹》及在这部小说之后的品钦作品,妄想症的积极意义就在于,与因果律的线性联系不同,妄想症及其引发的阴谋论遵循的并不是线性逻辑,它是一种共时的思维模式,即空间化的思维模式,它要探究的是权力关系的运作问题。品钦的小说便是通过对阴谋论思维及随之产生的主体行动的呈现,揭示资本体系既联结又隔离分化的特点。这也再次表明品钦对后现代多样性观点的警惕。

以上这些中心议题在"地下(有时是更宽泛意义上的大地)"与"天空/天上"的两个空间意象的对比中,得到了集中的体现。它们

---

① 如埃米·J. 伊莱亚斯认为品钦的小说是杂语复调式历史,是一种杂语式的关联,历史是不连续的、无目的的。参见 Amy J. Elias, "History", *The Cambridge Companion to Thomas Pynchon*, Inger H. Dalsgaard, Luc Herman and Brian McHale, eds. Cambridge: Cambridge University Press, 2012, pp. 123-135。

分别代表两组相对立的概念:肉体与精神、世俗与超验、黑暗与光明、无中心与中心、混乱与秩序,等等。天空的意义包括具有天空属性的超验精神、形而上的追寻、科学理性和进步发展观。离开大地向上的运动代表精神对肉体和物质世界的克服和超验、人类理性对大自然的征服和对世界的掌控,以及面向未来的时间。天空也意味着被拣选者,即资本和权力的掌控者。而品钦的小说的主张与柏拉图的哲学传统逆向而行,我们并非是离开洞穴从黑暗处上升至光明处去寻求真理和启示,而是要向下进入地下世界才能获得真相和救赎。进入地下空间表示的是认识被文明和进步发展遮蔽的苦难,倾听被压迫者的声音,以及偿还过去的罪恶和拯救被压迫者。小说中的地狱神话的用典,都服务于这一进入地下空间实现救赎或揭开真相的主题。此外,品钦小说试图以地下空间与天空的对立去揭示精神与物质二元对立思想与资本主义体系之间的密切联系,这一策略与马克思对商品的双重结构的深刻剖析是相同的思考路径。[①]由此反观以往许多研究认为的品钦小说的不确定特点,它实质上并非是对寻求基础和根基的排斥,这一不确定性质疑的是认同于天空的主体的思维方式,而绝不是对现实真实性的否定。再联系品钦小说里的"家园"和"街道"空间意象以及工人阶级人物,我们看到,与通常人们使用的后现代理论话语对其作品的阐释不同,这些作品其实并未否定现实的基础。

总之,这些作品正是通过时空观和空间化的故事世界构建方式将这些议题联结在一起,形成对资本主义社会发展的系统性思考。通过本书第一章到第四章对品钦的四部小说空间问题的探

---

① David McNally 在他的专著中对商品的双重结构问题做了精彩的论述。详见 David McNally, *Monsters of the Market: Zombies, Vampires and Global Capitalism*, Boston: Brill, 2011.

讨，我们看到，对于文学作品的空间研究，需要将叙事空间理论与空间批评相结合。叙事空间理论的局限，一方面在于其文本研究对象主要是传统的现实主义小说和现代主义小说，极少关注后现代小说。另一方面，虽然单纯考虑理论建构和文本规约问题，只需将叙事交流情境空间化即可，但是在具体的文本分析中，除了关注故事空间对展示人物心理和揭示作品主题的作用，或是读者认知之外，还需要注意叙事空间本身的结构性功能和性质。此外，在托马斯·品钦的后现代小说中，空间问题本身就是探讨的对象，而且它并非仅仅是简单的现实空间的再现问题。的确，如何认识和把握后现代社会的新状况，如何审视战后美国的社会政治问题，这都直接与空间观的转变相关，而不仅仅是文本规约的问题。这也说明品钦的后现代小说与20世纪60年代开始的社会批判思潮中出现的"空间转向"相契合，人们已经共同意识到空间对于理解和阐释后现代状况的重要性。本书希望通过对托马斯·品钦四部小说的空间研究，不仅能够使我们对其作品的社会政治内涵，以及在现代主义小说对时间的关注和后现代小说对空间的强调的问题上有更深入的认识，也能为文学作品的空间研究做出一定的贡献。

参考书目

Abbas, Niram ed. *Thomas Pynchon: Reading from the Margins*. Madison and Teaneck: Rosemont Publishing & Printing Corp, 2003.

Abbott, H. Porter. *The Cambridge Introduction to Narrative*. Cambridge: Cambridge University Press, 2008.

Abrams, Robert E. *Landscape and Ideology in American Renaissance Literature: Topographies of Skepticism*. Cambridge: Cambridge University Press, 2004.

Adams, Rachel. "The Ends of America, the Ends of Postmodernism", *Twentieth Century Literature*, 53. 3 (2007): 248—272.

Alsen, Eberhard ed. *The New Romanticism: A Collection of Critical Essays*. New York: Garland Publishing Inc., 2000.

Anderson, Quentin. *Making Americans: An Essay on Individualism and Money*. New York: Harcourt Brace Jovanovich, 1992.

Asperm, Egil. *The Problem of Disenchantment: Scientific Naturalism and Esoteric Discourse, 1999—1939*. Boston: Brill, 2014.

Auden, W. H. "The Guilty Vicarage", *The Dyer's Hand and Other Essays*. New York: Vintage Books, 1968.

Bachelard, Gaston. *The Poetics of Space*. Maria Jolas trans. Boston: Beacon

Press, 1994.

Bakhtin, M. M. *The Dialogic Imagination*. Caryl Emerson and Michael Holquist trans. Austin: University of Texas Press, 1981.

Baringer, Sandra. *The Metanarrative of Suspicion in Late Twentieth Century America*. New York & London: Routledge, 2004.

Baudrillard, Jean. *America*. Chris Turner trans. London: Verso, 1988.

——. *Simulacra and Simulation*. Sheila Faria Glaser trans. Ann Arbor: The University of Michigan Press, 1997.

——. *The Consumer Society: Myths and Structures*. London: SAGE Publications, 1998.

Bell, Michael. *Literature, Modernism and Myth: Belief and Responsibility in the Twentieth Century*. Cambridge: Cambridge University Press, 2006.

Bellow, Saul. *Herzog*. London: Penguin, 1985.

Benjamin, Walter. *Selected Writings: Volume 4 (1938—1940)*, Howard Eiland and Michael W. Jennings ed. Edmund Jephcott and Others trans. Cambridge: the Belknap Press of Harvard University Press, 2003.

Berthoff, Warner. *A Literature Without Qualities: American Writing Since 1945*. Los Angeles: University of California Press, 1979.

Bhabha, Homi K. "The Other Question: Stereotype, Discrimination and the Discoure of Colonialism", *The Location of Culture*. London and New York: Routledge, 1994.

Bloom, Harold ed. *Modern Critical Views: Thomas Pynchon*. New York: Chelsea House Publishers, 1986.

Bourcier, Simon de. *Pynchon and Relativity: Narrative Time in Thomas Pynchon's Later Novels*. New York: Continuum International Publishing Group, 2012.

Bratich, Jack Z. *Conspiracy Panics: Political Rationality and Popular Culture*. Albany: State University of New York Press, 2008.

Bridgeman, Teresa. "Time and Space", *The Cambridge Companion to Narrative*.

David Herman ed. New York: Cambridge University Press, 2007.

Brownlie, Alan W. *Thomas Pynchon's Narratives: Subjectivity and Problems of Knowing*. New York: Peter Lang, 2000.

Bulson, Eric. "A Supernatural History of Destruction; or Thomas Pynchon's Berlin", *New German Critique*, No. 110 Cold War Culture (2010): 49—72.

——. *Novels, Maps, Modernity: The Spatial Imagination, 1850—2000*. New York & London: Routledge, 2007.

Chambers, Judith. *Thomas Pynchon*. New York: Twayne, 1992.

Chatman, Seymour. *Narrative Structure in Fiction and Film*. Ithaca and London: Cornell University Press, 1978.

Childs, Peter. *Modernism (The New Critical Idiom)*. London: Routledge, 2000.

Clontz, Ted L. *Wilderness City: The Post World War II American Urban Novel from Algren to Wideman*. New York & London: Routledge, 2005.

Connor, Steven ed. *The Cambridge Companion to Postmodernism*. Cambridge: Cambridge University Press, 2004.

Conte, Joseph M. *Design and Debris: A Chaotics of Postmodern American Fiction*. Tuscaloosa: University of Alabama Press, 2002.

Cooper, Peter. *Signs and Symptoms: Thomas Pynchon and the Contemporary World*. Berkeley: University of California Press, 1983.

Cowart, David. *Thomas Pynchon and the Dark Passages of History*. London: The University of Georgia Press, 2011.

Currie, Mark. *Postmodern Narrative Theory*. New York: St. Martins Press, 1998.

Dalsgaard, Inger H., Luc Herman and Brian Mchale. *The Cambridge Companion to Thomas Pynchon*. Cambridge: Cambridge University Press, 2012.

Davis, David Brion. *The Fear of Conspiracy: Images of Un-American Subversion from the Revolution to the Present*. London: Cornell University Press, 1971.

Davis, Robert Murray. "Inherent Vice by Thomas Pynchon", *World Literature*

Today, 84.2(2010): 70—71.

Debord, Guy. *Society of The Spectacle*, a Black & Red translation, Detroit, 1970.

Dean, Jodi. "If Anything is Possible", *Conspiracy Nation: The Politics of Paranoia in Postwar America*. Peter Knight ed. New York: New York University Press, 2002.

Dickstein, Morris. *Gates of Eden: American Culture in the Sixties*. New York: Penguin Books, 1989.

Dover, J. K. Van. *Making the Detective Story American: Diggers, Van Dine and Hammett and the Turning Point of the Genre, 1925—1930*. London: McFarland & Company, Inc., Publishers, 2010.

Dugdale, John. *Thomas Pynchon: Allusive Parables of Power*. New York: St. Martin's Press, 1990.

Duvall, John N. *The Cambridge Companion to American Fiction after 1945*. New York: Cambridge University Press, 2012.

Eagleton, Terry. *The Illusions of Postmodernism*. Massachusetts: Blackwell, 1996.

Eddins, Dwight. *The Gnostic Pynchon*. Bloomington and Indianapolis: Indiana University Press, 1990.

Einstein, Albert. *Relativity: The Special and the General Theory*. New York: Three Rivers Press,1961.

Erickson, Keith V. "Presidential Rhetoric's Visual Turn: Performance Fragments and the Politics of Illusion", *Visual Rhetoric: A Reader in Communication and American Culture*. Lester C. Olson, Cara A. Finnegan and Diane S. Hope eds. Los Angeles: SAGE Publications, Inc., 2008.

Fenster, Mark. *Conspiracy Theories: Secrecy and Power in American Culture*. Minneapolis: University of Minnesota Press, 2008.

Fine, David. *Imagining Los Angeles: A City in Fiction*. Reno & Las Vegas: University of Nevada Press, 2004.

Foster, Edward Halsey. *Understanding the Beats*. South Carolina: University of South Carolina Press, 1992.

Foucault, Michel and Jay Miskowiec. "Of Other Spaces", *Diacritics*, 16. 1 (1986): 22—27.

Foucault, Michel. "Questions on Geography", *Power/Knowledge: Selected Interviews and Other Writings 1972—1977*. Colin Gordon ed. and trans. New York: Harvester Wheatsheaf, 1980.

Frank, Joseph. "Spatial Form in Modern Literature", *The Sewanee Review*, 53. 2 (1945): 221—240.

——. "Spatial Form in Modern Literature", *The Sewanee Review*, 53. 3 (1945): 433—456.

——. "Spatial Form in Modern Literature", *The Sewanee Review*, 53. 4 (1945): 643—653.

Friedman, Susan Stanford. "Spatial poetics and Arundhati Roy's *The God of Small Things*", *A Companion to Narrative Theory*. James Phelan and Peter J. Rabinowitz ed. MA: Blackwell Publishing Ltd, 2005.

Fuchs, Daniel. *Saul Bellow: Vision and Revision*. Durham, N. C.: Duke University Press, 1984.

Galbraith, John Kenneth. *The Affluent Society*. New York: Mariner Books, 1998.

Giddens, Anthony. *The Consequences of Modernity*. Stanford: Stanford University Press, 1990.

Giglio, Ernest. *Here's Looking at You: Hollywood, Film and Politics*. New York: Peter Lang, 2010.

Gilbert, James. *Writers and Partisans: A History of Literary Radicalism in America*. New York: Columbia University Press, 1992.

Goldberg, Robert Alan. *Enemies Within: The Culture of Conspiracy in Modern America*. New York: Yale University Press, 2001.

Grant, J. Kerry. *A Companion to The Crying of Lot 49*. Athens and London:

The University of Georgia Press, 1994.

——. *A Companion to V*. Athens and London: The University of Georgia Press, 2001.

Green, Geoffrey, Donald J. Greiner and Larry McCaffrey eds. *The Vineland Papers: Critical Takes on Pynchon's Novel*. Normal: Dalkey Archive Press, 1994.

Hardt, Michael and Kathi Weeks eds. *The Jameson Reader*. Massachusetts: Blackwell, 2000.

Harrington, Michael. *The Other America: Poverty in the United States*. New York: Penguin Books, 1978.

Harvey, David. *The Condition of Postmodernity*. MA: Blackwell Publishing, 1990.

——. *The Urban Experience*. Oxford: Basil Blackwell, 1989.

Hassan, Ihab. *Radical Innocence: Studies in the Contemporary American Novel*. Princeton: Princeton University Press, 1961.

——. *The Postmodern Turn: Essays in Postmodern Theory and Culture*. Ohio: The Ohio State University Press, 1987.

Hawking, Stephen. *A Brief History of Time*. New York: Bantam Books, 1998.

Heise, Thomas. *Urban Underworlds: A Geography of 20th American Literature and Culture*. New Brunswick, N.J.: Rutgers University Press, 2011.

Heise, Ulsula K. *Chronoschisms: Time, Narrative, and Postmodernism*. New York: Cambridge University Press, 1997.

Herdman, John. *The Double in Nineteenth-Century Fiction*. London: The Macmillan Press Ltd, 1990.

Herman, David. "Spatialization", *Story Logic: Problems and Possibilities of Narrative*. Lincoln and London: University of Nebraska Press, 2004.

——. ed. *Routledge Encyclopedia of Narrative Theory*. London: Routledge, 2005.

Herman, Luc and Bart Vervaeck, "Negotiating the Paranoid Narrative: The

Critical Reception of *Bleeding Edge* by Thomas Pynchon", *Anglia*, 134. 1 (2016): 88—112.

Hinds, Elizabeth Jane Wall ed. *The Multiple Worlds of Pynchon's Mason & Dixon*. New York: Camden House, 2005.

——. "Visible Tracks: Historical Method and Thomas Pynchon's *Vineland*", *College Literature*, 19. (1992): 91—103.

Hite, Molly. "'Fun Actually Was Becoming Quite Subversive': Herbert Marcuse, the Yippies, and the Value System of *Gravity's Rainbow*", *Contemporary Literature*, 51. 4 (2010): 677—702.

——. *Ideas of Order in the Novels of Thomas Pynchon*, Columbus: Ohio State University Press, 1983.

Hofstadter, Richard. The Paranoid Style in American Politics and Other Essays. Massachusetts: Harvard University Press, 1965.

Holtz, William. "Spatial Form in Modern Literature: A Reconsideration", *Critical Inquiry*, 4. 2 (1977): 271—283.

Horstman, Joey Earl. "'Transcendence Through Saturation': Thomas Pynchon's Televisual Style in *Vineland*", *Christianity and Literature*, 47. 3 (1998): 342—343.

Hume, Kathryn. *Pynchon's Mythology: An Approach to Gravity's Rainbow*. Carbondale: Southern Illinois University Press, 1987.

——. "View from Above, Views from Below: The Perspectival Subtext in *Gravity's Rainbow*", *American Literature*, 60. 4 (1988): 625—642.

Hutchon, Linda. *A Poetics of Postmodernism: History, Theory, Fiction*. New York and London: Routledge, 1988.

Jameson, Fredric. "Cognitive Mapping", *Marxism and the Interpretation of Culture*, Cary Nelson and Lawrence Grossberg eds. Urbana and Chicago: University of Illinois Press, 1988.

——. "On Raymond Chandler", *The Poetics of Murder: Detective Fiction and Literary Theory*, Glenn W. Most and William W. Stowe eds. New York:

Harcourt Brace Jovanovich, Publishers, 1983.

——. *Postmodernism, or the Cultural Logic of Late Capitalism*. Durham: Duke University Press, 1999.

——. *The Cultural Turn: Selected Writings on the Postmodern 1983—1998*. London: Verso, 1998.

——. "The End of Temporality", *Critical Inquiry*, 29.4 (2003): 695—718.

——. *The Geopolitical Aesthetic: Cinema and Space in the World System*. Bloomington and Indianapolis: Indiana University Press, 1992.

——. *The Jameson Reader*. Michael Hardt and Kathi Weeks eds. Massachusetts: Blackwell, 2000.

——. *The Political Unconscious: Narrative as Socially Symbolic Act*. London: Routledge, 2002.

——. "The Synoptic Chandler", *Shades of Noir*. Joan Copjec ed. New York: Verso, 1993.

Kappel, Lawrence. "Psychic Geography in Gravity's Rainbow", *Contemporary Literature*, 21.2 (1980): 225—251.

Kaushal, Anupama. *Postmodern Dilemmas*. Jaipur: Yking Books, 2010.

Kharpertian, Theodore D. *A Hand to Turn the Time: The Menippean Satires of Thomas Pynchon*. Rutherford: Fairleigh Dickinson University Press, 1990.

Kirszner, Laurie G. and Stephen R. Mandell eds. *Literature: Reading, Reacting, Writing*. Beijing: Peking University Press, 2006.

Knight, Stephen. *Form and Ideology in Crime Fiction*. Bloomington: Indiana University Press, 1980.

Lefebvre, Henri. *The Production of Space*. Donald Nicholson-Smith trans. Oxford: Blackwell, 1991.

——. *The Urban Revolution*. Robert Bonomo trans. Minneapolis: University of Minnesota Press, 2003.

Lehan, Richard. *The City in Literature: An Intellectual and Cultural History*. Berkeley: University of California Press, 1998.

Leigh, David J. *Apocalyptic Patterns in Twentieth-Century Fiction*. Indiana: University of Notre Dame Press, 2008.

Levenson, Michael. *The Cambridge Companion to Modernism*. Cambridge: Cambridge University Press, 2000.

Levine, George and David Leverenz eds. *Mindful Pleasure: Essays on Thomas Pynchon*. Boston: Little Brown, 1976.

Lewis, David L. and Laurence Goldstein ed. *The Automobile and American Culture*. Ann Arbor: The University of Michigan Press, 1983.

Lewis R. W. B. *The Picaresque Saint*. Philadelphia and New York: J. B. Lippincott Company, 1959.

Madsen, Deborah L. *The Postmodernist Allegories of Thomas Pynchon*. Leicester: Leicester University Press, 1991.

Mailer, Norman. *Advertisements for Myself*. Massachusetts: Harvard University Press, 1992.

Marcuse, Herbert. *One Dimensional Man: Studies in the Ideology of Advanced Industrial Society*. Boston: Beacon Press, 1964.

Marx, Karl. *Capital* (Volume 1). London: Penguin Books, 1990.

Mathijs, Ernest. "Reel to Real: Film History in Pynchon's *Vineland*", *Literature Film Quarterly*, 29.1 (2001): 62—70.

Mattessich, Stefan. *Lines of Flight: Discursive Time and Countercultural Desire in the Work of Thomas Pynchon*. Durham and London: Duke University Press, 2002.

Mendelson, Edward ed. *Pynchon: A Collection of Critical Essays*. Englewood Cliffs: Prentice-Hall, 1978.

McCann, Sean. *The Common Review*, 8.3 (2010): 54—55.

McClure, John M. *Partial Faiths: Postsecular Fiction in the Age of Pynchon and Morrison*. Athens&London: University of Geogia Press, 2007.

McConnell, Frank D. *Four Postwar American Novelists: Bellow, Mailer, Barth, and Pynchon*. Chicago: University of Chicago Press, 1977.

McHale, Brian. *Constructing Postmodernism*. New York: Routledge, 1992.

——. *Postmodernist Fiction*. London and New York: Routledge, 1987.

McLuhan, Marshall. *Understanding Media: The Extensions of Man*. Canada: Gingko Press, 2003.

McNally, David. *Monsters of the Market: Zombies, Vampires and Global Capitalism*. Boston: Brill, 2011.

Miller, Timothy. *The Hippies and American Values*. Knoxville: The University of Tennessee Press, 1991.

Mills, C. Wright. *The Power Elite*. New York: Oxford University Press, 1956.

Mitchell, W. J. T. "Spatial Form in Literature: Toward a General Theory", *Critical Inquiry*, 6.3 (1980): 539—567.

Monteser, Fredrick. *The Picaresque Element in Western Literature*. Alabama: The University of Alabama Press, 1975.

Morrison, Toni. "The Site of Memory", *Inventing the Truth: The Art and Craft of Memoir*. William Zinsser ed. New York: Houghton Mifflin Company, 1995.

Nace, Ted. *Gangs of America: The Rise of Corporate Power and the Disabling of Democracy*. California: Berrett-Koehler Publishers, 2005.

Newman, Robert D. *Understanding Thomas Pynchon*. South Carolina: University of South Carolina Press, 1980.

Nicol, Bran. *The Cambridge Introduction to Postmodern Fiction*. New York: Cambridge University Press, 2009.

O'Donnell, Patrick ed. *New Essays on The Crying of Lot 49*. Beijing: Peking University Press, 2007.

——. *Latent Destinies: Cultural Paranoia and Contemporary U. S. Narrative* Durham: Duke University Press, 2000.

Olsen, Lance. "Deconstructing the Enemy of Color: The Fantastic in *Gravity's Rainbow*", Studies in the Novel, 18.1 (1986): 74—86.

Patell, Cyrus R. K. *Negative Liberties: Morrison, Pynchon, and the Problem of*

Liberal Ideology. Durham and London: Duke University Press, 2001.

Paz, Menahem, "Thomas Pynchon: *Gravity's Rainbow* The Ideas of the Opposite", *Orbis Litterarum*, 64.3 (2009): 189—221.

Pearce, Richard ed. *Critical Essays on Thomas Pynchon*. Boston: G. K. Hall, 1981.

Pendergast, Tom and Sara Pendergast ed. *The Sixties in America Almanac*. New York: Thomson Gale, 2005.

Pesic, Peter. *Seeing Double: Shared Identities in Physics, Philosophy, and Literature*. Massachusetts: MIT Press, 2002.

Pile, Steve. *The Body and the City: Psychoanalysis, Space and Subjectivity*. London and New York: Routledge, 1996.

Plater, William M. *The Grim Phoenix: Reconstructing Thomas Pynchon*. Bloomington: Indiana University Press, 1978.

Pohlmann, Sascha ed. *Against the Grain: Reading Pynchon's Counternarratives*. New York: Rodopi, 2010.

Primeau, Ronald. *Romance of the Road: the Literature of the American Highway*. Bowling Green: Bowling Green State University Popular Press, 1996.

Pynchon, Thomas. *Against the Day*. New York: Penguin Books, 2006.

——. *Gravity's Rainbow*. New York: the Viking Press, 1973.

——. *Inherent Vice*. New York: Penguin Books, 2009.

——. *Slow Learner*. Boston: Little, Brown and Company, 1984.

——. *The Crying of Lot 49*. New York: Harper & Row, 1966.

——. *Vineland*. New York: Penguin Books, 1990.

Reichenbach, Hans. *Philosophic Foundations of Quantum Mechanics*. Los Angeles: University of California Press, 1944.

Robberds, Mark. "The New Historicist Creepers of Vineland", *Critique*, 36.4 (1995): 237—248.

Ryan, Marie-Laure. "Allegories of Immersion: Virtual Narration in Postmodern

Fiction", *Style*, 29.2 (1995): 262—287.

——. "Cognitive Maps and the Construction of Narrative Space", *Narrative Theory and the Cognitive Sciences*. David Herman ed. Stanford: CSLI, 2003.

——. "From Parallel Universes to Possible Worlds: Ontological Pluralism in Physics, Narratology, and Narrative", *Poetics Today*, 27.4(2006): 633—674.

——. *Narrative as Virtual Reality: Immersion and Interactivity in Literature and Electronic Media*. Baltimore and London: The Johns Hopkins University Press, 2001.

——. *Possible Worlds, Artificial Intelligence, and Narrative Theory*. Bloomington and Indianapolis: Indiana University Press, 1991.

Ryan, Marie-Laure, Kenneth Foote and Maoz Azaryahu. *Narrative Space/Spatializing Narrative*. Ohio: Ohio State University Press, 2016.

Ryan, Michael and Douglas Kellner, "Vietnam and the New Militarism", *Hollywood and War, The Film Reader*. J. David Slocum ed. New York: Routledge, 2006.

Salzani, Carlo. "The City as Crime Scene: Walter Benjamin and the Traces of the Detective", *New German Critique*, No. 100 (2007): 165—187.

Schaub, Thomas H. ed. *Approaches to Teaching Pynchon's The Crying of Lot 49 and Other Works*. New York: The Modern Language Association of America, 2008.

——. *Pynchon: The Voice of Ambiguity*. Urbana: University of Illinois Press, 1981.

Schirmeister, Pamela. *The Consolations of Space: The Place of Romance in Hawthorne, Melville, and James*. Stanford: Stanford University Press, 1990.

Severs, Jefferey and Christopher Leise ed. *Pynchon's Against the Day: A Corrupted Pilgrim's Guide*. Newark: University of Delaware Press, 2011.

Shen, Dan. "What is the Implied Author?", *Style*, 45.1 (2001): 80—89.

Sherrill, Rowland A. *Road-Book America: Contemporary Cultural and the New Picaresque*. Urbana and Chicago: University of Illinois Press, 2000.

Shoop, Casey. "Corpse and Accomplice: Fredric Jameson, Raymond Chandler, and the Representation of History in California", *Cultural Critique*, Vol. 77. (Winter 2011): 205—238.

——. "Thomas Pynchon, Postmodernism, and the Rise of the New Right in California",*Contemporary Literature*, 53.1 (2012): 51—86.

Siegel, Mark Richard. *Pynchon: Creative Paranoia in Gravity's Rainbow*. Port Washington: Kennikat Press, 1978.

Smith, Evans Lansing. *Thomas Pynchon and the Postmodern Mythology of the Underworld*. New York: Peter Lang Inc. , 2012.

Smith, Shawn. *Pynchon and History: Metahistorical Rhetoric and Postmodern Narrative Form-in the Novels of Thomas Pynchon*. New York & London: Routledge, 2005.

Smitten, Jefferey R. and Ann Daghistany eds. *Spatial Form in Narrative*. Ithaca and London: Cornell University Press, 1981.

Simmons, David. *The Anti-Hero in The American Novel: From Joseph Heller to Kurt Vonnegut*. New York: Palgrave Macmillan, 2008.

Simons, Jon. "Postmodern Paranoia? Pynchon and Jameson",*Paragraph*, 23.2 (2000): 207—222.

Sohn-Rethel, Alfred. *Intellectual and Manual Labor: A Critique of Epistemology*. Martin Sohn-Rethel trans. London: The Macmillan Press, 1978.

Soja, Edward W. *Postmodern Geographies: The Reassertion of Space in Critical Social Theory*. New York: Verso, 1989.

Spencer, Nicholas. *After Utopia: the Rise of Critical Space in Twentieth-Century American Fiction*. Lincoln & London: University of Nebraska Press, 2006.

Steigerwald, David. *The Sixties and the End of Modern America*. New York: St. Martin's Press, 1995.

Stiegler, Bernard. "Memory", *Critical Terms for Media Studies*, W. J. T. Mitchell and Mark B. N. Hansen eds. Chicargo: The University of Chicago Press, 2010.

Strehle, Susan. "Pynchon's Elaborate Game of Doubles in *Vineland*", *The Vineland Papers: Critical Takes on Pynchon's Novel*, Geoffrey Green, Donald J. Greiner and Larry McCaffrey eds. Illinois States University: Dalkey Archive Press, 1994.

Symons, Julian. *Bloody Murder—From the Detective Story to the Crime Novel: A History*. Hamondsworth: Penguin Books, 1974.

Tally, Robert T. *Spatiality*. London: Routledge, 2013.

Tanner, Tony. *City of Words: American Fiction 1950 — 1970*. New York: Harper & Row, Publishers, 1971.

——. *Thomas Pynchon*. London and New York: Methuen, 1982.

Thomas, Samuel. *Pynchon and The Political*. New York & London: Routledge, 2007.

Tytell, John. *Naked Angels: The Lives and Literature of the Beat Generation*. New York: McGraw-Hill Book Company, 1976.

Wegner, Phillip E. "Spatial Criticism: Critical Geography, Space, Place and Textuality", *Introducing Criticism at the 21 st Century*. Julian Wolfreys ed. Edinburgh: Edinburgh University Press, 2002.

Weinstein, Arnold. *Nobody's Home: Speech, Self, and Place in American Fiction from Hawthorne to DeLillo*. Oxford: Oxford University Press, 1993.

West-Pavlov, Russell. *Temporality*. London: Routledge, 2013.

——. *Space in Theory: Kristeva, Foucault, Deleuze*. New York: Rodopi, 2009.

Wicks, Ulrich. *Picaresque Narrative, Picaresque Fictions*. New York: Greenwood Press, 1989.

Williams, Raymond. *The Country and the City*. New York: Oxford University Press, 1975.

Willman, Skip. "Specters of Marx in Thomas Pynchon's *Vineland*", *Crique*, 51.3(2010): 199—204.

Wilson, Rob. "On the Pacific Edge of Catastrophe, or Redemption: California Dreaming in Thomas Pynchon's *Inherent Vice*", *Boundary* 2, 37.2 (2010): 217—219.

Wirth-Nesher, Hana and Michael P. Kramer ed. *City Codes: Reading the Modern Urban Novel*. New York: Cambridge University Press, 2008.

——. *The Cambridge Companion to Jewish American Literature*. Cambridge: Cambridge University Press, 2003.

Wisse, Ruth R. *The Schlemiel as Modern Hero*. Chicago: University of Chicago Press, 1971.

Woods, Randall Bennett. *Quest for Identity: America since 1945*. New York: Cambridge University Press, 2005.

Worthington, Heather. *Key Concepts in Crime Fiction*. New York: Palgrave Macmillan, 2011.

Yannella, Philip R. *American Literature in Context after 1929*. MA: Wiley-Blackwell, 2011.

Zelinsky, Wilbur. *The Cultural Geography of the United States*. Englewood Cliffs, N. J. : Prentice-Hall, Inc, 1973.

Zizek, Slaboj. *Looking Awry: An Introduction to Jaques Lacan Through Popular Culture*. Cambridge: MIT Press, 1992.

——. *The Sublime Object of Ideology*. London: Verso, 1999.

C. 莱特·米尔斯:《白领:美国的中产阶级》,周晓红译,南京:南京大学出版社,2006年。

Duane P. Schultz(杜安·P. 舒尔茨),Sydney Ellen Schultz(悉妮·艾伦·舒尔茨):《现代心理学史》第十版,叶浩生、杨文登译,北京:中国轻工业出版社,2014年。

Edward W. Soja:《第三空间——去往洛杉矶和其他真实和想象地方的旅程》,陆扬等译,上海:上海教育出版社,2005年。

埃德温·阿瑟·伯特:《近代物理科学的形而上学基础》,张卜天译,长沙:湖南科学技术出版社,2012年。

爱德华·W.萨义德:《文化与帝国主义》,李琨译,北京:生活·读书·新知三联书店,2003年。

巴赫金:《陀思妥耶夫斯基的诗学问题》,《巴赫金全集》第五卷,白春仁、顾亚玲译,石家庄:河北教育出版社,2009年。

——《拉伯雷的创作与中世纪》,《巴赫金全集》第六卷,李兆林、夏忠宪等译,石家庄:河北教育出版社,2009年。

包亚明主编:《后现代性与地理学的政治》,上海:上海教育出版社,2001年。

彼得·霍普柯克:《大博弈:英俄帝国中亚争霸战》,张望、岸青译,北京:中国青年出版社,2015年。

彼德·迈克尔·哈曼:《19世纪物理学概念的发展——能量、力和物质》,龚少明译,上海:复旦大学出版社,2000年。

陈世丹:《〈论拍卖第49批〉中熵、多义性和不确定性的迷宫》,《外国文学研究》2007年第1期,第125—132页。

程巍:《中产阶级的孩子们:60年代与文化领导权》,北京:生活·读书·新知三联书店,2006年。

戴从容:《这是一个怎样的世界——读托马斯·品钦的〈V.〉》,《当代外国文学》2004年第1期,第167—170页。

戴维·斯泰格沃德:《六十年代与现代美国的终结》,周朗、新港译,北京:商务印书馆,2002年。

丹尼尔·贝尔:《资本主义文化矛盾》,赵一凡,蒲隆,任晓晋译,北京:生活·读书·新知三联书店,1989年。

但汉松:《洛杉矶、黑色小说和60年代:论品钦〈性本恶〉中的城市空间和历史叙事》,《外国文学评论》2014年第2期,第24—38页。

——《〈拍卖第四十九批〉中的咒语和谜语》,《外国文学评论》2007年第3期,第38—47页。

——《作为文类的百科全书式叙事——解读品钦新著〈反抗时间〉》,《外国文学评论》2008年第3期,第74—84页。

道格拉斯·凯尔纳、斯蒂文·贝斯特:《后现代理论:批判性的质疑》,张志斌译,北京:中央编译出版社,1999年。

高晋元:《英国—非洲关系史略》,北京:中国社会科学出版社,2008年。

亨利·勒菲弗:《空间与政治》(第二版),李春译,上海:上海人民出版社,2008年。

莱辛:《拉奥孔》,朱光潜译,北京:人民文学出版社,1979年。

刘绪贻、韩铁、李存训:《美国通史(第六卷):战后美国史1945—2000》,北京:人民出版社,2008年。

刘雪岚:《"丧钟为谁而鸣"——论托马斯·品钦对熵定律的运用》,《外国文学研究》1998年第2期,第95—98页。

龙迪勇:《空间叙事研究》,北京:生活·读书·新知三联书店,2014年。

卢卡奇:《历史与阶级意识——关于马克思主义辩证法的研究》,杜章智、任立、燕宏远译,北京:商务印书馆,1992年。

马克斯·韦伯:《新教伦理与资本主义精神》,康乐、简惠美译,桂林:广西师范大学出版社,2010年。

迈克·戴维斯:《水晶之城——窥探洛杉矶的未来》,林鹤译,上海:上海人民出版社,2010年。

米歇尔·福柯:《规训与惩罚——监狱的诞生》,刘北成、杨远婴译,北京:生活·读书·新知三联书店,2012年。

苏珊·海沃德:《电影研究关键词》,邹赞、孙柏、李玥阳译,北京:北京大学出版社,2013年。

孙万军:《品钦小说中的混沌与秩序》,保定:河北大学出版社,2008年。

——《追寻失落的意义——从托马斯·品钦的作品看后现代主义小说的追寻主题》,《当代外国文学》2005年第4期,第74—79页。

童强:《空间哲学》,北京:北京大学出版社,2011年。

王建平:《历史话语的裂隙——〈拍卖第四十九批〉与品钦的"政治美学"》,《外国文学评论》2010年第1期,第153—164页。

——《〈葡萄园〉:后现代社会的媒体政治与权力谱系》,《外国文学评论》2009年第

3 期,第 66—79 页。

——《〈V.〉:托马斯·品钦的反殖民话语》,《外国文学研究》,2011 年第 1 期,第 33—41 页。

——《〈V.〉的隐喻结构与叙述视角》,《国外文学》2011 年第 4 期,第 56—65 页。

王炎:《小说的时间性与现代性——欧洲成长教育小说叙事的时间性研究》,北京:外语教学与研究出版社,2007 年。

徐海龙:《好莱坞电影的意识形态与文化(1967—1983)》,北京:首都师范大学出版社,2013 年。

于雷:《替身》,《外国文学》2013 年第 5 期,第 100—112 页。

詹明信著,张旭东编:《晚期资本主义的文化逻辑:詹明信批评理论文选》,陈清侨等译,北京:生活·读书·新知三联书店,1997 年。

赵毅衡:《新批评——一种独特的形式主义文论》,北京:中国社会科学出版社,1986 年。

后　　记

　　我最初接触托马斯·品钦的小说,是在一门20世纪美国小说课上,我们读了他的《拍卖第49批》。当时只是隐约觉得这本小说和其他同时代作家的作品相比,呈现出某种异质感,但也并没有想过要把品钦的小说作为博士论文的选题。现在很庆幸自己在几番波折之后最终选择了它们作为研究对象。做研究的过程很像是与作者斗智斗勇的过程,感觉自己就像侦探一样,在努力破解众多亦真亦幻、扑朔迷离的线索和踪迹。直到完成论文答辩,我也一直在不断地问自己是否揭开了真相。

　　品钦的小说常常被描述为百科全书式的作品,单是为了理解里面大量的用典、社会历史背景和多学科知识,就得费很大工夫,而且仅是查阅百科词条和知道名词解释远远不够,还必须深入了解它们的来龙去脉。然而,这也只是完成了研究的第一步。品钦不是一个图书馆式的作家或者学院派作家,他的写作不是在进行抽象的思想实验或游戏,任何抽象理念在他的作品里都是具体实在的现实事件和现象,他关注和探寻的是现实本身的奇异性,对于现实世界他有自己独特的观察和深刻的见解。这样的作家是不能够被理论术语所限定的。因此,研究者必须搞清楚那些用典、背景和知识在作品中的真实用意是什么,与作品中的事件和人物是怎样的联系,在整个故事世界体系中承担什么功能。

为了不被淹没在信息之海中,我的办法是,每部作品读第一遍时要做详细的笔记。笔记通常是按照小说的章节,每章开头写一个简短的情节概括,然后是重要细节的摘录,如发生的事件、人物和事件的叙述、人物说的一些话,等等,并在括号里注明页码和自己暂时的理解或疑问。这相当于初级数据收集。接着要在对作品的所有细节反复考察的基础上,对这些初级数据进行鉴别、分类、归纳、整合,形成二级、三级数据。这个过程就是在逐渐发现各个细节之间的联系、找到规律和建立证据链。比如我在读《为了那天的到来》这部长达一千多页的小说时,一开始做了一个两百页的笔记,接着浓缩为几十页,最后变成十几页。在此过程中,还涉及理论的阅读以及与文本之间的验证。我的体会是,首先需要对理论提出的概念和观点做到真正的理解。理论不是一个抽象的公式,它本身就是在具体的社会历史政治语境中产生的,要弄清楚这些概念、观点是为了阐释什么问题、现象。其次,理论不是照妖镜,不是只要拿它对着文本一照,真相就能自然显明。它只能提供一个看问题的角度,不能代替研究者的思考,研究者必须自己去仔细观察研究对象。

学术研究其实是一个集体劳动,自己的一点发现都是站在他人的发现和探索的基础之上,与既有研究的对话就是搞清楚别人已经做了什么、自己还能够贡献什么。我们在刚开始做论文时,会有一些错误的认知。比如,误认为研究一个很少有人研究的作家会比较容易。但一位师兄曾跟我说过,这等于是在没有任何基础的情况下开始,连地基都要自己打,没有已有的研究作为支撑。或者是认为某个没有人研究过的角度就是创新。但其实一个角度没有人研究过,有可能说明已有的角度已经把问题解决了,所谓的新角度只不过是把已有的发现换个方式说一遍而已。做研究不是打败别人、批判别人,而是解决问题。

以上是我在写博士论文中的一点认识,在此与大家分享和共勉。这本论文最终能够作为专著出版,首先要感谢我的导师申丹教授。我在学问上的长进,都得益于老师对我的严格训练。申老师在论文选题上给予学生充分的自由,这种要求学生独立选题的指导方式对于研究能力是一个极大的锻炼,因为提出问题其实与寻找答案同样重要。老师对不同的研究领域和各种方法理论都持开放包容的态度,没有任何偏见;同时她又坚持对文本的客观分析和充分严密的论证,因此必须对理论和文本进行深入的探索,才能拿出有说服力的分析。我每写出一章来,老师都会逐字逐句地批改,她治学严谨,思维敏锐,总是能一针见血地指出我的问题。申老师在学问上的不断追求,是我们这些学生的好榜样。另外还要感谢北大英语系的老师们,他们创造了一个踏实做学问的环境,他们对学问的执着和热爱让在此求学的学子们受到了很好的熏陶。此外,感谢我的两位师姐王丽亚和许娅,以及师兄余凝冰,这些正直善良的人在我求学道路上给予了很多帮助和鼓励。同时也感谢我的朋友和家人一直以来对我的支持。我的工作单位国际关系学院为本书提供了出版资助;北京大学出版社外语编辑室的张冰主任和李娜编辑,帮助本书顺利通过了出版社的选题论证并入选"北大青年学者文库";李娜编辑认真细致地审阅了书稿。在此一并衷心致谢。

李荣睿
2020 年冬